中等职业学校**酒店服务与管理类**规划教材

KANGLE YU FUWU

康乐与服务

徐少阳 主 编

李 宜 副主编

清华大学出版社

北 京

内容简介

"康乐与服务"是酒店专业学生的一门专业课程，也是学生在学习客房服务、餐饮服务和前厅服务等课程基础上的一门后续课程。本书对康乐服务相关岗位进行工作任务与职业能力的分析，从而做到以康乐服务必备的岗位职业能力为依据，以标准的接待程序和服务规范为主线，以具体任务引领学生认知学习。本书采用"信息页"的方式来展示教学内容，通过创设工作情境进行模拟实训，使学生在实训过程中掌握相关技能，以"任务单"和"任务评价"的形式完成课上和课后练习，从而培养学生的综合职业能力，满足学生职业生涯发展的需要。本书涵盖酒店康乐部基本知识、如何提供康体休闲项目服务、如何提供娱乐休闲项目服务、如何提供保健休闲项目服务，以及康乐部质量与卫生管理等内容。

本书可作为中等职业学校酒店服务与管理专业师生的教材，也可供餐饮企业、酒店员工培训及相关人士学习参考。

图书在版编目(CIP)数据

康乐与服务/徐少阳 主编. —北京：清华大学出版社，2011.8

(中等职业学校酒店服务与管理类规划教材)

ISBN 978-7-302-25731-8

I. ①康… II. ①徐… III. ①休闲娱乐—商业服务—中等专业学校—教材 IV. ①F719.5

中国版本图书馆 CIP 数据核字(2011)第 111106 号

责任编辑：李万红 王燊娉
封面设计：赵晋锋
版式设计：孔祥丰
责任校对：成凤进
责任印制：王秀菊
出版发行：清华大学出版社 **地 址**：北京清华大学学研大厦 A 座
http://www.tup.com.cn **邮 编**：100084
社 总 机：010-62770175 **邮 购**：010-62786544
投稿与读者服务：010-62776969，c-service@tup.tsinghua.edu.cn
质 量 反 馈：010-62772015，zhiliang@tup.tsinghua.edu.cn
印 刷 者：北京鑫丰华彩印有限公司
装 订 者：三河市新茂装订有限公司
经 销：全国新华书店
开 本：185×260 **印 张**：14.5 **字 数**：344 千字
版 次：2011 年 8 月第 1 版 **印 次**：2011 年 8 月第 1 次印刷
印 数：1～3000
定 价：39.90 元

产品编号：040756-01

丛书编委会

当前，国家把职业教育提升到突出的战略高度，一系列政策措施的出台，以及不断加大的对职业教育的投入和资金支持，推动我国职业教育迎来了发展的新高潮。新的历史阶段，《国家中长期教育改革和发展规划纲要》(2010—2020)适时地把提高质量作为职业教育改革和发展的重点。教学模式、教学内容和教学方法的创新成为学校层面教育实践中的新内涵。整理、总结和推广名校、名师的教育教学经验是深化教育改革和提升职教吸引力的一件大事。教材作为教育教学的载体，其改革和创新势在必行。

由北京市外事学校发起、主持，并联合北京教育学院朝阳分院、北京市劲松职业高中、北京国际职业学校、北京市商务管理学校、北京水利水电学校、北京商贸学校、延庆县第一职业学校、北京怀柔区职业学校、北京黄庄职业高中、密云县职业学校、北京市宣武区第一职业学校、北京振华旅游学校和上海市商贸旅游学校等多所学校，与清华大学出版社联手推出了本套《中等职业学校酒店服务与管理类规划教材》。众所周知，酒店业是当今世界发展迅猛的行业之一，其产业规模不断扩大、集团化建设不断发展、标准化管理不断完善、产品服务不断延伸，随之而来的是酒店业用人需求旺盛，而对其从业人员的职业素养要求也越来越高。本套教材着眼于市场需求，力求推陈出新，以满足中等职业学校酒店服务与管理专业的人才培养需要，充分发挥职业教育服务经济社会发展的职能。

我国战国时期著名的思想家和教育家墨子早在两千多年前针对人才培养的问题就曾提出过“兼士”的概念，从“厚乎德行”“辩乎言谈”“博乎道术”3个方面分别阐述了教育的目的，其强调内在品质、德智并重、全面发展的态度与当代教育注重学生的全面发展是一致的。《中华人民共和国国民经济和社会发展第十二个五年规划纲要》中提及教育改革发展时强调，要遵循教育规律和学生身心发展规律，坚持德育为先、能力为重，改革教学内容、方法和评价制度，促进学生德智体美劳全面发展。古往今来，人才培养过程中对“德”的重视是一贯的。现实中，无论是职业领域的教育者还是行业企业的用工者，甚或是家长和学生本人，无不切实感受到中职学生的培养问题首先是“做人”的问题。单纯强调技能的训练是远远不够的，在学会“做人”的基础上才能更好地“做事”。遵循着这样的教育思想和理念，本套教材在编写过程中，强调在专业课教学中对学生职业道德的培养，通过任务驱动来完成单元的学习与体验，让学生在完成工作任务的过程中逐步形成职业意识和规范，提升其职业素养。

本套教材参编学校地处北京和上海这样的大都市，与国内很多一流的五星或超五星级酒店均有专业实践和校本课程开发等多领域、多层次的合作。在编写过程中，聘请了酒店业内人士全程跟踪指导，以企业岗位需求为出发点，通过设置真实的或准工作情境，使学生的学习过程依照工作过程展开，促进学生的情感体验，激发学生的求知欲，以逐渐培养系统的职业能力。同时，课程体系与以往同类教材有一定区别，突出了酒店业新的岗位需求，编写时所选取的教学内容力争处于国内领先水平，具有一定的前瞻性。

近年来北京、上海两地的中等职业学校在功能定位上突出学历教育与职业培训并重，因此，编者中大部分老师除常规教学外同时还具备为酒店员工进行职业培训的经验。本套教材参与编写的老师们均来自中等职业学校酒店服务与管理专业的一线骨干教师。尤为难能可贵的是，很多老师具有高端酒店企业实践及国家高端活动礼仪服务的经历，真正将“双师型”落在了实处。还有相当一部分具有在德国、瑞士、荷兰、澳大利亚等国家参加职业教育课程开发、职业培训课程开发、酒店管理课程学习的培训和访学经历的老师，他们为教材的编写提供了本专业国际最前沿的资讯。经过一年多的努力，编委会的老师们集团队的智慧，呕心沥血，通力合作，为中职教育奉献了这一成果。

总之，本套教材是编者在总结以往经验的基础上精心打造而成的，希望通过总结名师的教育教学经验和先进理念，在教育实践层面为中职教育的发展尽绵薄之力。编写过程中得到了国内知名教育专家和企业专家的倾力支持，教育专家的指导提升了本教材的理论高度，企业专家为教材的编写提供了鲜活的案例和实践指导，突出了行业特色和职业特点。本套教材适合作为中等职业学校酒店服务与管理专业的教材，也可供相关培训单位选作参考用书，对旅游业和其他服务性行业人员也有一定的参考价值。

本套教材肯定还存有遗憾和不足之处，敬请各位专家、同行、同学和对本专业领域感兴趣的学习者提出宝贵意见。

陈玉

2011 年 5 月

KANGLE YU FUWU

前言

“康乐与服务”是酒店专业学生的一门专业课程，也是学生在学习客房服务、餐饮服务和前厅服务等课程基础上的一门后续课程。为配合课程体系的建设，适应目前职业教育发展的趋势，在相关专家与领导的指导下，组织编写了本书。

学习康乐服务的目的是让学生对酒店康乐服务相关岗位的职业要求能够有整体的认知，同时掌握必备的专业技能，从而具备酒店康乐服务相关岗位的基本职业能力。

本书特点鲜明、体系完整，对康乐服务相关岗位进行工作任务与职业能力的分析，从而做到以康乐服务必备的岗位职业能力为依据，以标准的接待程序和服务规范为主线，以具体任务引领学生认知学习。同时本书以工作任务为中心，实现了理论和实践的一体化。本书采用“信息页”的方式来展示教学内容，通过创设工作情境进行模拟实训，使学生在实训过程中掌握相关技能，以“任务单”和“任务评价”的形式完成课上和课后练习，从而培养学生的综合职业能力，满足学生职业生涯发展的需要。

本书共 5 个单元，单元一讲授酒店康乐部基本知识；单元二讲授如何提供康体休闲项目服务；单元三讲授如何提供娱乐休闲项目服务；单元四讲授如何提供保健休闲项目服务；单元五讲授康乐部质量与卫生管理。

本书由徐少阳任主编，李宜任副主编。具体分工如下：徐少阳撰写前言、单元一，及单元二的任务五、任务六；张玮撰写单元二的任务一及单元三；李宜撰写单元二的任务二及单元四；柳勤撰写单元二的任务四及单元五；华萌撰写单元二的任务三。徐少阳负责全书的总纂与定稿。

本书在写作过程中，参阅了一些著作、资料等，并得到了相关专家与领导的大力支持，在此谨表谢意。

由于编者水平有限，书中难免有疏漏之处，请读者提出宝贵意见，以便修改，使之不断完善。

编　者

2011 年 4 月

目 录

酒店是一个包含多种设施、具有综合服务功能的现代化建筑，它的功能和设施设备标准随游客的需要而不断发生变化。在酒店的众多部门中，康乐部是现代酒店一个新兴起的部门，按照中华人民共和国国家旅游局《旅游涉外饭店星级评定标准》规定，涉外星级酒店必须具备一定的康乐设施。因此，康乐是涉外酒店不可缺少的先决条件，不具备较好、较完备康乐设施的旅游酒店，无论在其他方面如何优越都不是较完善的涉外酒店，或不予评审等级。由此可见，康乐部是涉外酒店不可缺少的部门之一。

在本单元，大家将一起来了解酒店的康乐部，了解康乐服务行业的发展情况、康乐项目基本类型和康乐部基本职能等内容，学习康乐服务人员的职业道德、服务基本技巧和基本用语，为成为合格的康乐服务人员做好准备。

单元一 了解酒店康乐部

任务一 了解康乐行业概况

工作情境

在现代酒店服务体系中，餐饮、客房和前厅等服务项目一直为经营者所高度重视，因为它们确实满足了客人的基本需求，即吃住需求。然而随着人们生活水平的提高、意识形态的改变，健康理念逐渐为人们所认可，现代社会高强度的工作、激烈的竞争使得人们进一步意识到健康的重要性，没有好身体将难以适应高强度工作的需求。而没有好心理，同样也难以抵抗来自各方面的压力。因此，追求身心健康不是一种时尚，而是人们实实在在的需求。在各种因素的作用下，我国的康乐业得到了飞速发展，无论在投资规模，还是在经营项目及种类上都有了长足的进步。

具体工作任务

- 了解我国康乐行业发展现状；
- 了解我国康乐行业发展前景；
- 介绍康乐项目基本类型。

活动一 了解康乐行业发展现状

在上面的工作情境表述中，大家可以感受到康乐项目已经成为酒店开发项目的首选，又因康乐项目的种类繁多、文化性强，容易产生经营特色和利润倍增效应，更提高了酒店管理者对康乐部的重视程度。要想充分了解酒店康乐部，必须从了解康乐行业的发展开始。那么目前康乐行业的发展情况如何？在下面的这个活动中一起来寻找答案吧。

我国的康乐行业是随着 20 世纪 80 年代改革开放而起步的，尽管出现时间较短，但发展速度非常快。这表现为：康乐设施(如图 1-1-1 所示)与场所数量大幅度增加，康乐项目的经营规模不断扩大，康乐设备与项目的形式日益丰富，康乐活动的参与人数越来越多等。

图 1-1-1

信息页 康乐行业发展现状

一、新颖的康乐项目层出不穷

随着社会的进步和经济的发展，人们对康乐活动的需求也在不断增加。同时，国内外的实践经验也表明，康乐经营的生命力在于不断地自我更新。这两方面的情况都促使康乐行业不断推出新项目，以促进康乐业的发展。例如，高尔夫球本是传统康体项目，但由于其自身、客观条件的限制而不易普遍推广。在这种情况下，西方发达国家先后开发出了城市高尔夫球(也称微型高尔夫球或迷你高尔夫球)和模拟高尔夫球。桑拿浴也是传统保健项目，近年来，一些经营者又陆续开发了光波浴、瀑布浴、泥浴、沙浴、药水浴、牛奶浴、米酒浴、茶水浴、花水浴、薄荷浴等，逐渐形成了洗浴文化。此外康乐业又推出了火箭蹦极、室内攀岩、滑草、沙狐球等新兴康乐项目。新项目的不断涌现，给康乐业带来了活力，从而促进了康乐业的发展。

二、康乐活动的文化色彩日益浓厚

康乐消费也是一种高雅的精神消费，它为人们提供的主要是消除疲劳、缓解压力、舒畅心情、恢复精力、提高兴致、陶冶情操等精神享受。因此，康乐经营和消费不仅要以一定的经济条件为基础，而且需要一定的文化色彩。只有这样，人们才能从康乐活动中获得更多益处。例如，高尔夫球历来被认为是一种文明、高雅的康体项目，人们置身于由蓝天、绿草、树丛、水塘、沙地构成的球场之中，呼吸着清新的空气，做出优美、潇洒的击球动作，在这种舒适、和谐的环境中，人们的情趣和言行会得到陶冶。与大多数事物的发展规律一样，康乐活动的发展也是由低层次向高层次发展的。其发展表现在越来越具有文化色彩，例如风靡世界且经久不衰的迪士尼乐园就具有非常浓重的童话电影色彩；中国著名旅游城市西安的唐乐宫大酒店，那里的仿唐乐舞夜总会曾经让许多旅游者从中领略到中国唐代宫廷乐舞和饮食文化的魅力。各种形式都向人们展示了康乐活动的文化色彩越来越浓厚。

三、突出主题的经营理念受到重视

在康乐活动快速发展的今天，经营者们更加注意研究如何拓展经营空间。经营者们在很大程度上已经达成共识，除了开发新颖设备、扩大经营规模外，在经营理念上更加注意突出主题。这种理念在美国尤为盛行，例如在以电影为主题的游乐园中，“迪士尼”和“环球”是两个较大的乐园，他们拥有经验丰富的管理人员，把影片成功地转换成主题乐园的游乐设施。这种协同运作的市场模式，首先由“华纳”和“派拉蒙”公司提出，“六面旗”和“国王”也参与了合作。在“六面旗”乐园中，以电影为主题的游乐设施有“蝙蝠侠”和“超人”；“派拉蒙”中则有“神枪”和“星际畅游”等游乐设施。

中国的主题乐园发展也很快，先后建设了无锡影视基地、深圳中华民族园、北京世界公园、山海关建在航空母舰上的海上乐园等，都是典型的主题乐园。我国的主题乐园也具有鲜明的特色。例如，1995 年，以东方迪士尼为特色的苏州乐园市场开始接待游客，仅两年时间就接待了游客 500 万人次，其经营优势初露端倪。苏州乐园的市场定位很鲜明，就是以家庭游乐为主要客源市场。在这里，从小小世界到太空历险，从苏格兰庄园到欧洲城镇，从百狮园到时空飞船，各种年龄层次的游客都能找到适合自己的游乐天地。苏州乐园在经营中又把主题经营的理念向更深层次发掘，举办了一系列主题活动，包括俄罗斯水上芭蕾表演、露天广场音乐会、五月歌会、假日探宝大行动、夏威夷风情节、啤酒节、桂花节、圣诞狂欢节等。

四、康乐设施和经营主体大幅度增加

随着世界经济的不断发展，康乐业也在不断发展。我国近 30 年来一直处于经济发展的高速期，经济的高速发展带动了康乐业的快速发展，康乐设施和经营主体大幅增加。随着人们对康乐活动需求的增加，经营康乐项目的主体已从星级饭店向度假村、康乐中心扩展，还出现了许多专营康乐项目的企业。例如，哈尔滨的“梦幻乐园”、吉林的“格林梦乐园”、石家庄的“天天水上乐园”等。并且出现了一些大规模的综合康乐企业，使我国的康乐业出现了百花齐放的局面。

另外，我国康乐设施的规模不断扩大。例如，经营多年的“沈阳夏宫”，其面积有 2.3 万 m^2；北京有个 8 万 m^2 的室内水上乐园。不仅室内水上乐园是这样，其他项目也是如此。

五、参与康乐活动的人数越来越多

随着经济的发展和社会文化水平的提高，人们的康乐需求也不断提高，越来越多的人希望在闲暇时参与一些有益于身心健康的康乐活动。北京康乐宫是个规模不算大的室内康乐场所，建筑面积只有 2.2 万 m^2，也曾出现过每天接待顾客 1 万人次的情况。另外，康乐需求的扩大促进了康乐服务人员的增加，而康乐服务人员的增加又有力地证明了参与康乐活动的人数越来越多。在我国台湾地区，台大、交大、中央等 20 多所高等院校都开设了高尔夫球选修课，如今选修高尔夫的学生越来越多，高尔夫球已成为体育教学中最受欢迎的科目。北京在前些年就已经开设了专业高尔夫学校和台球学校，一些高等旅游院校也开设了康乐服务与管理的专业课。这些学校源源不断地培养着康乐服务和管理人员，为康乐业扩大经营输送了大量人才。

六、康乐项目的收费水平趋于合理

过去，康乐项目的收费不太合理，有些项目的消费价格很高。但是，随着市场经济的发展和人们消费观念的转变，康乐业的收费水平越来越合理，大多数康乐企业都能从我国消费者的实际收入情况出发，制定出符合实际的收费标准，采取降低收费的经营策略，为广大中、低收入者提供了享受现代生活、感受现代康乐项目的机会和条件。一些原先只属于“贵族”的康乐项目开始大规模地走向寻常百姓。

任务单 了解康乐行业

请概括出我国康乐行业的发展现状及呈现的特点。

____

____

____

活动二 了解康乐行业发展前景

在上一个活动中，了解了我国康乐行业发展的现状，那么我国康乐行业发展的前景又将如何？在这个活动中我们将一起来学习。

信息页 发展前景

一、康乐经营在经济活动中所占的比重将会增加

从世界角度看，康乐行业进入经济活动始于西方经济发达国家，后来又逐渐发展并占据了较重要的经济地位。我国康乐业的发展是随着改革开放的大潮、国民经济的发展而发展的，在国民经济中占据了一定的地位。

虽然我国是一个发展中国家，人均收入水平不高，与西方发达国家相比，还有很大差距，这种情况使我国康乐业的发展受到一定影响。但是，改革开放以来，我国的经济飞速发展，与发达国家之间的差距正在缩小。经济的高速发展促进了康乐业的发展，使其成为一项新兴产业，从无到有、从小到大，得到了迅猛的发展，并在国民经济中占有越来越重要的地位。

二、康乐消费在人们生活消费中所占的比例将会增大

随着物质生活水平的提高，人们的消费观念和消费结构也在发生着转变。近些年来我国经济一直保持较快的发展速度，国民收入增长速度也非常快。人们已不再满足于一般的温饱型生活，而产生了较高层次的需求，康乐消费就是这种需求的一部分。康乐消费是一种休闲性的消费，它要求消费者有余钱和闲暇。现在我国已实行了每周 5 天工作制，再加上其他公众节假日和各企事业单位自行规定的休假，使人们有了较充裕的休息时间，也为人们不断扩大的康乐需求提供了时间条件。

三、康乐服务和管理水平将会明显提高

随着改革开放的不断深入、人们物质文化生活水平的不断提高，康乐企业的数量不断增多，并且在经营规模上不断扩大。

随着康乐事业的发展，康乐服务和康乐管理也逐步趋于规范化和系统化。在康乐业的

初始阶段，服务和管理水平很低。主要有以下原因。

(1) 经营管理人员缺乏康乐项目的专业知识。大多数康乐项目的操作、服务都具有较强的专业性，如果缺乏这方面的知识就很难使康乐经营走上正轨。

(2) 经营管理人员缺乏较系统的康乐管理知识。在改革开放以前，我国的康乐管理几乎是一片空白，新出现的康乐企业管理人员都是从其他行业改行的，大多没有管理经验，都在“摸着石头过河”。

(3) 康乐服务人员缺乏必要的服务技能培训。比如，缺少这方面的培训教材和培训教师。

(4) 缺少相关政策、法规。有关管理部门还来不及制定相关政策、法规，出现了立法滞后的现象。

现在，我国康乐事业已经有了长足发展，康乐管理也开始由经验管理型向科学管理型转变，其主要表现为：经常举办康乐服务和管理培训班；职高、中专、高职开始设置康乐服务和康乐管理专业；关于康乐服务和管理的专业论著和教材不断出版，使康乐管理趋于规范化和系统化；关于康乐经营的政策法规正在不断完善，为经营者合法经营明确了方向。

四、康乐设备的科技含量将会不断增加

随着科学技术的进步和市场需求的增加，康乐设备的科技含量会越来越高，其性能也越来越先进。设备的现代化使原有的康乐项目日趋完善，例如，电子游戏机已凝聚较多科技含量，现在又诞生了更新一代的电子游戏机，即虚拟现实游戏机。这是融合了电脑模拟、自动化控制、人机交流等多门先进技术而研制的电子游戏机。另外，很多传统的康乐设备在发展过程中虽然外形没有明显的变化，但其制造材料却在不断地增加科技含量，例如，乒乓球拍从最早的一块木板到目前在底板上添加碳纤维，不仅更加轻巧，还增加了球拍弹性，而这种碳纤维最早是航天飞机上使用的高科技材料。

任务单　了解康乐行业发展前景

我国每年的法定假期有哪些？

____

____

活动三　康乐项目基本类型

随着康乐活动的发展，与其有关的新产品、新设施、新设备都得到了充分开发和推广，与之相随的活动项目也越来越多。那么众多的康乐项目是如何进行分类的呢？在这个活动中将一起来学习康乐项目的基本类型。

信息页 酒店康乐项目的基本类型

一、康体休闲项目

康体项目是人们借助一定的康体设施设备和环境，为人们锻炼身体、增强体质而设置的健身项目。康体项目有别于专业体育项目，它不需要专业体育项目那么强的专业性和技巧性，人们参与康体项目，只为达到锻炼目的，并从中享受到一定乐趣，如图 1-1-2 所示。

图 1-1-2

1. 康体休闲项目的特点

(1) 需要借助一定的设施和场所，如乒乓球室、游泳池等。

(2) 不是以竞技为主，而是为了达到特定的目的，如健美、减肥等。

(3) 运动中讲究科学方法，即运动有一定规律性，时间和运动量要适中等。

2. 康体休闲项目的种类

1) 健身器械运动

(1) 心肺功能训练项目

① 跑踏步类运动。这类运动是指通过以踏步机、登山机等运动机械作为载体达到增强心肺功能、锻炼身体目的的康体运动。这类活动通过为器械配置相关的热量消耗显示和心率检测装置，使训练者直接了解训练所消耗的热量，并且及时掌握训练时的脉搏次数，以便于随时控制训练的进度和程度。

② 划船运动。这种运动是使用类似于船舶功能的运动器械进行模拟划船竞赛的健身活动，对扩张心肺和手臂肌肉锻炼十分有利。

③ 骑车运动。这种运动是操作类似于自行车的运动器械，达到模拟骑自行车运动的逼真感觉的运动项目，运动者还可以根据实际需要自动调节地势和骑车速度。

(2) 力量训练项目

① 举重运动。这种运动是通过推动可调节重量级的举重架，训练臂力和扩胸的力量型运动，以达到举重效果的一种运动方式。

② 健美运动。这种运动是在多功能组合健身架上完成多种动作的锻炼项目。其所使用的器械既有单一功能训练身体某一部位的，也有综合训练身体各个部位的，可以达到健美、健身等目的。

2) 游泳运动

游泳运动是在不同设施、不同形式的游泳池内进行游泳和嬉戏等的运动形式。它可以增强内脏器官功能，还能增强肌体适应外界环境变化的能力，是一项使人身心舒畅的活动。

(1) 室内戏水。室内戏水是在设施齐全、水温适宜、水质优良、环境清洁的室内环境中进行戏水的活动。其方式多种多样，如滑冰、冲浪等，并且一年四季都可以进行，是一项适应范围较广的活动。

(2) 室外游泳。室外游泳是游泳爱好者在室外游泳池或天然游泳池等场所进行的活动，其缺点是会受到季节气温的影响。

(3) 室内外综合型游泳池。室内外综合型游泳池的天棚是活动的，能够根据天气变化和客人需求，通过控制系统开启和关闭，因此不受天气的影响。缺点是天棚的结构复杂，工程造价高，保养维修费用高。

3) 球类活动

(1) 网球。网球活动是运动者在网球场上，手执网球拍击球过网的一项活动。比赛时双方各占网球场一边，由一方发球开始，运动员手执网球球拍，运用发球、正反拍击球、截击球、变压球、挑高球、放短球、击反弹球等技术，以及发球、上网和底线抽击球等战术，努力将球击至对方场地。

(2) 保龄球。保龄球运动是在拥有符合规范要求的木质保龄球道、竖瓶机、计算机记分器等设施设备的场所，用球滚击木瓶数记分的康体活动。

保龄球赛场是用枫树或松树等硬质木料铺成的细长水平滑道，长 18.6m，宽 1.05m。球用硬质胶木制成。比赛时在滑道终端用 10 个木瓶柱，摆成三角形，参加比赛者在投掷线上轮流用球滚投撞击瓶柱，每人轮流投击两次为 1 轮，10 轮为 1 赛，以用最少轮次击倒所有瓶柱者为优胜。

(3) 壁球。壁球从字面上理解即是往墙壁上打球。它不像网球或羽毛球需隔着球网进行，参与者应并排站立，面对墙壁交锋。打球的一方将球击向正面或侧面的墙壁，待球反弹回来才可由另一方击球。壁球可单人练习，也可二人对抗。其特点是占地面积比网球场地小得多，加之在室内不受气候的影响，运动量相对于网球也有所减小，是适合多数人的锻炼项目。

(4) 高尔夫球。高尔夫球运动是运动者在具有一定要求的高规格的高尔夫球场，使用不同球杆，按一定规范要求将球击入固定洞中，以球入洞杆数多少定输赢的贵族运动。高尔夫球运动是一项有利于身心健康、陶冶情操的高雅运动。由于受到客观条件的限制，高尔夫球运动较难推广。为了满足人们对这一项运动的需求，在星级饭店内一般设室内模拟高尔夫球场、微型高尔夫球场等。

(5) 台球。台球是一项具有绅士风度的高雅运动项目，也叫打落袋，是由 2～4 人参加的在一个水平方形台上击球的活动，以击球或击球进袋计分比输赢的球类运动。台球分落袋台球、彩色台球和四球台球。

(6) 其他球类运动项目。有些饭店或度假村根据客人的需求设置了很多球类休闲运动项目，如乒乓球、篮球、羽毛球等。

二、娱乐休闲项目

娱乐休闲项目是人们以趣味、轻松愉快的方式，在一定的设施环境中进行各种类型的既有利于身体健康，又放松精神、陶冶情操的活动项目。这种项目往往既可以提高智力、锻炼毅力，又可以达到放松身心、恢复体力、振作精神的目的，如图 1-1-3 所示。

图 1-1-3

1. 娱乐休闲项目的特点

(1) 借助特定设施和服务，如棋牌室、酒吧等。

(2) 运动不激烈，趣味性、技巧性强，如电子游戏厅等。

(3) 环境氛围感要求强，如卡拉 OK 厅、大型多功能厅等。

(4) 寓享受于消闲娱乐之中，强调一种精神上的满足。

2. 娱乐类项目的类型

娱乐项目包括的范围较广，日常生活中的歌舞类项目(歌舞、卡拉 OK、KTV、MTV 等)、游戏娱乐项目(电子游戏、棋牌游戏等)、文化娱乐项目(闭路电视、书刊阅览、VOD 等)都是娱乐项目类型。

三、保健休闲项目

保健休闲项目是指利用一定的环境设施和服务，使人们能积极主动、全身心投入，并得到身心放松和精神满足的活动项目，如图 1-1-4 所示。

图 1-1-4

1. 保健休闲项目的特点

(1) 特定设备和服务，有严格的操作程序，如桑拿室等。

(2) 服务技术含量要求高，如足疗、保健按摩等。

(3) 文化气息浓，时尚感强，如美容、美发等。

2. 保健休闲项目的种类

保健休闲类项目按其功能形式一般分为桑拿浴活动、保健按摩活动和美容美发活动。

(1) 桑拿浴。桑拿浴是一种蒸汽浴，是在气温高达 45℃～100℃的蒸汽房间内沐浴的活动。蒸汽浴室分为干、湿两种。干蒸汽浴又称芬兰浴，整个沐浴过程是坐着的，室内高温使人有一种身临炽热阳光之下被晒着，被吸收身体水分的感觉。温蒸汽浴又称土耳其浴，整个沐浴过程不断地往散热器上加水，使房间湿度浓厚。无论干、湿桑拿，都是通过高温，使浴者出汗，以改善人体血液循环，调节生理机能，达到促进新陈代谢的效果。

(2) 保健按摩。按摩是指在人体的一定部位上，通过运用各种手法和进行特定的肢体活动达到防治疾病的方法，具有疏通经络、促进血液循环、增进健康甚至一定程度上治病的功效。按摩一般分为人工按摩和设备按摩，其中设备按摩的种类比较多，主要有热能震荡按摩和水力按摩等。它们不仅起到人工按摩的作用，而且借助热能、水力等，达到人工按摩所不可代替的效果。

(3) 美容美发。美容美发是指拥有现代化设备，清洁的美容美发工具和技艺高超的美容美发师，为顾客进行美容美发等服务，以满足客人不同的要求活动。现代美容美发师需要经过严格的培训，并且必须配备现代化的设施设备，如专用美容椅、离子喷雾机、真空吸面机等。一家酒店美容美发的声誉好坏会对酒店客源的回头率产生明显的影响。

任务单 了解康乐项目的类型

一、请填写酒店康乐各项目的类型内容及其特点。

项目类型	内容	特点
康体休闲项目		
娱乐休闲项目		
保健休闲项目		

二、你喜欢哪种康乐项目？

在众多的康乐项目中，你最喜欢哪一项或几项？

____

为什么？

____

它给你带来了什么益处？

____

____

三、案例分析。

受尊重的客人

有一位外国客人第一次入住希尔顿饭店，因为感冒了所以留在饭店休息，没什么事做就去饭店的康乐中心消遣，看看表演，听听音乐。

他第二次去的时候，刚走进去，负责接待的服务人员就热情地迎上来跟他打招呼：“Mr. Miller，您好，您的感冒好点了吗？”客人吃了一惊，他仅仅被接待过一次，服务人员就记住了他的名字，并且还关心他的感冒好了没有。客人在惊讶之余，陌生感顿时消失，简单的问候迅速缩短了彼此间的距离。

不料，过了一会儿，他听到自己的名字再度响起，小提琴手微笑着面朝他说：“我将这首快乐的曲子送给 Mr. Miller，希望他在中国一切顺利，玩得开心！”转过头去，他看到了服务人员会心的笑容，于是他也开怀地笑了。

1. 怎样才能更加有效地记住客人的名字？

____

____

2. 除了记住客人的名字之外，还有什么方法让客人觉得自己受到了尊重？

____

____

任务评价

内　容		自我评价			小组评价			教师评价		
学习目标	评价项目									
知识目标	我国康乐行业发展现状									
	我国康乐行业发展前景									
	康乐项目基本类型									
专业能力目标	主动搜集相关资料									
	走访相关酒店									
	了解酒店基本情况									

(续表)

内容		自我评价			小组评价			教师评价		
学习目标	评价项目									
态度目标	服务意识									
	热情主动									
通用能力目标	沟通能力									
	项目管理能力									
	解决问题能力									
任务单	内容符合要求、完整正确									
	书写清楚、直观、易懂									
	思路清晰、层次分明									
小组合作氛围	小组成员创造良好工作气氛									
	成员互相倾听									
	尊重不同意见									
	所有小组成员被考虑到									
教师建议：		整体评价：								
个人努力方向：				优秀		良好		基本掌握		

任务二　康乐部基本信息介绍

工作情境

酒店管理专业毕业生张静分到了一家五星级酒店的康乐中心工作。工作刚刚开始，一切都是崭新的。在日常生活中张静接触的康乐项目有限，今天是岗前培训的第一天，培训老师让学员们先通过自己的方式了解这个部门，那么一起和张静走进康乐部吧。

具体工作任务

- 通过多种信息渠道搜集有关酒店康乐部的信息；
- 掌握康乐部的基本职能；
- 了解康乐部经理的岗位职责；
- 了解康乐部楼面主任的岗位职责；
- 掌握康乐部楼面领班的岗位职责；
- 掌握康乐部服务员的岗位职责。

活动一　康乐部畅想

你了解酒店的康乐部吗？请在学习活动二之前完成下面的任务。

任务单　康乐部给我的印象

一、走访______________酒店(五星级)。

____________酒店康乐部拥有哪些康乐项目？

____

____

二、康乐部的信息搜集。

1. 你是通过何种方式了解酒店康乐部的？

☐　店内宣传

☐　网络资源

☐　媒体广告

□ 亲自实践

2. 你对酒店康乐部的印象如何？

____

____

3. 你了解到酒店康乐部有哪些职位？

____

____

4. 通过调查，你了解到酒店康乐部的组织结构是怎样的？

____

____

活动二 我眼中的康乐部

通过活动一任务的完成，应该对酒店的康乐部有了一定的认识，在下面的活动中，将一起了解康乐部的基本职能和岗位职责。

信息页一 酒店康乐部的基本职能

康乐部是酒店的对外经营部门之一(如图 1-2-1 所示)，在酒店统一领导下，自身既是专业化的经营部门，又不能脱离酒店的整体管理、统一经营，并要配合酒店的整体促销。

图 1-2-1

康乐部是为客人提供休闲、娱乐、康体健身等项目的舒适、洁净的场所，尽最大努力满足顾客的合理需求，为客人提供细致、周到、体贴、入微的服务，为酒店创造经济效益和社会效益。

康乐部的发展方向是：健康、文明、高雅、安全。

虽然康乐部自身是专业化的独立经营部门，但必须符合酒店的整体经营、管理、经济效益、社会形象等方面的要求，同时在酒店的统一安排下配合餐饮部、客房部、销售部做好酒店的整体经营和整体促销，与其他部门合作，以使酒店经济效益最大化。缺少其他部门的支持和帮助，酒店康乐部是无法独立生存的。

康乐部的基本职能，概括如下。

(1) 提供娱乐服务。

(2) 提供健身服务。

(3) 提供健美服务。

(4) 满足顾客的安全需求。

(5) 满足顾客的卫生需求。

(6) 提供咨询服务。

信息页二 酒店康乐部的岗位职责

一、康乐部经理的岗位职责

(1) 接受总经理的督导，直接向总经理负责，贯彻酒店各项规章制度和总经理的工作指令，全面负责康乐部的经营和管理。

(2) 根据酒店规章制度和各设施项目的具体情况，提出部门管理制度和主管、领班的具体工作任务、管理职责工作标准，并监督实施，保证部门各项娱乐设施和各项管理工作的协调发展及正常运转。

(3) 分析各设施项目的客人需求、营业结构、消费状况及发展趋势，研究并提出部门收入成本与费用等预算指标，报总经理审批。纳入酒店预算后，分解落实到各设施项目，并组织各级主管和领班完成预算指标。

(4) 研究审核各设施项目的服务程序、质量标准、操作规程，并检查各设施项目、各级人员的贯彻实施状况，随时分析存在的问题，及时提出改进措施，不断提高服务质量。

(5) 根据市场和客人需求的变化，研究并提出调整各设施项目的经营方式、营业时间、产品和收费标准等管理方案。配合酒店销售活动，配合有关部门组织泳池边食品销售以及网球、壁球、保龄球比赛等销售活动，适应客人消费需求的变化，提高设施利用率和销售水平。

(6) 审核签发各设施项目主管的物品采购、领用、费用开支单据，按部门预算控制成本开支，提高经济效益。

(7) 做好各设施项目主管、领班工作考核，适时指导工作，调动各级人员的积极性。随时搞好巡视检查，保证康乐中心各设施项目管理和服务工作的协调发展。

(8) 制定部门各设施项目人员编制，安排员工培训。根据业务需要，合理组织和调配人员，以提高工作效率。

(9) 随时收集、征求客人意见，处理客人投诉，并分析康乐中心服务与管理中的问题，适时提出改进措施。

(10) 搞好康乐中心和酒店各部门的协调配合，完成总经理交办的其他工作任务。

(11) 掌握员工的思想动态，积极开展多方面沟通，解决员工日常工作、生活中存在的问题，抓好员工队伍的思想工作。

(12) 贯彻执行酒店行业饮食卫生制度，督导康乐部卫生工作的落实。

(13) 抓好部门日常防火、防盗和防事故工作，发现问题必须及时解决，对部门安全负责。

(14) 制定并支持部门各级例会，跟进并监察部门日常营业的一切结束工作。

二、康乐部楼面领班的岗位职责

(1) 直接对主任负责，保证本部门日常工作程序的正常运行。

(2) 合理安排员工的工作任务，对其工作进行督促和指导，负责督促服务员完成各项接待与备房工作。

(3) 跟进各设施的检查、保修和一般保养，在上班后半小时内做好房间各设施的检查，保证其正常运作。

(4) 在营业时间带领服务员做备房工作，力求按标准要求做到房间出售前备房达标，严禁未经领班检查的房间出售给客人，对于员工工作中存在的问题，班前班后进行检讨。

(5) 各楼层领班要做好与钟房、收银等的协调工作，保证每走一位客人便将房间备房工作及时跟到位，及时安排等房客人，提高房间周转率，并做好房态记录工作。

(6) 留意客人动态，特别注意陌生面孔，处理客人的一般投诉，如不能解决要及时向上级报告。

(7) 不定期地抽查服务员是否做到 45° 鞠躬，热情地迎送和招呼客人，并给予及时指正，负责对服务员的工作进行最初考核。

(8) 负责加强新入职员工的业务培训，在平时工作中不断加强员工对酒水及各项消费服务的培训。新入职员工经过主管以上人员考核合格后方可正式上班。

(9) 客人走后，如果在房间卫生检查中发现有客人遗留的物品，要做好登记，及时将遗留物品交给客人或者上交经理处理。

(10) 定期安排好部门大清洁计划及定期烘干枕芯等工作，落实各项卫生大清洁计划及各项工作。

(11) 定期检查各楼层的消防设施设备，对灭火器不足的进行补充，预防火灾、盗窃等意外事故发生。

(12) 经常和员工进行交流与思想沟通，负责组织员工参加各种集体活动，增强员工的集体荣誉感。

(13) 积极参加部门例会，对本部门的工作进行总结并提出下周计划。

(14) 负责楼层客人的接待工作，虚心听取客人意见，并坚持每日询问 3 位以上客人的意见，记于记事本上。

(15) 加强跟进客人出入单工作，防止走单和错单现象。

三、康乐部服务员的岗位职责

(1) 服务员要熟悉所在项目的历史背景、发展状况，以及该项目的活动规则、动作要领和设备使用方法。

(2) 准备齐全营业所需的相关用品，并保证这些用品处于完好状态。

(3) 主动了解顾客状况，对于初次来该项目消费的顾客，应主动介绍该项目的内容和特色，帮助其熟悉和掌握本项目的相关知识。

(4) 当顾客在本项目进行康乐活动时，主动为其客服务，例如，记分服务、排除设备故障、指导要领、提高注意事项等。

(5) 注意顾客在消费过程中的愿望和要求，引导消费，随时解答顾客提出的问题，解决他们遇到的困难。

(6) 准确填写有关单据和表格，以及记账方式，付款项目一定请顾客签名确认。

(7) 固定岗位的服务员(如服务台岗，水滑梯出发台岗等)在工作时必须坚守岗位，不得擅离职守。有特殊情况需要离开时，必须向领班请假，经同意后方可离开。

(8) 流动服务岗的服务员必须不停地巡视检查，及时为顾客提供服务。

(9) 观察顾客情况，根据有关规定谢绝不符合规定的顾客来本项目消费。例如，谢绝酗酒者和皮肤病患者进入游泳池与桑拿浴池。

(10) 如果发生意外事故，应采取相应措施，然后及时向上一级领导汇报。如遇紧急情况可越级报告，以保证顾客安全。

(11) 做好本项目营业场所和设备的卫生工作，为顾客提供良好的消费环境。

(12) 按规定经常检查、保养和维修本项目的设备和器材，使之处于良好的运行状态。

(13) 注意保管好服务所用器具，发现损坏或丢失应及时采取措施，并向领导报告。

(14) 运动项目的顾客需要陪练时，经领班同意可以陪练，陪练时要态度认真、动作准确、掌握心理、控制分寸，尽量提高顾客的兴趣。

(15) 维护公共场所的公共秩序，顾客增多时注意疏导，遇到不遵守公共秩序的顾客，应婉言劝阻，必要时及时报告。

(16) 当顾客离去时，做好结账工作，并及时检查清理消费场所，检查是否有客人遗失物品，如有及时上交并登记。同时及时检查设备，发现问题及时解决。

任务单 熟悉康乐部

一、康乐部有哪些职能？

____

____

二、康乐部服务人员有哪些岗位职责？

____

____

____

____

三、案例分析。

输赢自有分寸

某天，服务员李明在饭店台球厅当班，一位初学的客人要求他提供陪打和指导服务，李明很有礼貌地和这位先生打了招呼，就开始打球了。

李明在台球厅一向以技艺精湛著称。今天李明遇到的客人不是很会打球，一会儿李明就稳操胜券了。

“左上角的那个黑 6 的位置不错。”李明善意地提醒客人。

“我试试。”客人带着满脸紧张的神色说。

“Yeah，进了。”客人兴奋得像个小孩子。

一来一往间，李明和客人的水平好像不分伯仲，两个人之间的谈话越来越多，仿佛是两个久未谋面的老朋友。

1. 你从这个案例中得到什么启示？

____

____

2. 你认为怎样才能在输赢间把握好尺度？具体应该怎么做？

____

____

任务评价

内容		自我评价			小组评价			教师评价		
学习目标	评价项目									
知识目标	康乐部的基本职能									
	康乐部经理的岗位职责									
	康乐部服务员的岗位职责									

(续表)

内容		自我评价			小组评价			教师评价		
学习目标	评价项目									
专业能力目标	主动搜集相关资料									
	走访相关酒店									
	了解酒店基本情况									
态度目标	服务意识									
	热情主动									
通用能力目标	沟通能力									
	项目管理能力									
	解决问题能力									
任务单	内容符合要求、完整正确									
	书写清楚、直观、易懂									
	思路清晰、层次分明									
小组合作氛围	小组成员创造良好工作气氛									
	成员互相倾听									
	尊重不同意见									
	所有小组成员被考虑到									

教师建议：	整体评价：
个人努力方向：	优秀　良好　基本掌握

任务三 如何成为一名合格的康乐服务员

工作情境

经过了详细的岗前培训，张静成为了一名康乐服务员。面对自己的新工作，张静给自己订立了第一个职业目标——成为一名合格的康乐服务员。在培训中老师提到过，一名合格的康乐服务员应有高尚的职业道德，良好的仪表、行为举止和个人卫生，能熟练运用基本的服务用语为客人提供周到、细致的服务。为了实现自己的职业目标，张静会加倍努力的，大家也为她加油吧！

具体工作任务

- 熟记康乐服务员职业道德；
- 熟知康乐服务的仪表要求；
- 熟知康乐服务人员的行为举止要求；
- 知晓康乐服务人员的个人卫生要求；
- 熟记康乐服务基本用语。

活动一 了解职业道德

了解了康乐行业的发展情况，掌握了康乐部基本信息，那么如何使自己成为一名优秀的康乐服务人员呢？首先从业者需要具备良好的职业道德。

信息页一 康乐服务人员的职业道德

一、敬业乐业，热爱本职工作

遵守各项规章制度，维护企业的对外形象和声誉，做到不说有损于企业利益的话，不做有损于企业利益的事。

二、树立“宾客至上”的服务理念

要有满腔热情的服务精神，让客人在本企业的一切活动中都有宾至如归的感觉。

三、认真钻研业务

提高服务技巧和水平，树立强烈的学习愿望，不耻下问，真心学习，干一行、爱一行，并把新学到的知识和技能运用到自己的工作实践中去，不断改进操作技能，提高服务态度。

四、自洁自律，廉洁奉公

(1) 不利用掌握的权力和工作之便谋取私利。

(2) 不索要小费，不暗示、不接受客人赠送的物品。

(3) 自觉抵制各种精神污染。

(4) 不议论客人和同事的私事。

(5) 不带个人情绪上班。

五、树立主人翁的责任感

以主人翁的态度对待本职工作，关心本企业的前途和发展，并为本企业的兴旺发达出主意、作贡献。工作中处理好个人与集体的关系，以及个人与上司、个人与同事之间的工作关系，互相尊重，互相协作，严于律己，宽以待人。

六、树立文明礼貌的职业风尚

(1) 有端庄、文雅的仪表。

(2) 使用文明礼貌、准确生动、简练亲切的服务语言。

(3) 尊老爱幼，关心照顾残疾客人和年迈体弱的客人。

(4) 严格遵守服务纪律、服务操作程序和操作细则。

(5) 在接人待物中讲究礼貌礼节。

信息页二 康乐部人员应具备的服务态度

一、工作态度

(1) 语言：谈吐文雅，常用礼貌用语，讲普通话。

(2) 礼仪：站立服务，面带笑容，举止、言谈热情大方。

(3) 喜悦：微笑服务，表现出热情、亲切友好的态度，做到精神集中、情绪饱满，给客人一种轻松愉快的感觉。

(4) 效率：提供高效率的服务，关注工作上的技术细节，急客人所急，为客人排忧解难。

(5) 责任：尽职尽责，严格执行交接班制度，遇有疑难问题及时向有关部门反映，求得圆满解决。

(6) 协助：各部门之间要互相配合，真诚协助，同心协力解决问题，维护企业的声誉。

(7) 忠实：忠诚老实，有事必办，不提供假情况，不阳奉阴违、诬陷他人。

(8) 时间观念：准时上下班，少请假，不迟到、早退、无故旷工。

(9) 工作作风：头脑机智，眼光灵活，口才流利，工作敏捷。

(10) 工作态度：服从安排，热情耐心，和蔼谦恭，小心谨慎，虚心好学。

(11) 体力要求：能长时间站立工作，用托盘托起 3kg 以下的物品，行走不至于滑倒。

(12) 工作意向：领会技能，不断学习业务知识，遵守规章制度，勤恳踏实工作，明确发展前景。

二、服务态度

(1) 主动：全心全意为客人服务，自觉地把服务做在客人提出要求之前。

(2) 耐心：热情解答客人提出的问题，做到多问不烦。

(3) 热情：对待宾客要像对自己的亲人一样，工作时面带笑容，态度和蔼，语言亲切，热心诚恳。

(4) 周到：周到服务，处处关心，帮助客人排忧解难，使宾客满意。

任务单 做优秀的康乐服务员

一、你认为要想成为一名优秀的康乐服务员需要具备哪些知识和技能？

____

____

二、为了实现这个目标你会做哪些努力？

____

____

活动二 掌握服务注意事项

要成为一名合格的康乐服务人员，除了必备职业道德外，还要知晓康乐服务的一些注意事项。

信息页 康乐服务注意事项

一、康乐服务人员的仪表要求

(1) 按规定统一着装，左胸前佩戴服务标志。

(2) 工作服整洁、领带、领结挺括干净，系带端正，纽扣扣齐。

(3) 头发整洁，梳理整齐，不得有头皮屑。

(4) 发型讲究：女，前不遮眼，后不过肩，不梳奇形怪状发式；男，不留长发、大鬓角和胡须。

(5) 注意避免长筒袜抽丝和脱落。

(6) 鞋子不得沾染灰尘和油渍。

(7) 双手保持清洁，指甲不得留有污物，夏季手臂保持清洁。

(8) 保持面部、颈部卫生，避免有耳垢。

(9) 保持眼部卫生，避免有眼屎。

(10) 膝盖干净，衬裙不外露。

(11) 衣服拉链要拉足。

(12) 女服务员不浓妆艳抹，不使用香水，不戴耳环、戒指，不留长指甲和涂抹指甲油，不当众化妆。

(13) 上班时间不穿短裤、背心，不打赤脚、穿拖鞋，不带有色眼镜。

二、康乐服务人员的行为举止要求

1. 站立要求

(1) 挺胸抬头，不弯腰驼背，肩膀不向一侧倾斜。

(2) 姿态要端正，双手自然下垂，不叉腰抱胸，不将手放在兜内。

(3) 双脚稍微拉开呈 30° 角。

(4) 举止端庄有礼，落落大方。

(5) 不背靠他物或趴在服务台上。

2. 行走要求

(1) 行走时一定要姿态端庄。身体的重心应稍向前倾，收腹、挺胸、抬头、眼睛平视前方，面带微笑，肩部放松，上体正直，两臂自然地前后摆动。

(2) 走路时脚步要既轻且稳。切忌晃肩摇头、上体左右摇摆、腰和臀部后翘，应尽可能保持直线前进。遇有急事，可加快步伐，但不可慌张奔跑。

(3) 多人一起行走时，不要横着一排，也不要有意无意地排成队形。

(4) 服务人员在康乐场所行走，一般靠右侧；与客人同行时，要让客人走在前面；遇通道比较狭窄，有客人从对面过来时，应主动停下来靠在边上，让客人先通过，但切不可把背对着客人。

(5) 遇有急事或手提重物需超越行走在前面的客人时，应彬彬有礼地征求客人同意，并表示歉意。

(6) 行走要轻稳，姿态要端正，表情要自然大方。

(7) 行走时不将手放进兜内，也不双手抱胸或背手。

(8) 快速行走时不发出踏地的咚咚响声。

(9) 多人同时行走时，不用手勾肩搭背，不边走边笑、边打闹。

(10) 引领客人时走在客人左前方两步远处，行至转弯处应伸手示意。

(11) 与客人同行时，不突然抢道穿行，在特殊情况下给客人一定程度的示意后方能越行。

3. 目光要求

(1) 注视对方的时间应占谈话时间的 1/3。

(2) 注视的位置要适当。一般社交场合应注视对方双眼与嘴之间的三角区，谈公事时注视对方眼部以上位置能保持主动。

(3) 轻轻一瞥，可传达兴趣或敌意、疑惑或批评的信息，所以康乐工作人员要特别注意不要让这种目光流露出来。

(4) 切忌闭眼。因为持续 1 秒钟或更长时间的闭眼，表示排斥、厌烦、不放在眼里的意思。

4. 行为要求

(1) 服务动作要轻。

(2) 在客人面前不吃东西、饮酒、吸烟、掏鼻孔、搔痒，不脱鞋、提裤脚、捋衣袖、伸懒腰、哼小调、打哈欠。

(3) 路遇熟悉的客人要主动打招呼，在走廊、过道、电梯或活动场所与客人相遇时，应主动礼让。

(4) 不随地吐痰，不乱扔果皮、纸屑。

5. 手势要求

手势是最有表现力的一种肢体语言，是康乐服务人员向宾客作介绍、谈话、引路、指示方向等常用的一种形体语言。

(1) 手势要正规、得体、适度，手心向上。

(2) 在指引方向时，应将手臂伸直，手指自然并拢，手心向上，以肘关节为轴指向目标。同时眼睛也要转向目标，并注意对方是否看清目标。

(3) 在介绍或指路时，不用一个手指比划。

(4) 谈话时，手势不宜过多，幅度不宜太大。

三、康乐服务人员的个人卫生要求

(1) 经常刷牙，保持口腔清洁，上岗前 3 小时内不吃有异味的食物。

(2) 发式符合规定要求，梳理整洁。

(3) 做到勤洗手、勤洗澡、勤理发、勤剪指甲。

(4) 工作服勤洗勤换，保持整洁。

(5) 皮鞋勤擦油，保持光亮，布鞋和袜子保持清洁。

任务单 了解服务人员的心理

案例分析。

洞察服务人员的心理

李娜已经在某饭店卡拉 OK 歌厅担任服务员 5 年了，一直表现不错，而且很多客人都对她有着良好的评价，是一名负责任的服务人员。

但是最近，她频频被投诉——上班无精打采，脸色阴沉，仪容不整。按照规定，李娜会被处以一定的经济惩罚，严重时甚至会被开除。该卡拉 OK 歌厅的经理是个细心认真的管理者，他派主管与李娜谈话，了解了真实情况。原来她刚刚失恋，还未能从个人感情的阴影中走出来。为了缓解李娜的情绪，经理给了李娜一周的带薪休假，让她去散散心，并多次与她谈话沟通，帮助她消除不良情绪，将个人情绪与工作表现区别对待。很快，李娜又恢复了从前的乐观热情，又成为那个人见人夸的优秀服务员了。

1. 如何在培训中加强服务人员的角色定位意识和服务意识？

____

____

2. 有哪些途径可以调节服务人员情绪，使服务人员愉快上岗？

____

____

活动三 了解服务基本用语

康乐服务人员的基本服务用语有哪些，如何来表达自己的语言？在这个活动中来一起学习吧。

信息页一 康乐部人员语言要求

(1) 语调亲切，音量适度，讲普通话。

(2) 适时运用“您好”“请”“谢谢”“对不起”“打扰了”“别客气”“请稍候”等礼貌用语。

(3) 称呼要得当，不要用“哎”“喂”等不礼貌用语。

(4) 不准粗言粗语、高声喊叫。

(5) 语速不要太快，要清脆简明，不要有含糊之音。

(6) 同客人讲话时，精神要集中，眼睛注视对方，要认真倾听，不能东张西望、左顾右盼，不要与客人靠得太近，应保持 1m 左右的距离。

(7) 语言简洁、明确，充满热情。

(8) 遇见客人主动打招呼，向客人问好。

信息页二 基本服务用语

(1) 迎客时说“您好”“欢迎”“欢迎您的光临”等。

(2) 对他人表示感谢时说“谢谢”“谢谢您”“非常感谢”“谢谢您的帮助”等。

(3) 接受顾客吩咐时说“明白了”“清楚了，请您放心”“马上给您安排”“好的，没问题”等。

(4) 不能立即接待顾客时说“请您稍等一下”“麻烦您等一下”“我马上就来”等。

(5) 对在等候的顾客说“对不起”“让您久等了”“很抱歉，让您等候多时了”等。

(6) 打扰或给顾客带来麻烦时说“对不起”“实在对不起”“打扰您了”“给您添麻烦了”等。

(7) 向顾客道歉时说“很抱歉”“实在很抱歉，望能原谅”等。

(8) 顾客致谢时回应“请别客气”“不用客气”“很高兴能为您服务”“这是我们应该做的”等。

(9) 顾客致歉时回应“没什么”“没关系的”“算不了什么”等。

(10) 当我们听不清楚顾客问话时说“很对不起，我没有听清，再重复一遍好吗”“不好意思，我没听清楚，能再说一次好吗”等。

(11) 送客时说“再见，有空常来坐坐”“欢迎下次再来”等。

(12) 要打断顾客的谈话时说“对不起，我可以占用一下您的时间吗”“对不起，耽搁一下您的时间”等。

信息页三 康乐部服务的八大用语

(1) 欢迎光临。
(2) 您需要什么？
(3) 明白了。
(4) 请稍等片刻。
(5) 让您久等了。
(6) 非常抱歉，真对不起。
(7) 谢谢。
(8) 欢迎再次光临。

信息页四 服务人员忌语

一般来说，在服务过程中，比较常见的服务人员忌语主要有如下4类。

一、不尊敬之语

对老年服务对象讲话时，绝对不能用“老家伙”“老东西”“老废物”“老没用”等词语，即使提的不一定是对方，对方也必定十分反感。另外，以“老头子”“老婆子”等去称呼老年人，也是不应该的。

跟病人交谈时，尽量不要提“病鬼”“病号”“病秧子”等一类的话。没有什么特殊的原因，也不要提身体好还是不好之类的话。应当懂得，绝大多数病人都是讳疾忌医的。

面对残疾人时，切忌使用“残废”一词。一些不尊重残疾人的语言，诸如“傻子”“呆子”“侏儒”“瞎子”等切忌使用。

接触身材不很理想的人士时，例如体胖之人的“肥”、个低之人的“矮”，都不应当直言不讳。

二、不友好之语

在任何情况之下，都绝对不允许服务人员对宾客使用不友善，甚至满怀敌意的语言，哪怕他不是前来消费或享受服务的。只有摆错了自己的实际位置，或者不打算做好服务工作的人，才会这么做。

服务人员为服务对象提供服务时，千万不能以鄙视的语气询问“你买得起吗”“这是你能用的东西吗”等。

当服务对象表示不喜欢服务人员推荐的商品、服务项目，或者是在经过了一番挑选后感到不甚合意，准备转身离开时，不要小声嘀咕“没钱还来干什么”“装什么大款”“一看就是穷光蛋”等。

甚至有个别的服务人员顶撞对方，诸如“谁怕谁呀，我还不想侍候你这号人呢”“你算什么东西”“瞧你那副德行”“我就是这态度”“愿意去哪儿告都行，本人坚决奉陪到底”等，则更是不应该的。

三、不耐烦之语

服务人员在工作岗位上要做好本职工作，提高自己的服务质量，就要在接待客人时表现出应有的热情与足够的耐心。不论自己的初衷如何，不允许不耐烦地回答客人“我也不知道”“从未听说过”等。

当客人询问具体的服务价格时，不可以用“那上面不是写着了”“瞪大眼睛自己看去”“没长眼睛吗”这类语言来训斥客人。

当客人要求为其提供服务或帮助时，不能够告诉客人“着什么急”“找别人去”“凑什么热闹”“那里不归我管”“老实等着”“吵什么吵”，或者自言自语“累死了”“烦死人了”等。

四、不客气之语

服务人员在工作之中，有不少客气话是一定要说的，而不客气的话则坚决不能说。在劝阻客人不要动手乱摸乱碰时，不能够说“老实点”“瞎动什么”“弄坏了你管赔不管赔”等。而应从引导的角度、为宾客着想的角度适当礼貌地劝说，以取得客人的理解和支持。

知识拓展 文明经商十要求

(1) 顾客致店，主动招呼，不冷落人；
(2) 顾客询问，详细答复，不讨厌人；
(3) 顾客挑选，诚实报价，不欺骗人；
(4) 顾客少买，同样热情，不讽刺人；
(5) 顾客退货，实事求是，不埋怨人；
(6) 顾客不买，自找原因，不挖苦人；
(7) 顾客意见，虚心接受，不报复人；
(8) 顾客有错，说理解释，不指责人；
(9) 顾客伤残，关心帮助，不取笑人；
(10) 顾客离店，热情道别，不催促人。

任务单 熟悉服务用语

一、如何在服务中控制自己的情绪？(即使你今天很不高兴)

____

____

二、面对蛮不讲理的客人，你该怎样做？

____

____

三、案例分析。

微笑服务的价值

某日，有一位住店客人在饭店的特色酒吧前台要了一瓶矿泉水，因为他住过很多商务酒店都是免费提供饮用水的，所以他认为这也是免费的。酒吧服务员张扬怕客人赖账，紧张且严肃地跟客人一再解释："如果是一杯冰水我们可以赠送给您，但瓶装水是标明价格收费的，而且很多饭店并不提供免费瓶装水。"并将酒吧的酒水单拿给客人看。

这位客人很生气，他将张扬投诉至前台，说其服务态度不好，不尊敬客人。张扬因此受到处罚，并被要求向该名客人道歉。当然，最终这位客人也未能免费饮用这瓶水。发生了这样的事，张扬的主管出面协助解决，他微笑着向客人道歉，说明本饭店的规定，本来很紧张的局势一下子轻松了不少。客人听了很满意，说："刚才要这样说不就好了嘛，我一定会再来的。"然后面带笑容地走了。

1. 为什么张扬和他的主管处理同样的事情，客人却有不同的反应？

2. 微笑在处理与客人争执时有什么样的作用？

3. 当与客人发生争执时，有哪些要点需要把握？

正确的服务礼仪

国际饭店内，两位美国游客入住后看到饭店客房内有足疗中心赠送的现金消费券，于是便一起来到了位于二楼的足疗中心，准备体验一下。

前台接待员吴敏看到两位美国客人走了进来，很想热情迎上，无奈紧张之下不知英文该如何表达，就张嘴结舌地愣在了那里。另一位服务人员王浩迎上前去，用英语和两位客人打了招呼，因为看到其中一位女客人穿着比较暴露的低胸开口的衣服，王浩觉得直接这样盯着客人看是很不礼貌的，所以便将视线转移开去，低着头询问客人的需求，与客人一问一答地交流起来。

看到客人手中拿着饭店赠送的现金券，王浩就耐心地向客人解释了该券的使用方法和范围，并给他们推荐了一些相关消费项目。在等待客人作决定之际，王浩抬起头看了一眼，发现两位客人都在摇头，而且表情似乎有些错愕和迷惑。他不敢多看，赶紧又转向别处。最终，这两位客人并未选择在此消费，而是转回房间去了。

1. 在本案例中，前台接待吴敏和王浩在服务过程中都有哪些不妥之处？

2. 在与客人打交道的过程中，有哪些礼仪是需要服务人员格外注意的？

3. 如果你是王浩，你会在服务现场如何表现和应对？

服务人员的忌语

在饭店足疗中心内，两位结伴前来的宾客显然是第一次来这里消费，对有关的项目内容、价格信息都很不熟悉，询问了很多问题，甚至包括足疗的服务程序，每项程序所需的时间、服务内容等。

前台接待小曾热情礼貌地接待了他们，按照价格从高到低的顺序为他们介绍每个项目，并积极地向他们推荐一些价格较高的套餐项目，因为套餐报价性价比较优。两位宾客比来比去，最终还是只选择了该足疗中心内最大众化的中药沐足项目，每位 48 元。当他们办完开单手续向接待房间走去时，小曾忍不住低声咕哝了一句：“没钱还来干什么，装什么大款。”其中一位迅速扭过头来，看了小曾一眼，虽然什么也没说，但显然很不满。过了几天，饭店服务中心就收到了客人对小曾的投诉。

1. 在本案例中，前台接待小曾到底做错了什么？

____

____

2. 在服务过程中，有哪些服务忌语是需要服务人员格外注意的？

____

____

3. 当有服务人员不慎使用了服务忌语时，该如何补救和处理？

____

____

任务评价

内容		自我评价			小组评价			教师评价		
学习目标	评价项目									
知识目标	康乐服务员职业道德									
	康乐服务人员的仪表要求									
	康乐服务人员的行为举止要求									
	康乐服务人员的个人卫生要求									
	康乐服务基本用语									

(续表)

内容		自我评价			小组评价			教师评价		
学习目标	评价项目									
专业能力目标	主动搜集相关资料									
	走访相关酒店									
	了解酒店基本情况									
态度目标	服务意识									
	热情主动									
通用能力目标	沟通能力									
	项目管理能力									
	解决问题能力									
任务单	内容符合要求、完整正确									
	书写清楚、直观、易懂									
	思路清晰、层次分明									
小组合作氛围	小组成员创造良好工作气氛									
	成员互相倾听									
	尊重不同意见									
	所有小组成员被考虑到									
教师建议：		整体评价：								
个人努力方向：			优秀			良好		基本掌握		

伴随着我国康乐业的蓬勃发展，康乐业各个项目的开发、建设、管理、保护等也都得到了空前的重视和发展，一批高品位、高质量的康乐项目，如健身房、保龄球、台球、网球、高尔夫球、游泳等均得到了巨大发展，成为我国康乐业发展的主力军和国际旅游形象的着眼点。

单元二 如何提供康体休闲项目服务

任务一　健身房服务

工作情境

目前，越来越多的人开始关注自己的身体健康，走进健身房。在有氧器械区，私人教练正在为会员提供不同需求的服务与指导；在大操房里，瑜伽教练正在带领会员们进行着各种体位的练习；健身房服务员 Jack 正在带领两名准会员参观，并向他们介绍着健身房的设备设施。

具体工作任务

- 了解健身房的设计和布局；
- 了解健身房的主要设施设备；
- 掌握健身房服务员主要职责；
- 掌握健身房服务步骤与规范。

活动一　了解健身房的设计和布局

健身房拥有较全的健身和娱乐项目，专业教练进行指导，良好的健身氛围。在健身房不仅能锻炼身体、塑造身材，而且还能认识很多新朋友。

信息页一　健身房简介

健身房集多项运动于一体，具有较强的综合运动特点。健身房不仅能够提供科学的、齐全的、安全的体育训练设备，还能让训练者在挥洒汗水中锻炼体魄、强身健体，减轻精神压力、容光焕发。健身房的大部分器械，如跑步机等，具有模拟运动的特点，每项运动所需要的场地都比较小，有的器械，如多功能训练器等，还具有多项运动组合的特点，因此每一单项所占场地就更小了，这对于提高场地利用率非常有利。由于健身器材种类多，运动量、运动速度都可调节，因此各种体质、年龄、性别的人都可以在这里找到与自身体质相适合的运动项目进行锻炼。根据我国饭店等级的评定标准，四星级饭店必须配备健身房。事实上，很多饭店在康乐设施的设置上都超前了一步，使饭店档次进一步提高。

信息页二 健身房的主要设施设备

一、体能测试中心(如图 2-1-1 所示)

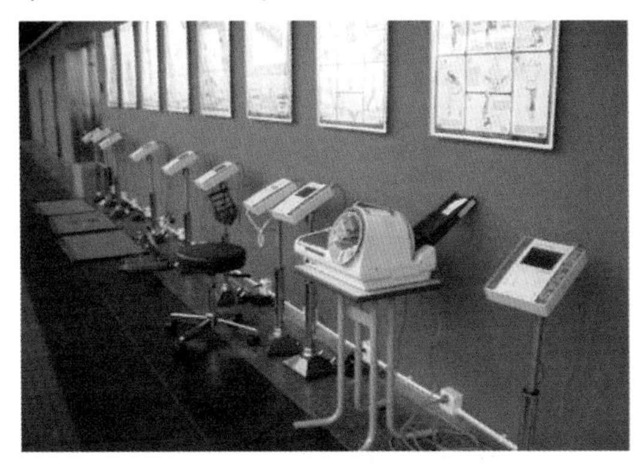

图 2-1-1 体能测试中心

(1) 身体柔软度量度器：是量度人体柔软弹性的一种仪器。在运动前测试身体柔软度，可避免运动训练时的意外受伤。

(2) 体能量度尺：是量度体形的标准版。

(3) 肺功能分析仪：是利用计算机准确测量肺活量的仪器。

(4) 计算机脂肪测量仪：利用先进的激光技术，提供专业准确的分析。利用计算机脂肪测量仪可迅速而准确地分析体内脂肪、水分及肌肉分布，可印制健身报告表。

(5) 电子心率显示仪：利用电子心率显示仪，独立的胸部感应带能传送心率至显示腕表，并备有警号通知。

(6) 心率、血压及重量组合仪：可测量心率、血压及血量，提供健身前后的比较表。

二、健美操室(如图 2-1-2 所示)

图 2-1-2 健美操室

健美操室也称有氧韵律室，地面采用枫木铺设；内设音箱、广播喇叭箱及弹簧设备等，使地台随着音乐节拍跳动；同时配备标准的空调设备、墙身镜子、柔和灯光、室内电视系统和饮水喷泉等。健美运动包括有氧舞蹈、地板运动、伸展运动、韵律操等。通过各种身体动作的编排、一定的训练强度，使呼吸及心跳加快、血流加速，血氧浓度提高，可满足全身肌肉对氧气的需求，达到消耗身体中多余脂肪，提高心肺功能，增强肌肉的柔韧性，改善体形等功效。

三、健身器械

1. 跑步机(如图 2-1-3 所示)

图 2-1-3 跑步机

跑步机通常分为单体功能跑步机和多功能跑步机两种，又有电动跑步机和人力跑步机两种形式。在电动跑步机上通常装有计算机，可显示距离、速度、时间和体能消耗等数据，使用时感觉很像自然跑步。由于电动跑步机的传动滚带为橡胶带，可以减缓跑步时对腿关节的冲击力，因此跑动时比较舒适愉快。人力跑步机则依靠使用者不断地向后蹬踏来驱动滚带，因此双手不能离开扶手。实际上在人力跑步机上只能快走，无法真正地跑起来，跑步机两侧扶手有紧急制动装置，可避免跑步者发生意外。跑步机可以锻炼腿部肌肉和心肺功能。

2. 自行车训练器(如图 2-1-4 所示)

图 2-1-4 自行车训练器

自行车练习器模拟骑自行车运动，可以模拟上坡、下坡、平坡等骑行感觉。车上有计算机显示器，可把骑车的速度、时间、地势、外景以及骑车者的心跳速度准确地显示出来。骑车者可以根据自己的意愿自行调节，设置不同的阻力，控制运动量，以达到锻炼腹部、腿部肌肉以及心肺功能的目的。

3. 划船模拟器(如图 2-1-5 所示)

图 2-1-5 划船模拟器

划船模拟器由一个可前后滑动的坐凳、两个固定的脚踏板、一个弹簧拉力手柄和计算机屏幕组成，能模拟出划船的全部动作。其感受就像真的在划船一样，屏幕能显示出水面的场景。划船模拟器可以锻炼运动者的臂力、腿部肌肉和腹肌，消耗人体中的热量，增加呼吸量，使运动者在短时间内减轻体重，增实肌肉。

4. 台阶练习器(如图 2-1-5 所示)

图 2-1-5 台阶练习器

台阶练习器是模拟登山或上楼梯运动而设计的锻炼器材，由一高一低两只脚踏板、安全扶手和计算机屏幕组成，能显示运动次数及消耗能量等数据。

5. 多功能综合练习器(如图 2-1-6 所示)

图 2-1-6 多功能综合练习器

多功能综合练习器适用于多种力量的训练，通过动作件、钢丝绳、滑轮、重量调节块等把背肌伸展练习器、蝴蝶式胸肌练习器、二头肌训练器、三头肌训练器、腿部练习器、力量辅助上身练习器等综合在一起，通过运动来锻炼局部肌肉的力量，既可减少脂肪，又可使身体更健壮、形体更优美。多功能综合练习器是一种多功能、组合型、占地小的体育健身器材，深受宾客欢迎，一直是健身中心必备的优选器械。

任务单　设计健身房

根据健身房不同的功能区域划分，请你设计出健身房的布局图。

活动二　掌握对客服务方式

了解了健身房的布局后，下面将一起学习如何规范、优质地为宾客提供专业服务。

信息页一　健身房服务员主要职责

(1) 负责健身房的接待服务工作，包括登记、开单、结账服务等。

(2) 负责健身房营业前器材和其他物品的准备工作，对设施设备进行营业前的安全检查。

(3) 热情周到地为宾客服务，根据宾客需要介绍运动项目的特点、使用方法和各种器材动作示范等，及时劝阻宾客的违规行为，确保宾客安全。

(4) 密切关注宾客在健身运动过程中的身体状况，发现异常情况应及时采取紧急措施。

(5) 负责健身房场地、更衣间、淋浴室和健身器材的清洁卫生工作。

(6) 负责运动器材的检查、报修、保养工作，经常擦拭运动器材，保持器械洁净，出租或收回器械时要认真检查质量。

(7) 收集健身会员的情况，配合领班做好健身会员的资料管理工作。

(8) 认真做好营业期间的消防、安全防范工作，注意观察，发现问题及时汇报。

(9) 在宾客休息期间为宾客提供饮品和休闲食品等消费服务。

(10) 完成上级交办的其他工作任务。

信息页二 健身房服务流程(如图 2-1-7 所示)

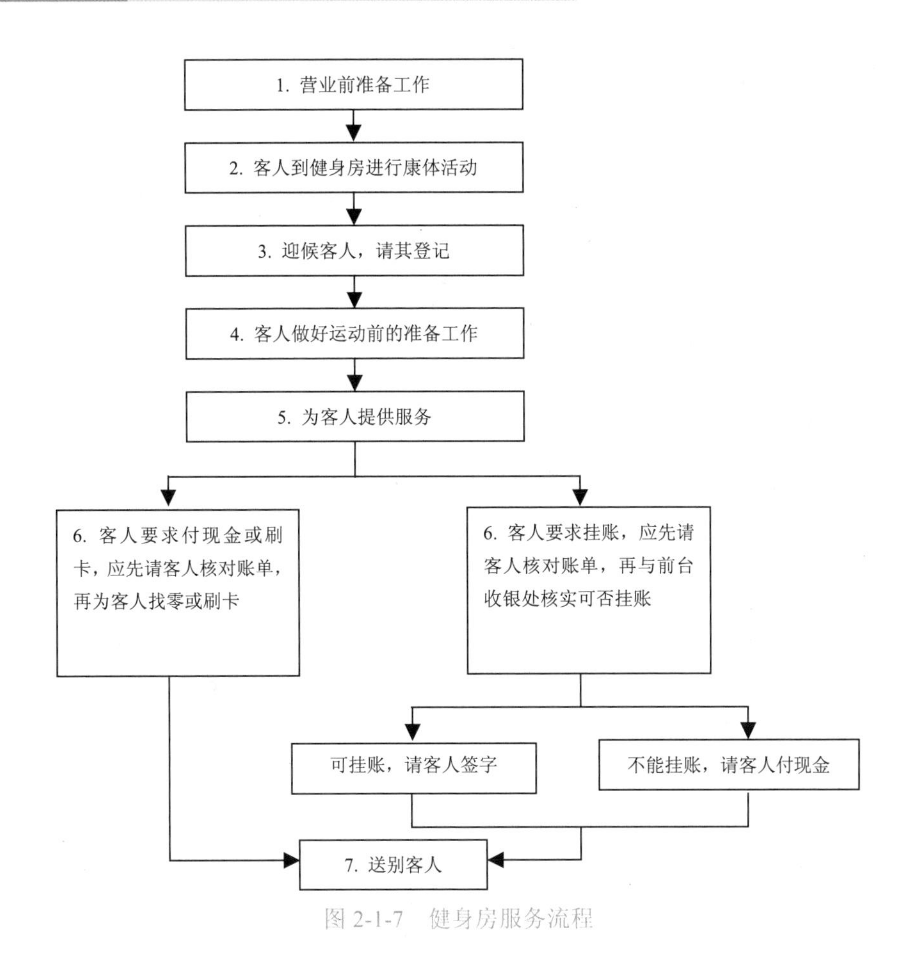

图 2-1-7 健身房服务流程

任务单 熟悉健身房服务

一、填写健身房服务步骤及相应工作职责。

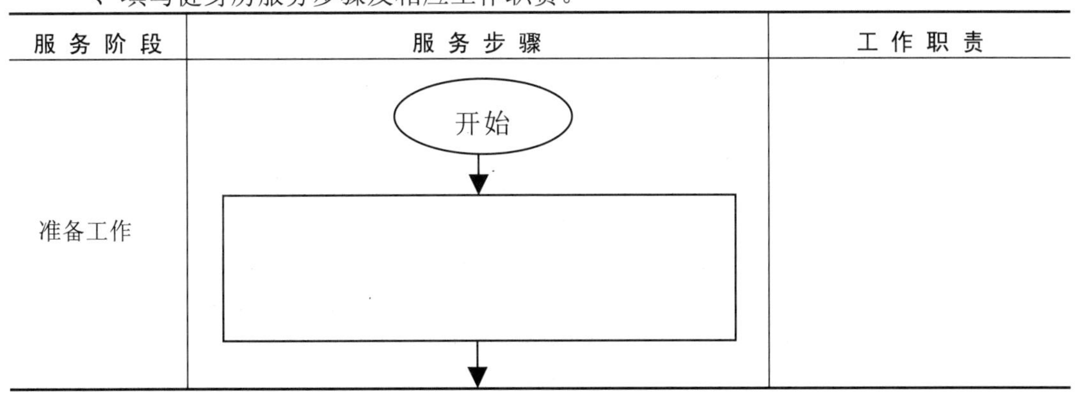

服务阶段	服务步骤	工作职责
准备工作	开始	

(续表)

服务阶段	服务步骤	工作职责
迎接工作	1. ↓ 2. ↓	
健身服务	1. ↓ 2. ↓ 3. ↓ 4. ↓ 5. ↓	
结账服务	1. ↓ 2. ↓ 3. ↓ 4. ↓	
送别宾客	1. ↓ 2. ↓ 3. ↓ 结束	
备注		

二、情境模拟演练。

请以小组为单位，进行情境模拟演练，练习健身房的服务步骤，熟悉其规范。演示结束后，同学间展开讨论，交流心得。

任务评价

内　容		自我评价			小组评价			教师评价		
学习目标	评价项目									
知识目标	健身房设计和布局									
	健身房服务步骤和规范									
	健身房岗位职责									
专业能力目标	准备工作									
	迎接工作									
	健身房服务									
	送客服务									
	结束工作									
态度目标	服务意识									
	热情主动									
	细致周到									
	全员推销									
通用能力目标	沟通能力									
	创新能力									
	解决问题能力									
	团队协作能力									
	书写清楚、直观、易懂									
任务单	内容符合要求、完整正确									
	思路清晰、层次分明									
小组合作氛围	小组成员创造良好工作气氛									
	成员互相倾听									
	尊重不同意见									
	所有小组成员被考虑到									
教师建议：		整体评价：								
个人努力方向：				优秀			良好		基本掌握	

任务二 保龄球服务

工作情境

保龄球，英文名是 bowling，又称地滚球，它是在木板道上滚球击柱的一种室内运动。最初叫“九柱球”，起源大约可以追溯到公元前 5200 年的古埃及，人们在那里发现了类似现代保龄球运动的大理石球和瓶。公元 11 世纪传入英国并盛行一时，后又传入德国、法国、荷兰、美国等国家，大约在 20 世纪 80 年代传入我国。保龄球具有娱乐性、趣味性、抗争性和技巧性等特点，可以锻炼人的身体和意志。

具体工作任务

- 介绍保龄球运动的产生和发展；
- 熟练使用保龄球运动的主要设施设备；
- 熟记保龄球运动比赛规则；
- 熟练掌握保龄球运动的基本技巧；
- 熟记保龄球服务人员岗位职责；
- 熟悉保龄球服务工作流程；
- 掌握保龄球服务工作步骤。

活动一 保龄球运动介绍

如今，保龄球已经成为现代社会中的一项时尚运动，由于是室内活动，不受时间、气候等外界条件影响，也不受年龄限制，易学易打，因此，已成为男女老少人人皆宜的康体休闲运动项目。

信息页一 保龄球运动的产生和发展

保龄球运动有着悠久的历史，公元 3～4 世纪，在德国的天主教活动中，这项运动是天主教会用来测量其教徒对宗教信仰程度的尺度，也是教会宗教仪式活动的组成部分。通常是由天主教徒在教堂走廊里安放木柱来象征异教徒和邪恶，然后用光滑圆形的石头滚地击之。石头代表正义，当时，这些教徒们认为击倒木柱可以为自己赎罪、消灾；击不中就应该更加虔诚地信仰天主。直到 14 世纪初，才逐渐演变成为德国民间普遍喜爱的体育运动项目。后来，荷兰人和德国人的后裔移居美国，便把保龄球传到了美国。 在 16 世纪时，保龄球运动是 9 个瓶的游戏，数年后，其演变成 10 个木瓶，瓶的摆设形状也从钻石形变成三角形。1895 年 9 月 9 日，美国保龄球协会正式成立。世界范围的保龄球组织于 1925 年正式成立，并被命名为国际保龄球联合会。而真正的第一次保龄球国际比赛于 1954 年在芬兰的赫尔辛基举行。20 世纪初叶，保龄球随着外国人的足迹传入中国，当时在北京、天津和上海的青年会健身房内已设有保龄球场。1949 年新中国成立以后，一些保龄球场和舞厅一起销声匿迹，唯有上海原法国总会(后改名文化俱乐部，现为花园酒店)及上海体育俱乐部等几处尚保留下一些保龄球道。改革开放以后，中国于 1985 年 5 月成立了保龄球协会。1988 年的奥运会，将保龄球列为表演项目。

信息页二 保龄球运动的主要设施设备

一、球道(如图 2-2-1 所示)

球道是保龄球投出后向前滚动的路径，标准球道的长度为 1915.63cm，宽为 104.2cm～106.6cm，球道最前方是置瓶区，球瓶排列成倒正三角形。球道两侧各有一条球沟，球道的后方是发球区，作为球员持球及助走掷球的区域。

二、助走道(如图 2-2-2 所示)

助走道是球员走步、滑行及掷球的区域，长度一般为 427.3cm，宽度与球道的宽度相同。

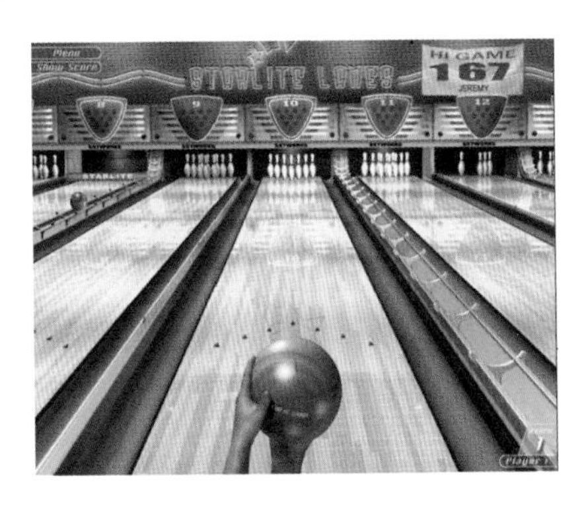

图 2-2-1 球道

图 2-2-2 助走道

三、犯规线

犯规线是指助走道和球道的连接线，宽为 0.95cm，上面设有光控犯规监测装置。

四、助走标识(如图 2-2-3 所示)

在助走道的起点处有两组共 10 个标识点，被称作助走标识，也叫站位标识，是供球员选择站位位置的标志。

图 2-2-3 助走标识

五、脚步标识(如图 2-2-4 所示)

在助走道与犯规线之间，有一组 7 个标识点，被叫做脚步标识，也叫滑步标识，这是为助走时掌握最后滑步的位置而设置的。

图 2-2-4 脚步标识

六、目标标识点

球道上的一组箭头标记，距犯规线 365.97cm～487.95cm 不等，这组箭头叫做目标标识点，是供球员打球时瞄准用的。每隔 5 块木板有一个箭头，从左向右数，依次分布在第 5、10、15、20、25、30、35 块木板上，一共 7 个箭头。

七、引导标识点

球道上的一组小圆点标记，离犯规线约 243.97cm，这种圆点叫做引导标识点。引导标识点分为左半组和右半组，两组相互对称。右半组依次分布在从右数第 3、5、8、11、14 块木板上，左半组则分布在从左数同样的位置上。

八、球瓶(如图 2-2-5 所示)

保龄球瓶是选用以上等枫木为主要材料，经过钻孔、黏合、打磨定型和喷涂等特殊工艺加工而成的梭形木瓶。每只球瓶的重量在 1.261kg～1.641kg 之间，高 38.85cm，最大部位直径为 12.1cm。每条球道备有两组球瓶，每组 10 个。将 10 个瓶凑成一套时，其中最重与最轻的相差不可超过 112g。球瓶排列成倒正三角形，10 个瓶以 30.48cm 的间距依次排列成 4 行。

九、球(如图 2-2-5 所示)

保龄球是用硬质塑胶或合成树脂塑胶制成的实心球，由球核、重量堡垒、外壳 3 部分组成，球的直径为 21.8cm。

保龄球的重量按国际规定有 11 种规格：6 磅、7 磅、8 磅、9 磅、10 磅、11 磅、12 磅、13 磅、14 磅、15 磅、16 磅(1 磅等于 0.4536kg)。保龄球的重量可以不同，但大小必须相同。球上有 3 个小孔，便于手指插入推球。球表面有商标、编号及重量堡垒等识别标记。

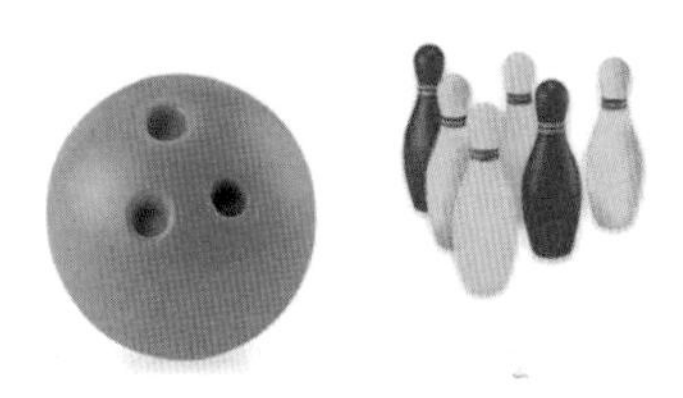

图 2-2-5　球瓶和球

十、记分系统

现代化的球场均装有计算机记分系统。

十一、自动化控制系统

自动化控制系统是现代保龄球场的必备设施，由程序控制箱控制，通过机械装置来完成扫瓶、送瓶、夹瓶、回球、升球等操作，并将瓶位信号、补中信号、犯规信号通过计算机记分系统显示在记分台和悬挂式彩色记分器上。

信息页三 保龄球运动比赛规则

规则 1：

保龄球运动是以球击倒球瓶的数目记分，以得分来决定胜负。保龄球比赛以局为单位，每一局为 10 轮，球击倒一个球瓶就记分为 1 分，以计算一局中的总分数作为得分，每一局的最高得分为 300 分。

每一轮视情况不同可以打一两次或 3 次球。前 9 轮中，如果第一次投球就将球瓶全部击倒，称为“全中”，该轮就只允许这一次投球，不能再进行第二次投球；如果第一次投球未击倒全部球瓶，则准许第二次投球；如果第二次击倒了所有的剩余球瓶，则称为“补中”。一般情况下，前 9 轮每轮至多可以投两次(即两个球)。

第 10 轮的投球和记分规则比较特殊：如果两次投球仍未击倒全部球瓶或补中时，则此轮投球结束；如果第一次未击倒全部球瓶，第二次补中，可以继续投第 3 次球。如果第一次投球全中，还可以投第二次，第二次若未能全中，则此轮投球结束；如果一二次都是全中，还可以投第 3 次。在此轮中最多可以投 3 次球。

规则 2：

保龄球比赛以抽签方式决定道次。每局在相邻的两条球道上比赛，每轮互换球道，直至全局比赛结束。每局也需互换球道。

规则 3：

以 6 局总分累计决定名次。

一、记分规则和方法

1. 全中

当每一轮中第一次投球击倒全部竖立的 10 个瓶子时，称为“全中”。用“×”符号记录在记分表上该轮上方左边的小方格中。“全中”的记分是 10 分加该球员下两次投球击倒的瓶数。若连续 3 次打出“全中”，则第一轮中的“全中”得分记为 30 分。连续打出两个“全中”称为“双倍打”；连续打出 3 个“全中”，称为“三倍打”。

2. 补中

以两次投球而击倒所有的球瓶，称为“补中”，也叫“两球投完法”，用“/”符号记录在该轮右上角的小方格内。补中的记分是 10 分加算下一轮中第一球击倒球瓶的分数。

在一轮投球中，如果第一次投球未击倒一个球瓶，而第二次投球将 10 个球瓶全部击倒，则称为“两球滚完”，记分也是 10 分加下一轮中第一次投球的分数。

3. 分瓶

分瓶是指在第一球投出后，把 1 号瓶及其他几个瓶子击倒，剩下的瓶子呈下列状态：

两个或两个以上的瓶子，它们之间至少有一个瓶子被击倒时，如 7 号瓶和 9 号瓶、3 号瓶和 10 号瓶；两个或两个以上的瓶子，紧挨在他们前面的瓶子至少有一个被击倒时，如 5 号瓶和 6 号瓶。分瓶在记分表上用“○”表示。

两次仍未能把 10 个球瓶全部击倒，叫做“错打”。这时就以两个球所击倒的球瓶合计数目计为该轮的得分。

4. 犯规

在投球时或投球后，球员的部分身体触及或超越了犯规线，以及接触了球道的任何部分和其他设备建筑时，则为无效投球，判为犯规，失掉一次投球的机会。犯规球无论击倒多少个球瓶，均记为 0 分。犯规在记分表上用“F”表示。

5. 失误球

若某轮的第一球落入边沟，即为“失误球”，应在左边小格子内用字母“G”表示，该球的得分为 0。凡是第二球失误(落入边沟或未击中任何一个球瓶)，应在右边小格内用符号“—”表示，亦称“失误球”，该球的得分也为 0。

二、计分方式

轮次	一		二		三		四		五		六		七		八		九		十			总分
积分	×		8	—	9	/	7	1	×		6	2	8	/	9	—	×		7	/	×	
	28		36		52		60		88		96		115		124		144		164			164

积分情况：

第一轮：10+8+10=28　　第二轮：28+8=36　　第三轮：36+9+7=52

第四轮：52+8=60　　第五轮：60+10+8+10=88　　第六轮：88+8=96

第七轮：96+10+9=115　　第八轮：115+9=124　　第九轮：124+10+10=144

第十轮：144+10+10=164

注：如果从第一轮第一球开始到第 10 轮连续 12 个球全中，按规则每个全中球应奖励下两个球的所得分，每轮得分为 30 分，则该局比赛的“最高局分”为 300 分。

信息页四 保龄球运动的基本技巧

一、选球

保龄球分为通用球和专用球两类。通用球也叫娱乐球，球上标有重量，3 个指孔的距离较近，中指、无名指入孔至第二指关节为限；专用球是根据球员体重、握力、臂力和体力等各种因素量身定做的最适合该球员使用的球。球上的指孔可根据球员手的大小，手指的精细、长短和柔软程度来进行专门钻孔。

一般以自己体重的 1/10 为依据来选择保龄球，并且指孔的大小要合适。如：体重 45kg，选 10 磅；体重 50kg 选 11 磅；体重 60kg，选 13 磅等。初学打保龄球的人可以选择更轻点的球。保龄球的指孔有大有小，拇指、中指、无名指放入相应的指孔中，应略有间隙。能自由转动，说明指孔过大；如有阻塞感，则说明指孔过小。手掌与球面之间的间隔以可以放一根铅笔的空隙为最好。

二、握球方法

将球从回球机上捧起，双臂弯曲，左手托住球的底部，球的重量全部落在托球的手上，身体重心由上至下保持在一条直线上。

将右手的无名指和中指插入指孔，再把拇指深插进指孔，手心贴球面，把球握住；食指和小拇指自然伸直托球，食指和小指应紧贴球面以保持平衡和控制方向。

左手协助右手持球于身体右侧，右手的上臂与前臂成直角，肘部紧靠肋部。

腰部挺直，略向前倾，屈膝，小腿与前方地面呈 75° 角。

左脚在前，右脚在后，分开站立，调整站位，瞄准球道上的箭头标志，使目标瓶、箭头、球三点成一条直线。

准备投掷。

三、四步助走技术

(1) 前推动作(第一步)：站好位，摆好姿势，先出右脚，步幅要小，两手顺势把球向前轻轻推移。

(2) 下摆动作(第二步)：被向前推出的球借助本身的重量自然向下坠落，这时跨第二步(左脚)，步幅稍大，右手同时将球顺势摆动到身体右侧，当左脚跨出时，球的位置要恰好在摆动曲线的最低点。

(3) 后摆动作(第三步)：在球由下向后摆动的同时，右脚稍大幅度地跨出，身体重心同时向前移动以保持平衡，并且在前倾时保持肩部的平稳移动。

(4) 前摆动作(第四步)：在球从后摆顶点开始向前摆动的瞬间，顺势迈出左脚。这时的左脚采用滑步，左膝弯曲，腰部重心向前移。当球运动到最低点时，全身的重量完全压在左腿上，右脚则向左后方摆动以保持身体平衡。此时因摆动与助步的惯性会使左脚自然向前滑动 20cm～40cm。向前滑动时要注意使左脚在距犯规线 5cm 处停止。

(5) 出球动作(延续动作)：在利用球的重量自然向前滑行过程中将球顺势滚动掷出。此时两肩连线应始终与犯规线保持平行，眼睛注视目标。持球的手肘不可弯曲，手腕部分不可用劲或转动，左臂应在相应的体侧展开以维持动作平衡。

(6) 扬手动作(延续动作)：在球出手之后，右手臂向垂直上方摆动，上身也充分伸展向前倾，直到掷出的球滚过球道上的箭头标志为止。

任务单 介绍保龄球

某天，有几位住在酒店的客人来到康乐部，准备打保龄球。他们大概 40 多岁，正在北京旅游，以前从来没有接触过此项运动。

一、作为酒店康乐部的服务员，为客人介绍保龄球这项运动。

产生：____

____

发展：____

____

二、带领客人参观保龄球的设备设施。

三、为客人讲解保龄球运动的基本技巧。

选球：____

____

握球方法：____

____

四、为客人解释保龄球的记分规则。

规　则	具体内容
全中	
补中	
分瓶	
犯规	
失误球	

五、客人离开后，应如何进行球道的养护及清洗。

养护：____

____

清洁：____

____

活动二 掌握对客服务

了解了保龄球运动的基本常识后，服务人员应该如何规范、优质地为客人提供专业服务呢？在本活动中，将一起学习这些内容。

信息页一 保龄球服务员岗位职责

(1) 掌握保龄球服务特点和服务规程，负责客人的预订、开单和接待服务工作。

(2) 做好营业前的各项准备工作，检查营业用品并补齐，对设施设备进行营业前的安全检查。

(3) 根据客人需要给予适当的技术咨询或指导，及时纠正客人不正确或者危险的动作。

(4) 向客人提供饮品，并能够适时地推销酒水和休闲食品。

(5) 负责客人物品的保管。

(6) 客人消费完毕，通知收银员结账，并引导客人交回租用物品。

信息页二 保龄球服务标准

现代酒店康乐部保龄球服务，一般需要服务员通过准备工作、迎接工作、保龄球服务、送客服务、结束工作 5 个步骤来为客人提供完整的服务。具体操作方法与注意事项如下。

一、准备工作

(1) 穿好工服，佩戴胸卡，整理好仪容仪表，提前到岗，参加班前会，接受领班检查及分工。

(2) 进行卫生清洁工作，尤其是保龄球手指孔、记分台、坐椅、茶几、屏幕和回球架等的清洁工作，按规定准备好球巾、粉盒。

二、迎接工作

(1) 询问客人是否有预订，并向客人介绍收费标准等。

(2) 对有预订的客人，在确认预订内容后，办理开道手续；对无预订的客人，为其进行登记，开记录单。请客人在场地使用登记表上签字，并收取押金。对于住店客人，请其出示房卡或房间钥匙，并准确记录客人的姓名和房号。若场地已满，应安排其按顺序等候，并告知大约等候的时间，为客人提供茶水和书报杂志等。

(3) 为客人办理领鞋手续。

三、保龄球服务

(1) 在记分台上为客人设定人数和局数，打开电子记分器，为客人进行分数统计，并向客人介绍活动规则和活动须知。

(2) 客人选球时，要耐心介绍球的重量，提醒客人依据自身体重和指孔大小来选择保龄球，然后按客人的要求将球选取到回球机的架上。

(3) 在客人打球过程中，应注意观察设备运行是否正常，保证记分显示、球道显示等正常运行，随时准备为客人提供服务。

(4) 保持茶几、坐椅和地面的整洁，客人的饮料剩余 1/3 时应及时添加，烟灰缸内烟蒂数不能超过 3 个。

四、送客服务

(1) 客人消费结束时，应及时、礼貌地检查客用设备是否完好，提醒客人退还专用球鞋，带好随身物品，协助客人到收银台结账。

(2) 如果客人要求挂单，要请客人出示房卡并与前台收银处联系，待确认后请客人签字并认真核对客人的笔迹，如果未获前台收银处同意或认定笔迹不一致，则请客人以现金结付。

五、结束工作

(1) 迅速清理场地及设备的污渍、汗渍，将卫生状况恢复至营业的要求。

(2) 将保龄球在球架上码放整齐，按规定清洁供客人使用的专用球鞋等，准备迎接下一批客人的到来。

信息页三 保龄球服务流程(如图 2-2-6 所示)

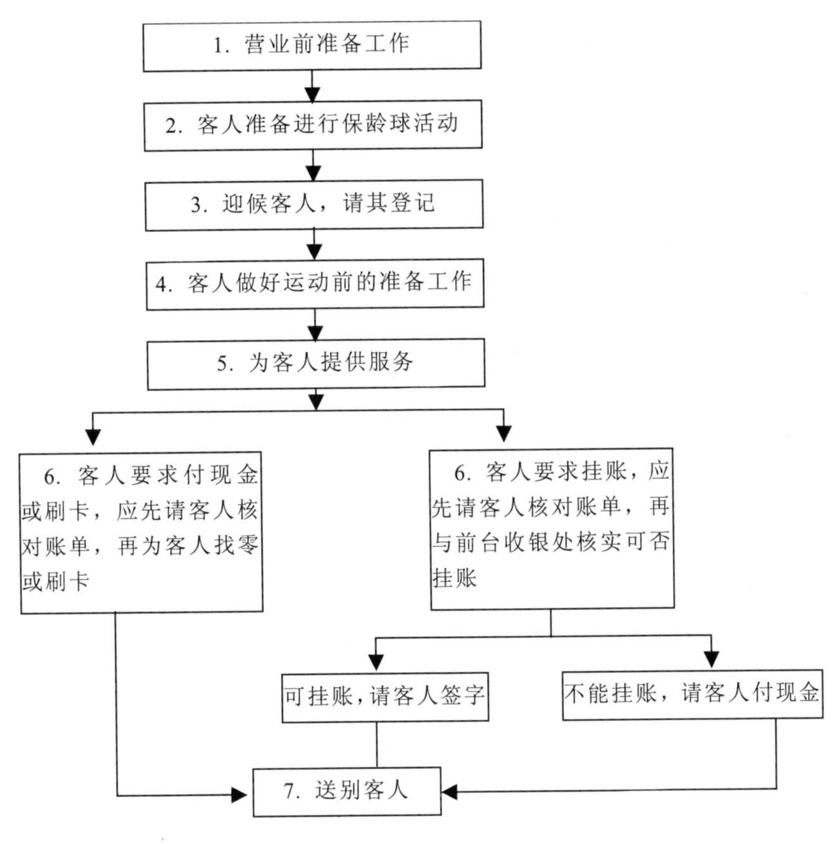

图 2-2-6　保龄球服务流程

任务单 保龄球服务

星期五晚上，一群年轻人蜂拥来到酒店保龄球馆，迫不及待地准备开始打保龄球。请你作为保龄球馆的服务员为客人提供优质的保龄球服务，并填写相应的工作职责。

服务阶段	服务步骤	工作职责
准备工作	开始 → [ ] →	

(续表)

服务阶段	服务步骤	工作职责
迎接工作	1. ↓ 2. ↓ 3. ↓ 4. ↓ 5. ↓	
保龄球服务	1. ↓ 2. ↓ 3. ↓ 4. ↓ 5. ↓ 6. ↓ 7. ↓ 8. ↓ 9. ↓ 10. ↓ 11. ↓ 12.	

(续表)

服务阶段	服务步骤	工作职责
送客服务	1. ↓ 2. ↓	
结束工作	1. ↓ 2. ↓ 3. ↓	
备注	结束	

任务评价

内容		自我评价			小组评价			教师评价		
学习目标	评价项目	☺	😐	☹	☺	😐	☹	☺	😐	☹
知识目标	保龄球服务程序									
	保龄球规则和记分方法									
	保龄球设施设备									
	保龄球运动基本技巧									
专业能力目标	准备工作									
	迎接工作									
	保龄球服务									
	送客服务									
	结束工作									

(续表)

内容		自我评价			小组评价			教师评价		
学习目标	评价项目									
态度目标	服务意识									
	热情主动									
	细致周到									
	全员推销									
通用能力目标	沟通能力									
	项目管理能力									
	解决问题能力									
任务单	内容符合要求、完整正确									
	书写清楚、直观、易懂									
	思路清晰、层次分明									
小组合作氛围	小组成员创造良好工作气氛									
	成员互相倾听									
	尊重不同意见									
	所有小组成员被考虑到									
教师建议：		整体评价：								
个人努力方向：		优秀			良好			基本掌握		

任务三　台球服务

工作情境

斯诺克中国公开赛是一项职业斯诺克赛事，从2005年开始，这项赛事每年3—4月在北京举行，吸引了越来越多的旅游者前来观赛。在观赛之余，他们也经常一试身手，但大家对这项运动的起源和基础知识却知之甚少，请你(康乐部台球房服务员)向客人介绍这项运动。

具体工作任务

- 了解台球发展历史；
- 能够区分台球种类；
- 了解台球比赛规则；
- 理解和运用台球常用术语；
- 了解台球房设计要求；
- 掌握台球服务人员岗位职责；
- 熟悉台球房服务流程；
- 熟悉台球房服务标准。

活动一　台球运动介绍

台球是一种脑力与体力相结合的娱乐活动，运动量不大，是一项静中有动、动中有静的高雅运动，如图2-3-1所示。它能陶冶人的情操，培养人的意志力、耐力、自控力等，既是一种娱乐活动，又是一种交际活动。

图　2-3-1

信息页一 台球起源及发展历程

据英国著名的柯里雨氏百科全书记载，台球活动在公元 14 世纪起源于英国。人们开始在户外地上玩球，当时一些人骑在马上，手里拿着马棍，打地上的一个圆球，地上划上一个圆圈，谁把球打进圈里谁就是胜利者。后来这种游戏被人移到室内的台桌上，在桌子中心开个洞，用马棍往洞里打球，形成了台球运动的雏形。

英格兰维多利亚女王时代，台球活动非常受人推崇。英国人的华贵之家一般都有豪华的台球间。并且台球间还有活动的礼貌规定，如打台球时，有客人来，应轻轻开门，不能高声，又如在打球时，对方不可正面对着打球人或靠近站立，不允许出现随便挥舞球杆等不礼貌行为举止，这些规定也一直沿用至今。台球是一种文明高雅的活动，现在，台球厅、台球室都有类似规定，如不许在室内吸烟、不许高声喧哗等。

1510 年在法国出现了台球活动，深受法国人的喜爱，流传甚广。在路易十四时期，台球活动蔚然成风，一些社会名流以此为高尚的娱乐活动。路易十四的御医曾向法皇建议，说每日晚餐后打台球可以健身，因此深受法皇赞赏。

由于台球活动既能开发智力又能舒筋活络、强身健体，打起来趣味无穷，因而很快从英美流传到了世界各地。

信息页二 台球种类

根据台球球台的构造可分为两类，即无袋式和有袋式。按打法划分有撞击式和落袋式两种。无袋式台球即开伦台球，起源于法国，现在盛行于日本和韩国，有日本国球之称。有袋式台球即落袋式台球，主要有英式斯诺克、开伦和美式 3 种，其中英式和美式台球最为流行。

信息页三 台球比赛规则及方法

一、英式斯诺克台球

斯诺克台球所使用的球台比一般球台高大，球较小。为了击球时能选择更精确的击球点，球杆顶点面积较小，需要有较高的准确性才能进球。斯诺克台球和比列台球在球台上的标记是相同的，在据底边 740mm(29in)处，平行底边横过球台画一条线叫做波克线。波克线以内的范围叫做波克区。以波克线的重点为中心，在波克区内画半径为 290mm(11.5in)的半圆叫做 D 形区，球台纵向中央有 4 个点：波克线中点、球台正中点、金字塔点(球台正中点至球台顶边的中点)、顶点(距球台顶边 324mm，约为 12.75in)。斯诺克所用的球共有 32 颗，包括 6 颗彩色球，15 颗红球和一颗白色母球。6 颗彩色球分别代表不同的分数，其中黑球 7 分，粉红球 6 分，蓝球 5 分，棕球 4 分，绿球 3 分，黄球 2 分，红球 1 分。白球作为公用主球。

游戏的基本方法是将目标球击入袋内就算得分。通常将台上的球全部击入球袋称为一局。决定胜负一般有两种方式，或是一局结束后得分多者胜，或是订立一个得分标准，先达到该分值者为胜。

在击第一杆球时，主球必须从开球区击球，并且必须先击红球，以后主球停在哪里，就从哪里击球。击中一杆得分球将获得下一杆的击球权，否则就失去击球权。

每次都必须先击红球。红球被击入袋即留在袋中，下一杆须任意指定一个彩色球作为目标球。红球入袋不需捡出，台面上尚有红球时，入袋的彩球计分后应马上取出放在其原始位置上；若该位置被其他球占据，则放在临近且分值较高的球位；下一杆继续击红球，然后彩色球，直至失误时由对方获得击球权。击红球时，若是一个以上的红球入袋，则按实际入袋数计分，但击彩色球时目标球之外的任何球入袋都要罚分。

当 15 颗红球都进袋后，球台上只剩下彩色球和母球时，再按色球分值由低至高的顺序将色球击入袋中，这时进袋的色球不需再取出，一直到所有色球打完为止。未按顺序或被误送入袋的彩色球仍须取出复位并罚分。在游戏进行当中，一方打球失误或是球没有进袋，就换对方击球。

如果白球误入袋中，必须取出放在开球区任何一点上，由对方击球，此时不限方向，不论向外区、内区都可以。

出现犯规情况时，裁判员应立即宣布，并在这一击结束之后宣布处罚结果。如果裁判员没有在下一击开始之前作出判决，并且对方也没有提出异议，这次犯规即被视为宽恕。如果对方要求犯规方被罚分后继续击球，犯规方被罚分后必须继续击球，对方的要求一经提出就不得收回。击球失误导致犯规时，必须按照该球的分值罚分，即自己不得分还要将分值加到对方的分数上。罚分最少为 4 分，分值低于 4 分的球(如绿球、红球等)按 4 分判罚；一杆球同时产生几种罚分，取最高值判罚而不累计积分。判罚原则如下。

(1) 击不到球或主球入袋或袖口等其他物件触及球台，罚 4 分。

(2) 击红球时，主球先碰到了彩球或误将彩球送入袋，按最高分罚分。

(3) 击指定或规定的目标彩球时，先碰到红球或其他彩球，按最高分值罚分。

(4) 误将红球或其他彩球送入袋中，按最高球值罚分。

二、开伦台球

开伦台球的最大特色是球台没有落袋，竞赛者只需以母球撞击两个及两个以上的目标球算得分。目前最受欢迎的是 3 台边游戏，它的规则相对简单，但难度较高。在 3 台边游戏的球台上，共有两颗白色母球及一颗红色子球，两颗母球分属比赛双方所有。在打球时，是以子球和对方母球为目标。3 台边游戏最重要的规则是打球必须碰撞球台边 3 次才视为得分，即当母球在撞击两颗目标球之前或者母球撞击了第一颗目标球之后，再去撞击另一颗目标球前，都必须碰撞球台边 3 次，完成以上撞球程序后才视为得分。得分后，可继续击球，直到犯规或者未能得分才换对方击球，胜负的判定一般是设定一个目标准分值，先达到该分值者为优胜。

在非正式比赛中，可以随意决定击球者的顺序，正式比赛一般用吊球法决定开球。吊球法，是将两个红球分别置于球台场边第二星点和第六星点连线的中央，白球置于两侧第二星点连线之后区域内的任意位置，然后双方各自将一颗白球击向球台对面的短边，反弹回来的白球距离身前短边的红球近者为胜利者，胜者可以选择开球权以决定击球的前后。开球时，将嵌黑点的白球放在第二星点连线之后的区域内任一位置，两个红球分别摆在第二、第六星连线中央，全白球摆在第七星连线中央，开球时必须先撞自己面前的红球，接下来无论是撞击红球还是白球都可以。

开伦式台球计分的规则很简单，只要主球碰撞到3个目标球中的两个以上就可以得一分，以先完成规定的分数者为胜。当主球和目标紧贴在一起时，仍按一般击球法处理。但要注意，主球不得触动紧贴主球的目标球，否则就作劣杆论。如将球打出球台外、错击主球、误击红球，或出现劣杆、杆头连接触及主球两次，需将台面上的球予以冻结，由对方另行开球。

三、美式台球

美式15彩球由于其简单易学而受到普遍欢迎，它只有1只白球作为主球，其他15只作为目标球。

1. 顺序打法

这是美式台球打法中最具代表性的一种，每个球从1号到15号即表示了各自代表的分数，任一方先达到60分以上即为胜利者。开球前15个目标球摆放成一个三角形，其中1号、2号、3号和15号必须按规定位置摆放(如图2-3-2所示)，其他球可以随意放置，将主球放在开球点上，即1/2长台边中点连线的正中间，或放在连线后面的任意点上。开始后要求按号码由低至高的顺序将球击入袋内，如果击球者不能把该撞击的号码球打进球袋，或主球击目标球时自己掉进袋里，或碰到了不该撞击的号码球，便失去球权。主球入袋后，须取出来放在长台边中部连线以内的任意点上，这时不许直接撞击1/2长台边中间连线以内的目标球，但可以利用台边反弹来撞击。

2. 8号球打法

这是适合初学者的一种最简单打法。首先将球分为两组，将1～7号球作为小号码球，全部涂上颜色，9～15号球作为大号码球，用白色涂上一层色带，所以也称之为色球和带球，8号球涂成黑色，最后谁将黑色8号球打入袋即为胜。

开球时，球的摆放与顺序打法不同，1号、6号、7号和8号球必须按规定摆放(如图2-3-3所示)，开始打球时，打入的第一个球所在的一组球(色球或带球)即为自己的球，打球过程中无须质疑自己组内的分值顺序。如果误将对方的球送入球袋，无须取出。谁先将自己的7颗球全部送入袋，就可以打黑色8号球，将8号球送入袋者即为胜者。击球过程中，如果自己的目标球未能入袋，或主球进袋，都将由对手获得击球权。

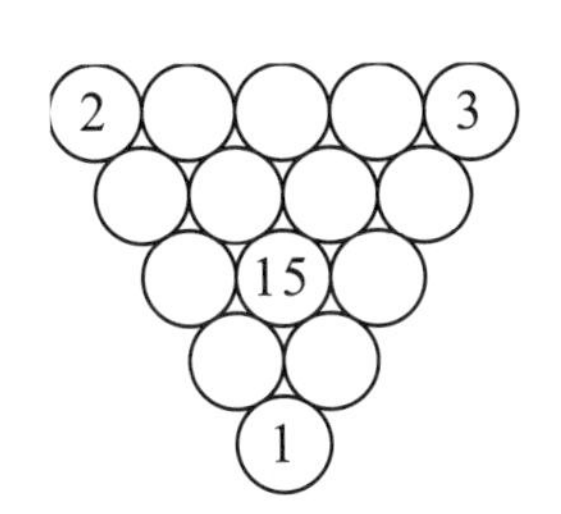

图 2-3-2

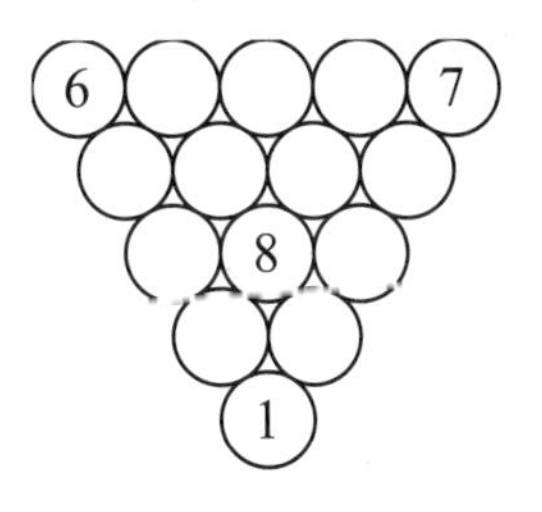

图 2-3-3

3. 9球制台球

以9颗彩球作为目标球，打法与规则较为简单，是当今盛行的一种打法。一般从1号球开始打起，按顺序把球打进袋。谁先把9号球打入袋，就算胜一盘。双方共用一个白色主球，其余9个彩球摆放成菱形(如图2-3-4所示)，9个彩球1号至9号，颜色分别为黄、蓝、红、紫、粉、绿、黑和黄条花色。比赛采用盘局制，事先定好胜负盘局数，也可以限定在某一时间，开盘多者为胜。正式比赛中采用21盘，先胜11盘者为胜方。

比赛时，选手必须先撞击1号球，并且至少要有4个彩球撞到台边或入袋才算开球成功，要是9号球在开始时便合法入球，就算赢一盘。获得本盘胜利的球手，可以取得下一盘的开球权。开球后，选手利用彩球或主球撞击其他彩球进袋有效，可继续击球，若将9号球击进袋则算一盘的胜利。

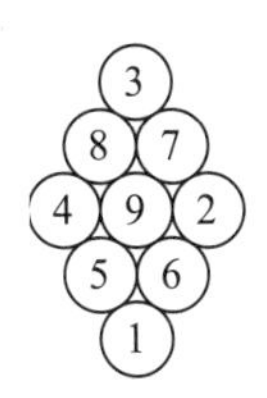

图 2-3-4

信息页四 台球房设计要求

一、设施设备方面

(1) 台球房设计要美观，面积大小与球桌安排应相适应。

(2) 球桌、球杆、台球、记分显示等运动器材和设备，应符合国际比赛标准。

(3) 球桌坚固平整。

(4) 室内照明充足，光线柔和。

(5) 各种设备齐全、完好、无损坏。

二、配套设施方面

(1) 球场旁边要有与接待能力相应档次与数量的男女更衣室、淋浴室和卫生间。

(2) 更衣室应配带锁更衣柜、挂衣钩、衣架、鞋架和长凳等。

(3) 淋浴室各间互相隔离，配冷热双温水喷头、浴帘等。

(4) 卫生间配隔离式坐便器、挂斗式便池、盥洗台、大镜及固定式吹风机等设备。

(5) 各配套设施墙面、地面均满铺瓷砖或大理石，有防滑措施。
(6) 球场内有饮水处。
(7) 各种配套设施材料的选择和装修，应与健身房设施设备相适应。
(8) 配套设施设备完好率不低于 98%。

三、环境质量方面

(1) 台球房门口设营业时间、客人须知、价目表等标识标牌。
(2) 标识标牌设置齐全，设计美观，安装位置适当，中英文对照，字迹清楚。
(3) 室内球桌摆放整齐。
(4) 桌面之间和四周通道宽敞，两桌间距离应在 2.5m～3m。
(5) 室内温度保持在 20℃～22℃之间，相对湿度 50%～60%。
(6) 自然采光良好，灯光照度不低于 60lx(勒克斯)，照度应均匀。
(7) 室内通风良好，换气量不低于 $30m^3$/人·小时。
(8) 整个球场环境美观、舒适、大方、优雅。

四、卫生标准方面

(1) 台球房卫生每日整理，随时清洁。
(2) 球台平整光滑，台面无印迹、污迹，一尘不染。
(3) 墙面壁饰整洁美观，无蛛网、灰尘、污迹，不掉皮、脱皮。
(4) 地面洁净，无废纸、杂物和卫生死角。
(5) 所有用品及用具摆放整齐、规范。

任务单 了解台球运动

一、介绍台球起源及发展历程。

1. 据英国著名的柯里雨氏百科全书记载，台球活动在公元 14 世纪起源于__________。

2. 1510 年在____________出现了台球活动，深受人们喜爱，流传甚广；在____时期，台球活动蔚然成风。

二、请画出美式台球的摆放顺序。

顺 序 打 法	8 号球打法	9 球制台球
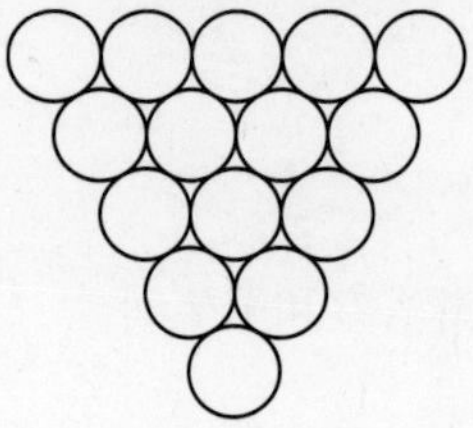	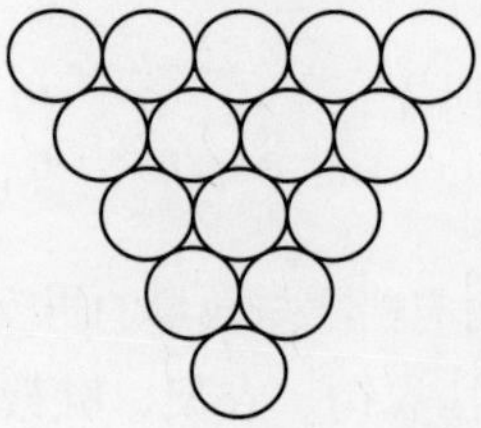	

活动二 掌握对客服务

了解了台球运动的基本常识后，服务人员应该如何规范、优质地为客人提供专业服务呢？在本活动中，将一起学习这些内容。

信息页一 台球服务人员岗位职责及工作内容

一、岗位职责

(1) 具体负责台球房的接待服务工作。包括领位服务、台球服务、茶点服务、结账服务以及客人在台球房消费期间的其他服务工作。

(2) 负责台球房营业场地的卫生清洁保养工作。范围包括大厅、包房、吧台、卫生间、衣帽间等公共场所。

(3) 负责台球房营业前的器材和其他物品的准备工作。

(4) 负责向客人推销酒水和佐酒小食品，适时向客人推荐酒水饮品并能简单介绍各种酒水饮品的特点。

(5) 认真做好营业期间的消防、安全防范工作，注意观察客人的异常情况，发现问题应及时逐级汇报。

(6) 及时处理台球房发生的突发事件。

二、工作内容

(1) 按时到岗，整理好仪容仪表。

(2) 参加班前会，了解当日工作任务和具体工作分工。

(3) 清洁本服务区域内的环境卫生。

(4) 准备好营业期间所需服务用具和清洁用品。

(5) 营业前 10 分钟应将球杆架和球杆摆列整齐，将台球按要求摆于台面之上。

(6) 营业前 5 分钟站立于指定的工作位置，恭候客人的到来。

(7) 热情主动地问候每一位前来消费的客人。

(8) 为客人做好登记、开单和收缴押金等工作。

(9) 按客人的游戏比赛要求将球在台面上码放好。

(10) 积极做好酒店产品的推销工作，最大限度地引导客人消费。

(11) 及时满足客人在娱乐过程中的其他服务要求。

(12) 客人消费结束后，认真清点检查设备和用品以及有无客人的遗留物。

(13) 营业结束时，做好结账收银和欢送客人的工作，并表示欢迎客人再次光临。

(14) 最后做好本区域清洁收尾工作。

信息页二 台球房服务流程(如图 2-3-5 所示)

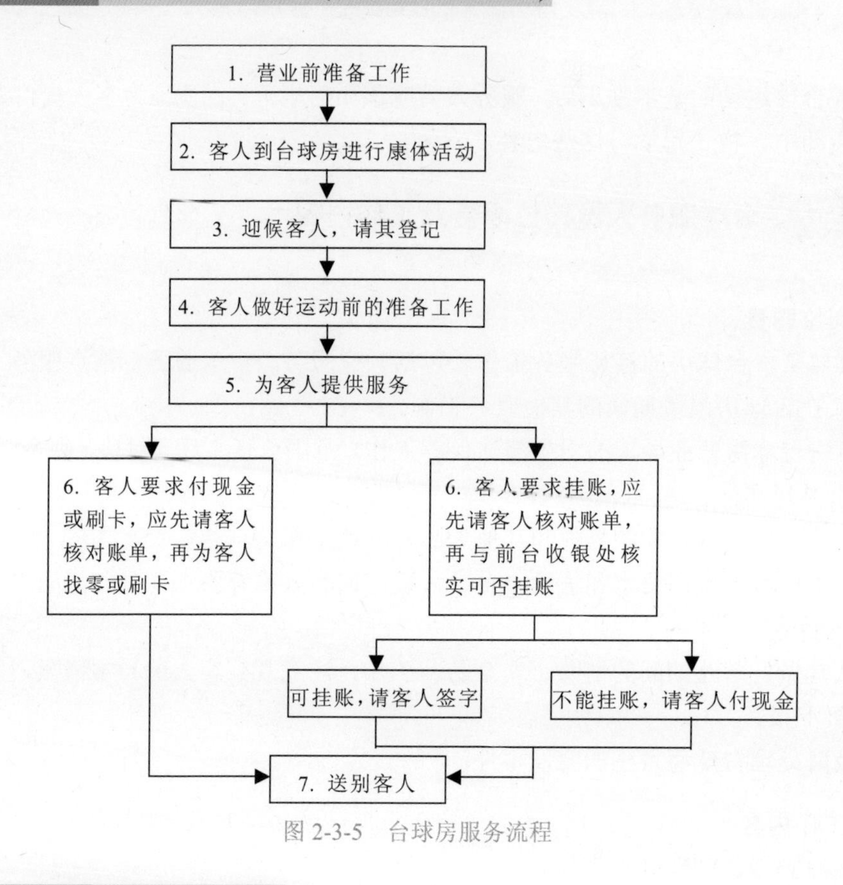

图 2-3-5 台球房服务流程

任务单 掌握台球服务

一、请写出台球房 7 步服务流程。

____

____

____

____

二、实践作业。

1. 播放录像资料或根据实际情况安排现场参观，使学生了解和掌握台球房设施设备的配置、管理及使用情况。

2. 学生每 5 人一组，用情境教学方式，在组内轮流扮演服务员和客人，反复演示所学的台球房接待客人的程序和标准。演示结束后，同学间展开讨论，交流心得。

三、案例分析。

洁白的手套

台球房的小王已经连续两次被评为台球房的工作标兵，每次他收到的客人反馈的满意度也最高。为什么会这样呢？小王在服务中究竟运用了怎样的技巧让客人达到了最大限度的满意呢？带着这个问题，台球房的新进员工小郭开始了对小王的观察。一星期以后，小郭终于找到了答案，原来竟是因为一双洁白的工作手套。

在台球房的所有工作人员都穿着统一的制服上班的时候，唯独小王的手上多戴了一双洁白的手套。由于工作细则中并没有详细要求这一点，所以几乎所有人都忽略了这个细节。而小王则根据自己工作的需要，经常观看一些大型的国际赛事，他发现所有比赛中的裁判在比赛过程中都戴着白手套。于是他把这点小常识作为技巧应用到工作中，结果起到了意想不到的效果。

1. 请分析在康乐服务过程中服务人员创新服务的重要性。

____

____

2. 你认为可以通过哪些途径让客人感受到所提供服务的专业性与独特性？

____

____

任务评价

内容		自我评价			小组评价			教师评价		
学习目标	评价项目	☺	😐	☹	☺	😐	☹	☺	😐	☹
知识目标	台球服务程序									
	台球规则和记分方法									
	台球设施设备									
	台球运动基本技巧									
专业能力目标	准备工作									
	迎接工作									
	台球服务									
	送客服务									
	结束工作									

(续表)

内容		自我评价			小组评价			教师评价		
学习目标	评价项目									
态度目标	服务意识									
	热情主动									
	细致周到									
	全员推销									
通用能力目标	沟通能力									
	项目管理能力									
	解决问题能力									
任务单	内容符合要求、完整正确									
	书写清楚、直观、易懂									
	思路清晰、层次分明									
小组合作氛围	小组成员创造良好工作气氛									
	成员互相倾听									
	尊重不同意见									
	所有小组成员被考虑到									
教师建议：		整体评价：								
个人努力方向：				优秀			良好		基本掌握	

任务四 网球服务

工作情境

网球运动现在已盛行全世界，被誉为仅次于足球的“第二大球类运动”。你亲眼目睹过中国网球公开赛吗？你对这项运动的知识了解多少？

具体工作任务

- 了解网球运动的起源与发展历史；
- 网球场地种类区分；
- 网球场地规格介绍；
- 认识网球设备器材；
- 了解网球运动规则与裁判法。

活动一 网球运动介绍

网球是一项很好的运动项目。网球的运动量较大，可以提高心肺功能，增强体质。网球运动有助于锻炼人的运动连贯性、流畅性，增强人的动作协调性。网球又是一项高雅的运动项目，下面让我们一起来了解网球运动的知识吧。

信息页一 网球运动的起源与发展历史

早在 11 世纪，法国僧侣们为了调剂单调的生活，常常进行一种用手掌击球的游戏，开始是对墙击球，后来两人对击，有时在两人中间挂一根绳。当时用的是布缝制的、里面塞以毛发的球。双方隔绳用手托过来打过去，这种流行于法国的掌球游戏，便是古代室内网球的雏形(排球被称为网球之子亦缘于此)。

1873 年，英国有位名叫温菲尔特的乡村绅士，把这项古老的游戏搬到了室外。19 世纪中叶，欧洲人掌握了橡胶技术之后，做出了能弹跳的球，球的质量取决于“球皮”的质量，当时人们公认埃及坦尼斯镇所产生的“球皮”质量最佳，所以后来就把网球称为“坦尼斯”(Tennis)，球拍由弦线拉成替代羊皮制作，球场以外草坪替代了室内的小场地，这就是网球的原型。从孕育到诞生，网球的发展过程经历了几百年。

1874 年，美国一位名叫玛丽·奥特布里奇的女士，将网球从英国引入美国，最初在美国只有女子打网球，男子们认为这是女子运动。但网球本身的价值和给人们带来的乐趣，赋予了它强大的生命力，很快传到了纽约、新港、波士顿、费城等大城市。罗斯福当选美国总统时期，由于他本人爱好网球运动，使得网球运动在美国得到空前发展。1887 年，哈佛大学成为世界上第一所拥有网球场的大学。第二次世界大战中，其他各国网球赛都停止了，唯独美国没有停止，而且形成了一个发展的高峰。在极盛时期，竟有 4000 万人参加网球运动。直到今天，美国的网球运动始终处于世界领先地位，优秀的网球明星层出不穷。历年公布的世界网球选手男女排名前 10 名中，美国选手占有较大比例，足以证明美国的网球运动是世界一流的。

自 1878 年以来，草地网球变成了真正的国际性运动。除英国外，加拿大、南非、斯里兰卡、印度、日本、法国、德国、比利时、美国等国家网球赛事已相当频繁。1912 年，国际网球联合会创立于法国巴黎。

1974 年，网球曾经是奥运会的比赛项目，后来因故停止。1988 年在韩国汉城召开的第 23 届奥运会上，网球被重新纳入比赛项目。但由于许多世界名将没有参加，比赛大为逊色，未达到提高水平的目的。

进入 20 世纪 90 年代后，网球的发展有以下几个特点：一是逐渐普及，1990 年初就有 156 个协会在国际网联注册；二是水平高，争夺激烈；三是随着器材的改革，尤其是网球拍研制的推陈出新，网球向着力量型、速度型方向发展；四是随着网球各种大赛资金投入的不断提高，网球的职业化、商业化程度越来越高。

信息页二 网球场地种类

网球可分为室外和室内两大类，且有各种不同的球场表面，其主要由经济因素所决定。例如草地网球是最基本的户外场地，但是其建立和保养费太高昂，所以现在以人造球场取代，它比较便宜也容易保养。另外有一种在欧洲盛行的红土地球场，法国公开赛即为此种球场。

一、草地球场(如图 2-4-1 所示)

草地球场是历史最悠久、最具传统意义的一种场地。其特点是球落地时与地面的摩擦小，球的反弹速度快，对球员的反应、灵敏、奔跑速度和技巧等要求非常高。因此，草地往往被看成是“攻势网球”的天下，发球上网、随球上网等各种上网强攻战术几乎被视为草地网球场上制胜的法宝，加之气候的限制以及保养与维护费用高昂，很难被推广到世界各地。目前，每年寥寥几个的草地职业网球赛事几乎都是在英伦三岛上举行的，且时间集中在 6 月和 7 月。温布尔登锦标赛是其中最古老，也是最负盛名的一项比赛。

图 2-4-1

二、红土场

红土场更确切的说法是“软性球场”，其最典型的代表就是红土场地的法国网球公开赛。另外，常见的各种沙地、泥地等都可称为软性场地。此种场地的特点是球落地时与地面有较大的摩擦，球速较慢，球员在跑动中特别是在急停急回时会有很大的滑动余地，这就决定了球员必须具备比在其他场地上更出色的体能、奔跑和移动能力，以及更顽强的意志。在这种场地上比赛对球员的底线相持功夫是极大的考验，球员一般要付出数倍的汗水及耐心在底线与对手周旋，获胜的往往不是打法凶悍的发球上网型选手，而是在底线艰苦奋斗的一方。

三、硬地场(如图 2-4-2 所示)

现在大部分的比赛都是在硬地网球场上进行的，其是最普通、最常见的一种场地。硬地网球场一般由水泥和沥青铺垫而成，其上涂有红、绿色塑胶面层，其表面平整、硬度高，球的弹跳非常有规律，但球的反弹速度很快。许多优秀的网球选手认为，硬地网球更具“爆发力”，而且网球比赛中硬地球场占主导地位，因此对其必须格外重视。需要注意的是，硬地不如其他质地的场地弹性好，地表的反作用强而僵硬，因此容易对球员造成伤害，而且这种损害已使许多优秀的网球选手付出了巨大代价。

图 2-4-2

四、地毯场

顾名思义，这是一种“便携式”可卷起的网球场，其表面是塑胶面层、尼龙编织面层等，一般用专门的胶水粘接于具有一定强度和硬度的沥青、水泥、混凝土底基的地面上，有的甚至可以直接铺展或粘接于任何有支持力的地面上。其铺卷方便、适于运输且有非常强的适用性，室内室外甚至屋顶都可以采用。球的速度需视场地表面的平整度及地毯表面的粗糙程度而定。在保养上此种场地也是非常简单的，只要保持地面清洁，做到不破损、不积水(配备相应的排水设施)就可以了。

信息页三 网球球场规格

网球单打球场的长度相同，但宽度不同，不过球场的设计是单双合一，仅以白线来作为界线区分。正式球场宽 10.97m，长 23.77m，这是双打比赛的场地尺寸，至于单打球场则长度相同，但宽只有 8.23m。网的高度则是统一的，中间为 0.91m，两边为 1.07m，除了边线和网，场中还有其他白线。这些白线各有其名称及用途。

(1) 底线——球场两端的界限。

(2) 边线——球场两边的界限。

(3) 双打增加区域——单打边线外的两侧，各增加一个小区域，作为双打的有效击球区。

(4) 发球线——发球区的界限。

(5) 左右发球区——面对球网，左侧的发球区为左发球区，右侧则为右发球区。

(6) 中央标准点——位于底线的正中央，发球员即位于底线外此点的两侧来发球。

(7) 后场、前场——发球线与底线之间的区域为后场，发球线与网之间称为前场。

(8) 右半场、左半场——面对球网，发球中线右侧区域为右半场，左侧区域为左半场。

信息页四 网球设备器材(球具与服装)

一、网球

网球运动使用的球以橡胶制成，中空，外覆均匀短毛，直径约 6.35cm～6.67cm，重量在 56.7g～58.6g 间，正式比赛时大多使用黄色球。球面上的短毛有延滞球速、稳定方向的功能。短毛严重脱落的旧球会变得不易控制，最好换掉。

二、球拍(如图 2-4-3 所示)

图 2-4-3

球拍根据材质的不同而有木质、铝制、玻璃纤维及碳素纤维等种类。目前最受欢迎的是碳素纤维球拍，其弹性好、韧度够、重量轻。球拍面上的弦线有尼龙线和羊肠线之分：尼龙线坚韧耐用，不怕雨淋，但弹力差，旋转力稍差；较高级的弦线是羊肠线，旋转力强，弹力够，但雨天或湿气重时容易断裂。购买球拍时要考虑重量、平衡感及捏柄宽度等因素。只要握起来顺手，挥动时手腕不觉得累就可以了。

三、网球服装

网球服装的式样繁多，也可将其当作休闲服装来穿。上衣部分以短袖有领的棉衫为主，冬天则穿羊毛质地制成的球衫，但基本上都要符合通风吸汗的要求。下装部分，男性多穿便于活动的短裤，女性则可选择短裙或裙裤。鞋、袜是网球运动中相当重要的一环。鞋子要选用抓地力强、质量轻巧的网球专用鞋子，以便应付各种折返冲刺动作，袜子则以厚短袜为最佳选择。一般来说，网球服装以白色系为主，在球场上显得格外抢眼。选购网球服装时不妨多花点心思，搭配一套亮丽的球装，让自己的心情轻松一下。另外，帽子、大毛巾、止汗腕带、发带等小配件也最好一起配齐。

信息页五 网球运动规则与裁判

一、发球

1. 发球前的规定

发球者在发球前应站在端线后、中点和边线的假定延长线之间的区域里，用手将球抛向空中任何方向，在球接触地面以前，用球拍击球(仅能用一只手的运动员，可用球拍将球抛起)。球拍与球接触时，即完成球的发送。

2. 发球时的规定

发球员在整个发球动作中，不得通过行走或跑动来改变原站的位置。两脚只准站在规定位置，不得触及其他区域。

3. 发球者的位置

(1) 每局开始，先从右区端线后发球，得或失一分后，应换到左区发球。

(2) 发出的球应从网上越过，落到对角的对方发球区内。

4. 发球失误

发球失误包括：未击中球；发出去的球，在落地前触及固定物(球网、中心带和网边白布除外)；违反发球站位的规定。发球者第一次发球失误后，应在原发球位置进行第二次发球。

5. 发球无效

发球触网后仍然落到对方发球区内或接球者未做好接球准备均应重发球。

6. 交换发球

第一局比赛终了，接球者成为发球者，发球者成为接球者。以后每局终了，均互相交换，直至比赛结束。

二、通则

1. 交换场地

双方应在每盘的第 1、3、5 等单数局结束后，以及每盘结束双方局数之和为单数时，交换场地。

2. 失分

发生下列任何一种情况，均判失分。

(1) 在球第二次着地前，未能还击过网。

(2) 还击的球触及对方场区界限以外的地面、固定物或其他物件。

(3) 还击空中球失败。

(4) 故意用球拍触球超过一次。

(5) 运动员的身体、球拍，在发球期间触及球网。

(6) 过网击球。

(7) 抛拍击球。

3. 界内球

落在线上的球都算界内球。

三、双打

1. 双打发球次序

每盘第 1 局开始时，由发球方决定由何人首先发球，对方则同样地在第 2 局开始时，决定由何人首先发球。第 3 局由第 1 局发球方的另一球员发球。第 4 局由第 2 局发球方的另一球员发球。以下各局均按此次序发球。

2. 双打接球次序

先接球的一方，应在第 1 局开始时，决定何人先接发球，并在这盘单数局继续先接发球。对方同样应在第 1 局开始时，决定何人先接发球，并在这盘双数局继续先接发球。他们的同伴应在每局中轮流接发球。

3. 双打还击

接发球后，双方应轮流由其中任何一名队员还击。如运动员在其同队队员击球后，再以球拍触球，则判对方得分。

四、积分方法

1. 胜一局

(1) 每胜 1 球得 1 分，先胜 4 分者胜一局。

(2) 双方各得 3 分时为“平分”，平分后，净胜 2 分为胜一局。

2. 胜一盘

(1) 一方先胜 6 局为胜一盘。

(2) 双方各胜 5 局，一方净胜两局为胜一盘。

3. 决胜局计分制

在每盘局数为 6 平时，有以下两种计分制。

(1) 长盘制。一方净胜两局为胜一盘。

(2) 短盘制。

① 决胜盘除外，除非赛前另有规定，一般应按以下办法执行。

- 先得 7 分者为胜该局及该盘(若分数为 6 平时，一方须净胜 2 分)。
- 首先发球的球员只发第 1 分球，对方发第 2、3 分球，然后轮流发 2 分球，直至比赛结束。
- 第 1 分球在右区发，第 2 分球在左区发，第 3 分球在右区发。
- 每 6 分球和决胜局结束都要交换场地。

② 短盘制的计分方式如下。

- 第 1 个球(0:0)，发球员 A 发 1 分球，1 分球之后换发球。
- 第 2、3 个球(报 1:0 或 0:1，不报 15:0 或 0:15)，由 B 发球，B 连发 2 分球后换发球，先从左区发球。
- 第 4、5 个球(报 3:0 或 1:2、2:1，不报 40:0 或 15:30、30:15)，由 A 发球，A 连发 2 分球后换发球，先从左区发球。
- 第 6、7 个球(报 3:3 或 2:4、4:2，或 1:5、5:1，或 6:0、0:6)由 B 发 1 分球之后交换场地，若比赛未结束，B 继续发第 7 个球。
- 比分打到 5:5、6:6、7:7、8:8……时，需连胜 2 分才能决定谁为胜方，但在计分表上则统一写为 7:6。
- 决胜局打完之后，双方队员交换场地。

任务单 熟悉网球

一、__________年草地网球形成了真正的国际性运动，__________国际网球联合会创立于法国的______________。

二、________________网球曾是奥运会的比赛项目，后因故停止。1988 年在召开的第_______届奥运会上网球重新纳入比赛项目。

三、网球场地分为 4 种类型，分别是__________、__________、__________、_________。

四、网球场地规格为长_____m、宽______m，网的高度为两端______m，中间______m。

活动二 掌握网球、壁球运动对客服务

信息页一 网球、壁球运动岗位职责、服务程序与标准

一、岗位职责

(1) 具备较好的外语对话能力，礼貌待客，热情主动，为客人提供优质服务。

(2) 负责对客人的接待、收款、登记、预约和咨询工作。

(3) 熟悉场规，掌握一般打球技术，能指导客人进行击球训练。

(4) 执行球场规则，注意客人安全，劝阻无关人员的参观、游览。

(5) 掌握客人动态，有特殊问题及时上报。

(6) 负责场地的卫生工作，保证环境清洁、整齐。

(7) 负责酒水、饮料销售，补充和申报补充物品工作。

(8) 负责提供球拍、球、球鞋及有关体育器材的租用服务。

(9) 负责设备设施的清洁、维护、保养等工作，能做一般性维修。

(10) 负责做营业日报表。

(11) 填写交接班记录，关好电源开关，锁门并按规定上交钥匙。

(12) 完成上级交办的其他各项临时性工作。

二、工作程序

1. 预订工作

接到预订电话后，要主动介绍网球场(壁球场)的情况和价格，并记录下预订人的姓名、电话、来客人数、时间、预订场地数量等内容，最后向客人重复一遍以确认。确认后要清楚地向客人说明保留预约的时间，并做好登记。

2. 准备工作

按规定穿好工服，佩戴好胸卡，仪表仪容要整洁、大方、得体。提前 5 分钟到岗，向领班报到，开班前会议，接受任务。在规定时间内，对球场(包括场地、休息区、球网架等)进行清洁整理，并检查供客人租用的球具、球鞋的准备情况。

3. 迎宾

有客人到达时，应该使用服务用语主动问候。如果是打球，应该询问客人喜欢选择哪一种场地，并与客人确认开始计时的时刻。

4. 对客服务

(1) 将客人引领到球场内，并再次检查和整理场内卫生，包括捡去地面上的杂物、将休息区的桌椅在客人入座前再擦一遍等。如果客人租用店内的球具、球鞋等，要在引领客人入场时拿到场内放好。提醒客人，如果需要擦鞋服务，可以通知服务人员。

(2) 主动询问客人需要什么饮料。如果需要，在重复客人所点的饮料名称、数量后，应使用“好的，请稍候”或者“谢谢您，请稍候”等礼貌用语，并迅速为客人提供。

(3) 场边服务。在客人刚开始打球的一段时间应尽量在场边观看。主要目的是了解客人对球场条件是否适应，以及租用的球鞋、球拍等是否合适，并为其提供一些如捡球、整理换下的鞋子和外衣等服务工作。

(4) 陪练、教练服务。提供教练服务时，应该热情、礼貌、耐心，示范动作应该规范、标准；提供陪练服务时，应该掌握客人的心理和陪练输赢的分寸，提高客人的兴致。

(5) 保持茶几、坐椅、地面的整洁；当客人的饮料剩余 1/3 时，应及时添加；烟缸出现两个以上烟头时立即换下。

5. 结账

(1) 应提醒客人带好随身物品，并帮助客人收拾和提拿球具、球鞋，到收银台结账。

(2) 应与客人确认打球结束的时刻；接过客人递过来的现金或者是信用卡时，应使用服务用语向客人道谢。

6. 使用服务用语向客人道别

7. 收拾整理

客人离开后，必须立即对场地进行彻底整理，将卫生状况恢复至营业要求，准备迎接下一批客人的到来。同时，按规定清洁、修理客人租用的球拍、球鞋等。

三、服务标准

1. 营业前

(1) 上岗前做好自我检查，做到仪容仪表端庄、整洁，符合要求。

(2) 开窗或打开换气扇通风，清洁室内环境及设备。

(3) 检查并消毒饮料器具和其他客用品，发现破损及时更新。

(4) 补齐各类营业用品和服务用品，整理好营业所需桌椅。

(5) 查阅值班日志，了解客人预订情况和其他需要继续完成的工作。

(6) 最后检查一次服务工作准备情况，处于规定工作位置，做好迎客准备。

2. 迎宾

(1) 面带微笑、热情主动礼貌地问候客人，并请客人在场地使用登记表上签字。

(2) 询问顾客有无预订。

3. 场内服务

(1) 帮助客人办好活动手续，并提醒客人换好服装和球鞋。

(2) 客人换好服装、球鞋后，引领客人到选定场地。

(3) 如客人要求陪打时，要认真提供陪打服务，视客人球技控制输赢，以提高客人打球兴趣。

(4) 客人休息时，要根据客人需要及时提供饮料、面巾等服务。

(5) 客人打球结束，主动征求客人意见，如客人需要淋浴，则将客人引领到淋浴室并为客人准备好毛巾和拖鞋。

(6) 当客人示意结账时，要主动上前将账单递送给客人。

(7) 客人离别时，要主动提醒客人不要忘记随身物品，并帮助客人穿戴好衣帽。

4. 送别客人

(1) 将客人送至门口，向客人道别，欢迎顾客下次再来。

(2) 迅速整理好场地，准备迎接下一批客人的到来。

信息页二 网球、壁球服务流程(如图 2-4-4 所示)

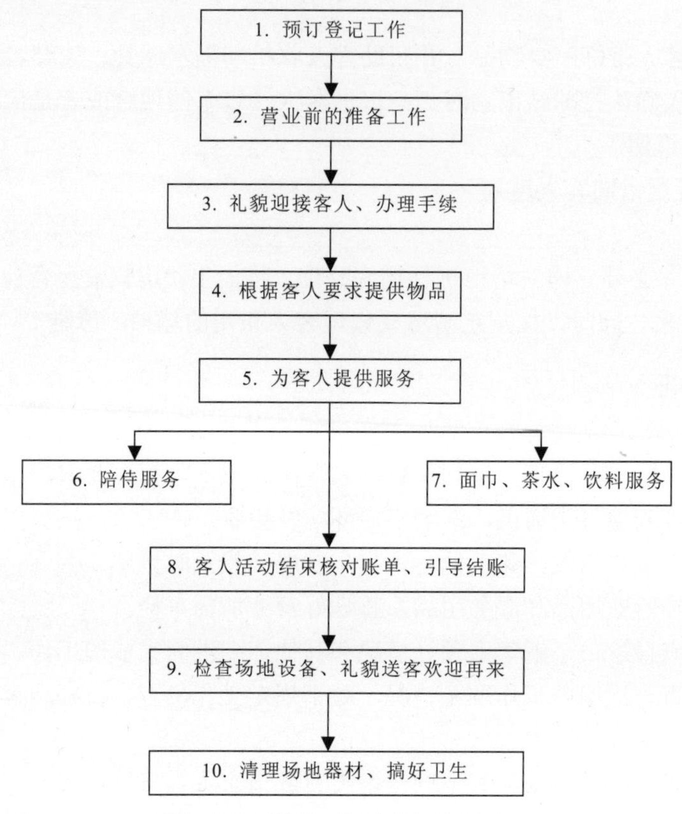

图 2-4-4　网球、壁球服务流程

任务单 熟悉网球、壁球对客服务流程

作为一名网球、壁球项目的服务人员，你熟悉服务的工作流程吗？请画出一份服务工作流程图。

任务评价

内容		自我评价			小组评价			教师评价		
学习目标	评价项目	😊	😐	☹	😊	😐	☹	😊	😐	☹
知识目标	网球服务程序									
	网球规则和记分方法									
	网球设施设备									
	网球运动基本技巧									

(续表)

内容		自我评价			小组评价			教师评价		
学习目标	评价项目									
专业能力目标	准备工作									
	迎接工作									
	网球服务									
	送客服务									
	结束工作									
态度目标	服务意识									
	热情主动									
	细致周到									
	全员推销									
通用能力目标	沟通能力									
	项目管理能力									
	解决问题能力									
任务单	内容符合要求、完整正确									
	书写清楚、直观、易懂									
	思路清晰、层次分明									
小组合作氛围	小组成员创造良好工作气氛									
	成员互相倾听									
	尊重不同意见									
	所有小组成员被考虑到									

教师建议：	整体评价：
个人努力方向：	优秀　　良好　　基本掌握

任务五 高尔夫球服务

工作情境

高尔夫球是一种以棒击球入穴的球类运动。如今，高尔夫球运动已经成为贵族运动的代名词，但它是由一群牧羊人发明的。它是一项集享受大自然乐趣、体育锻炼和游戏于一身的运动。

具体工作任务

- 了解高尔夫球基本常识；
- 了解高尔夫球比赛规则；
- 熟悉高尔夫球场设施；
- 掌握高尔夫球服务员岗位职责；
- 掌握高尔夫球服务流程；
- 掌握高尔夫球服务标准。

活动一 高尔夫球运动介绍

高尔夫球是一种集运动、休闲和社交于一体的高雅运动项目。高尔夫球起源于苏格兰民间，形成于 14、15 世纪。1744 年世界上第一家高尔夫球俱乐部就设立在苏格兰的爱丁堡。

信息页一 高尔夫球的起源

“高尔夫”是荷兰文 kolf 的音译，原意是“在绿地和新鲜氧气中的美好生活”。这从高尔夫球的英文单词 GOLF 可以看出来：G——绿色；O——氧气；L——阳光；F——脚部活动。它是一项集享受大自然乐趣、体育锻炼和游戏于一身的运动。由此可以知道，高尔夫球是一种在优美环境中进行的高尚娱乐活动。因为玩这种游戏设备昂贵，所以在一些国家又叫它“贵族球”。高尔夫球是一种以棒击球入穴的球类运动。如今高尔夫球运动已经成为贵族运动的代名词，但它是由一群牧羊人发明的。

相传，苏格兰是高尔夫球的发源地，当时，牧羊人经常用驱羊棍击石子，比赛看谁击得远且准，这就是早期的高尔夫球运动。19 世纪高尔夫球传入美国。第一次的国际性比赛是 1922 年美国对英国的“沃克杯”高尔夫球对抗赛。高尔夫球于 20 世纪初引入中国。现代高尔夫球运动是在室外广阔的草地上进行的，设 9 个或 18 个穴。运动员逐一击球入穴，以击球次数少者为胜。比赛一般分单打和团体两种。

1860 年，英格兰举行了最早的高尔夫球公开赛。在这一年中，印度、加拿大、新西兰、美国等国家也相继举办比赛，继而进行国际、洲际乃至世界性的比赛。现在的世界杯、英格兰和美国公开赛3 项比赛，可以说是高尔夫球世界范围内最高水平的竞赛。

信息页二 高尔夫球基本常识

一、高尔夫球场(如图 2-5-1 所示)

图 2-5-1

高尔夫球是在草地上以棒击球入洞的球类运动。高尔夫球场是将草地、湖泊、沙地和树木这些自然景物，经过球场设计者的创造，展现在人们面前的艺术品，所以世界上没有两个完全相同的高尔夫球场。一个提供全套服务的高尔夫球场一般包括下列设施：俱乐部会所，包括存物用的更衣室、附有洗浴设备的休息室、男女沐浴室、餐厅、前厅、酒吧、玩牌用的休息厅、专用用品商店、用于存放养护及修理高尔夫球棒和高尔夫球专用小车的仓库，以及高尔夫球专业人员办公室；一个有 18 个球洞的高尔夫球场；一片供练习者使用的高尔夫球正规通道和高尔夫球击球区。

二、模拟高尔夫(如图 2-5-2 所示)

图 2-5-2

高尔夫球运动需要占用大量的土地资源，并且受气候等多方面因素限制，为方便高尔夫球爱好者练习，因此逐渐出现了室内电子模拟高尔夫球。这种模拟高尔夫球由平台打球区、耐撞击大屏幕、挥杆分析器、投影机、投射灯、球洞、主机、球座、分析板等组成。打球人只要站在平台上，按动键盘上的按钮选择打法，就可以像在真正的高尔夫球场上一样练习打球了。屏幕上会出现模拟的高尔夫球场：球道、水障碍、草地、沙丘、果岭和18 个球洞。练习者会有身临其境的感觉，真切地感受到球的飞驰、落地、落水等声音，然后电脑会及时报告打球的速度、角度并做出详细的分析说明，帮助练习者找到最佳的打球路线。模拟高尔夫同样可以提供绿色果岭以练习推杆。如果参加者对高尔夫球不是很熟悉的话，可以选择练习场打法，也可以选择比赛打法，但不要选择特种练习专用球场。最多可以有 8 个人参加，规则与正式的高尔夫球比赛相同。若一次没有打完，电脑可以将个人成绩存盘，以备下次继续再打。

信息页三 高尔夫球比赛规则及方法

一、比赛规则

高尔夫球比赛方式有比杆赛、比洞赛、个人赛、一对二比赛、二对二比赛、四球比洞赛等多种。参赛者每人、每组一个球，按顺序将球击入洞穴内，每击一下球算一杆，72 杆为标准杆，其中短洞 3 杆，中洞 4 杆，长洞 5 杆，直到击完规定的洞数，最后所击杆数最少者胜利。

二、比赛方法

(1) 比赛时，用抽签方法决定开始发球的顺序。

(2) 赛程中各穴的击球顺序，以球离穴最远者先击，次远者其次，最近者最后击。

(3) 球击落在什么地方，就在什么地方接着击球，不可以任意挪动位置。

(4) 每次击球入穴后可将球取出，并将球移至下一穴的开球处。

(5) 如同比赛开始第一次击球一样，可以堆沙垫或使用球座垫球，然后击出。

(6) 打球从进入 1 号洞开始，依次打完 18 号洞，称为一场球。

信息页四 高尔夫球场设施

一、标准场地

标准球场长 5943.6m～6400.8m，宽度不定，占地面积约 $60hm^2$(公顷)。球场划为 18 个大小不一、形状各异的场地，每个场地均设有开球台和球洞，18 个场地通常称为 18 个洞，18 个洞相隔不同距离，分为近、中、远 3 种洞穴。近洞穴在 229m 以内(女子为 192m)，中洞穴是 430m(女子为 336m)，远洞穴为 431m 以外(女子为 376m)。

二、洞穴

洞穴为埋在地下的圆罐，直径为10.8cm，深10.2cm，罐的上沿低于地面约2.5cm，穴间距离为91.44m～548.64m。

三、通路

通路是开球区和洞穴之间经过修整的草地。既有平坦的球道，也有粗糙不平的地形，如设有沙洼地及水沟等障碍物。

四、开球区与球座(如图2-5-3所示)

图 2-5-3

开球区是一块平坦的草坪，球座是插入地面的一个小木桩，上为凹面圆顶。比赛选手必须在开球时向前方的洞穴击球。击球时将球放在木桩顶端，以便准确击出。

五、高尔夫球(如图2-5-4所示)

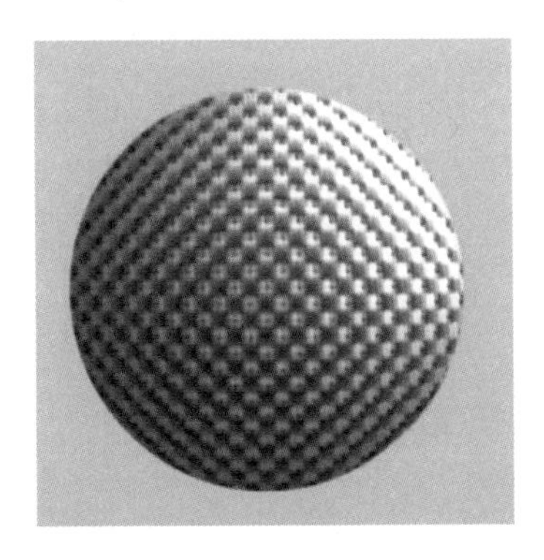

图 2-5-4

高尔夫球是在一块压缩的小橡皮上，用橡皮盘球绕成的圆形的，再在外壳包上有微凹的坚硬合成材料而成的球，直径不得小于4.6cm，重约45.93g。

六、高尔夫球杆(如图 2-5-5 所示)

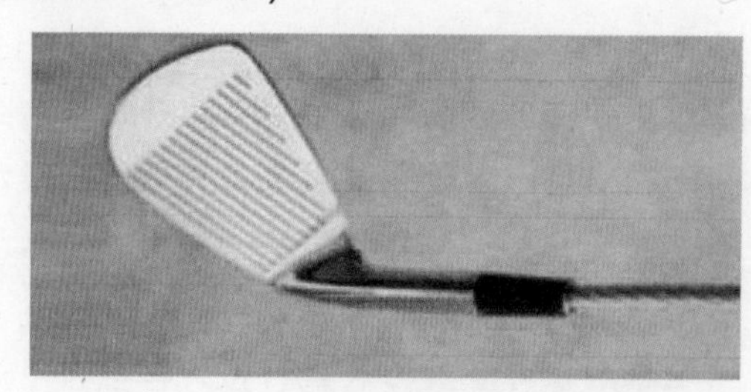

图 2-5-5

高尔夫球杆长 0.91m～1.29m，用木质或塑料与金属组合制成。比赛时，每个参赛者需备 14 支球杆，包括木头棒杆 5 支，除一支推击铁头棒杆外，其余为不同斜度的弯头(击球面)棒杆，用以敲击球，并根据球击远、击近、击高的不同需要分别使用。推击棒杆的击球面是笔直的，用以推击球。

七、标志旗

标志旗是系于细长旗杆上的小旗。插入每一洞穴指明洞穴的号数。近距离向洞穴击球时，旗杆可暂时拔去。

任务单 高尔夫球常识

一、高尔夫球起源于________________________________。

二、高尔夫球直径不小于____________cm，重__________g。

三、高尔夫球比赛中，__________杆为标准杆。

四、世界上第一家高尔夫球俱乐部设立在____________________。

活动二 掌握对客服务

了解了高尔夫球的基本常识后，应该如何为这项“贵族运动”服务呢？在本活动中，一起学习这些内容吧。

信息页一 高尔夫球服务员岗位职责

(1) 换好工作服，准时报到上岗。

(2) 打扫场地卫生，日常卫生须在上班后一小时内完成。

(3) 按规格摆出冰柜、球、手套、球鞋等服务用品。

(4) 检查各种客用品(如球、球杆等)有无损坏，严禁出租有松动、爆裂的坏杆。

(5) 熟悉高尔夫球的比赛规则，能指导客人正常练球。客人需要陪练时，还须提供陪练服务。

(6) 及时清洁整个高尔夫球场地及附属设施，为客人提供干净、舒心的运动环境。

(7) 迎宾，主动介绍球场规则，根据客人的需要做好登记、收费等工作。
(8) 注意观察客人运动状态，主动提供技术指导，经常巡查运动场地，及时解决设备问题。
(9) 要经常与高尔夫球场附属酒吧或冷饮部联系，及时提供饮料服务。
(10) 熟练操作高尔夫球场内的各种设备，并能排除一般故障。
(11) 适时向客人提供冷面巾(夏季)，推销酒水和其他用品。
(12) 有客人时及时填写服务记录，如球数、杆数、客人离开时间等。
(13) 客人离开时及时收球、点数，检查租用品是否完好，并清洁干净重新摆好。
(14) 有需要维修的设备、物品，及时报告工程部调度室。
(15) 营业结束时应完成以下工作。
① 填写交班本，注明客情、维修情况，交班本提交康乐中心台班。
② 填写营业报表，一式两份，一份提交财务，一份提交班台。
③ 清场。将球、球杆、手套、球鞋、发球毯、烟灰缸、酒水牌、太阳伞、冰柜、电话等放入工作间，清倒垃圾。
④ 关灯、锁服务台。
⑤ 交钥匙到康乐中心服务台。

信息页二 高尔夫球服务流程(如图 2-5-6 所示)

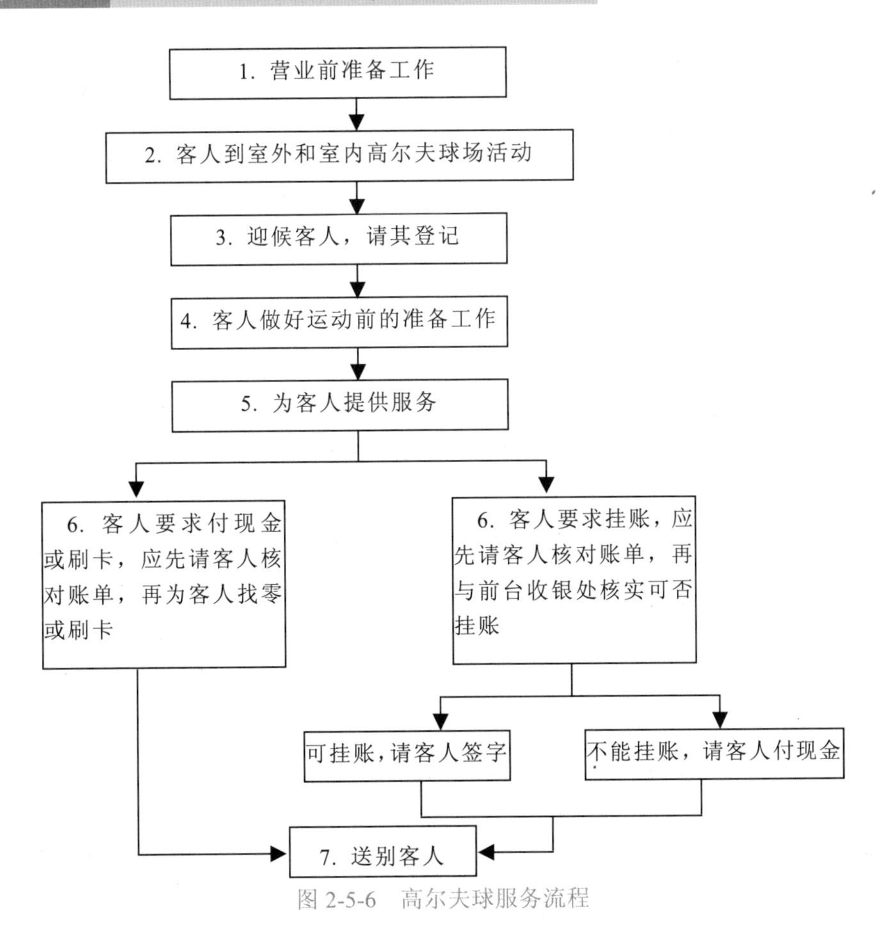

图 2-5-6 高尔夫球服务流程

信息页三 高尔夫球服务标准

一、一般服务人员

1. 准备工作

(1) 提前到岗打扫卫生。包括模拟高尔夫人造草皮吸尘，擦拭坐椅、茶几，将发球垫摆放整齐，清洗烟灰缸，打开太阳伞，将球、手套、球鞋等用品摆放整齐以及整理好服务台。

(2) 备好各种营业用品及服务用品，并检查各种客用物品是否完好无损，发现有损坏现象应及时报修。

(3) 由主管分配当天任务、传达上级指令及讲解各种注意事项。

(4) 整理好服装，做好迎客准备。

2. 迎宾

(1) 主动问候，并接过客人手中的球具袋，拿到客人的座位旁。

(2) 与客人确认姓名、房号(住店客人应登记房号)、运动开始的时间等。

3. 对客服务

(1) 主动帮助客人将其球具袋内的球、球杆、手套、球鞋等取出，为客人摆放好。

(2) 客人换下的私人用鞋，应收进鞋柜，并提醒客人如果需要擦鞋服务，可以通知服务人员。

(3) 对没有带球具的客人，应主动询问他们喜欢什么样的球具和多大尺码的运动鞋，并迅速到服务台为其领取。

(4) 在客人开始打球的一段时间，服务员必须关注客人有什么需要，并及时给予解决。如：球鞋不合适需要调换；需要练球技术辅导；场地和设施出现问题需要解决或者调整座位区等。

(5) 保持更衣室、淋浴间、洗手间等的整洁。

(6) 注意服务巡视，及时为客人添加饮料，更换烟缸和面巾，收拾地面上的杂物。

(7) 及时提供捡球、送球服务。

(8) 提供陪练服务时，应该热情、礼貌、耐心，并根据客人心理掌握输赢分寸，提高客人打球的兴致。

(9) 提供教练服务时，应热情、礼貌、耐心，示范动作必须正确、标准。

(10) 保持发球区地毯和草坪等的清洁。

4. 结账

(1) 客人准备结账时，应主动帮助客人收拾球具、归还租用器材。

(2) 提醒客人带好随身物品。

(3) 陪同客人到收银台。

(4) 收银员接过递来的现金和信用卡时，应使用服务用语向客人道谢。

5. 送客

应使用服务用语向客人道别，然后迅速收拾茶几、水杯、烟缸，以及地面杂物等，使卫生状况和设备恢复至营业要求，准备迎接下一批客人的到来。

6. 整理

定期定时对客人租用的专用球鞋进行清洁、除味和消毒，修理毁坏的发球架和球具等。

二、球童服务

1. 准备工作

(1) 应穿规定服装，一般比赛时女球童可佩戴不同颜色的头巾。

(2) 出发前必须清点球杆，如超过 14 支以上，应提醒球手。

(3) 准备铅笔、标记、记分卡、球洞位置图、擦球布、沙袋等物品。

2. 发球台

(1) 向客人介绍清楚本洞为几杆洞，距离多远，有什么障碍，应向哪个方向打。

(2) 询问客人用几号杆开球，把球杆帮客人拿到发球台上。

(3) 客人发球时，球童应站在客人的左后侧 3m 左右处。

(4) 客人发球前要注意球是否放在发球标志点上，如果发现未放在发球标志点上，应提醒客人。

(5) 客人要开球时，一定要安静，不要咳嗽或说话，更不要动。客人击球后一定要帮客人看清楚球的落点，以便找球，并将开完球客人的球杆收好。

3. 球道中

(1) 在有朝阳或夕阳时应注意自己的站位，避免阳光直射自己的眼睛，切记不可站在击球延长线的正前方或正后方。

(2) 牢记自己所服务客人使用的球的牌子或号码，便于找球时辨认。

(3) 暂定球时，应特别注意找的球是不是原来球员击出的球，是否在 5 分钟内找到等。

(4) 在停车或拉(推)车前进时，应注意客人或球的位置，一定要避免被球击中或触碰到已经停止的球。

(5) 不可随意触动球。

(6) 可以在果岭以外的区域向客人指出打球的方向，但不能在球场上设置标志、记号或自己站在打球方向上做标志。

(7) 在填补打痕时，应将打起的草皮放回原处，补沙时，应补至原来的球道平面或稍高于球道面并踏实。

(8) 球场内正面水障碍为黄桩，侧面水障碍为红桩。球打入水池后，应牢记球进入水障碍的地点。如果抛球位置不当则应提醒客人，并迅速为客人准备好球、球杆等。

(9) 在果岭上被击出的球尚在滚动时，不要去除掉击球线上的障碍物。

(10) 要十分注意旗杆放置，因为拔下的旗杆无论放在何处，只要被果岭上击出的球碰上均要被罚。

(11) 球进洞后有些客人自己不拣球就离开果岭，球童应迅速把球拿出来。

(12) 自己服务的客人已将球击入洞而其他客人仍在推杆时，不能去修补钉鞋留在果岭上的划痕或用手触动球洞边。

(13) 不能用手或球杆压在果岭上的土地及其他自然物上。

(14) 在果岭上向客人指示击球时不能用手在果岭上触压或用旗杆触地指示。除了客人打球前可站在球洞边用手扶旗杆指示外，其他时间应离开球洞边。

(15) 在客人打完最后一洞并宣布不再练球时，方能离开客人。

(16) 打完球后，应重新帮客人清点球杆并向客人确认，清点球杆后帮客人整理好球包，然后把球包放上车，整个服务才算结束。

(17) 在服务过程中不管是客人情绪问题还是自身服务问题，客人指责时，不能与客人发生口角，不要顶撞客人，有问题可回来后向主管汇报。

任务单 掌握高尔夫球服务

一、请写出高尔夫球场一般服务人员工作注意事项。

____

____

____

二、请写出高尔夫球场球童工作注意事项。

____

____

____

三、请总结出室外高尔夫球场和室内高尔夫球场的服务区别。

____

____

四、实践作业。

1. 播放录像资料或根据实际情况安排现场参观，使学生了解和掌握室外和室内高尔夫球场设施设备的配置、管理及使用情况。

2. 学生每 5 人一组，用情境教学方式，在组内轮流扮演服务员和客人，反复演示所学的高尔夫球场接待客人的程序和标准。演示结束后，同学间展开讨论，交流心得。

五、案例分析。

一张果岭赠券

饭店为了庆祝店庆暨迷你高尔夫球场正式对外营业，特意送给店庆期间入住的每位客人一张果岭赠券，免一人果岭费。由于很多客人对高尔夫运动并不是十分熟悉和了解，于是，一些好奇的客人就勇于尝鲜了。

客人李先生拿着果岭赠券来到饭店的迷你高尔夫球场，透过玻璃窗向外望去，绿草茵茵，景色如画，十分吸引人。前台接待员小张十分热情地与客人打招呼，为客人介绍了有关高尔夫运动的一些规定和注意事项，并告知客人目前的这身着装不符合高尔夫运动的礼仪规定，穿牛仔裤不可以下场打球。另外，饭店所赠与的果岭券只包含果岭费，如果客人没有自带的球具，如租用饭店球具、球鞋等需另外付费。

客人听到这么多名目，一时之间难以接受，遂决定再考虑一下是否要打球。小张十分诚恳地对李先生说："我很理解您的想法，没有关系的，相信等您真正接触这项运动后，一定会非常喜爱的。很多客人甚至将它称为'绿色鸦片'呢，可见大家对它的着迷程度。这样好吗？我们饭店有专为客人印制的高尔夫知识小册子，免费提供给住店客人，您带回房间看看后再作决定也不迟的，希望您在我们饭店住得开心愉快！"

李先生点头表示同意，带着小册子回到了房间。第二天，又是小张当班的时间，李先生穿着有领 T 恤衫和休闲裤来到了迷你高尔夫球场，显然这次是有备而来。在小张的精心服务下，李先生愉快地下场开始了自己的首次高尔夫体验。

1. 你认为该迷你高尔夫球场服务员小张的做法对吗？有哪些做法值得学习？

____

____

2. 如何向客人清楚解释赠券的使用规定？

____

____

任务评价

内容		自我评价			小组评价			教师评价		
学习目标	评价项目									
知识目标	高尔夫球服务程序									
	高尔夫球规则和记分方法									
	高尔夫球设施设备									
	高尔夫球运动基本技巧									

(续表)

内容		自我评价			小组评价			教师评价		
学习目标	评价项目									
专业能力目标	准备工作									
	迎接工作									
	高尔夫球服务									
	送客服务									
	结束工作									
态度目标	服务意识									
	热情主动									
	细致周到									
	全员推销									
通用能力目标	沟通能力									
	项目管理能力									
	解决问题能力									
任务单	内容符合要求、完整正确									
	书写清楚、直观、易懂									
	思路清晰、层次分明									
小组合作氛围	小组成员创造良好工作气氛									
	成员互相倾听									
	尊重不同意见									
	所有小组成员被考虑到									

教师建议：	整体评价：
个人努力方向：	优秀　　良好　　基本掌握

任务六 游泳池服务

工作情境

游泳运动是在不同设施、不同形式的游泳池内进行游泳和嬉戏等的运动形式。它可以增强内脏器官功能，还能增强肌体适应外界环境变化的能力，是一项能使人身心舒畅的运动。现代游泳运动起源于英国。17 世纪 60 年代，英国不少地区的游泳活动就开展得相当活跃。18 世纪初传到法国，继而成为风靡欧洲的运动。竞技游泳，从第一届奥运会(1896 年)就列入了奥运会正式项目，发展到现在，各种锦标赛、国际大型比赛不断推动着竞技游泳的发展，使其技术水平日趋完善。

具体工作任务

- 熟悉各项游泳运动技术要求；
- 能够区分不同游泳池类型；
- 熟悉室内游泳池设计要求；
- 掌握游泳池服务人员岗位职责；
- 熟悉游泳池服务流程；
- 掌握游泳池服务标准；
- 掌握更衣室服务程序及标准；
- 掌握游泳池安全服务程序及标准；
- 对游泳引起的若干症状能做到准确处理。

活动一 游泳运动介绍

1869 年 1 月，在伦敦成立了大城市游泳俱乐部联合会(现英国业余游泳协会前身)，并把游泳作为一个专门的运动项目正式确定下来，并随之传入各个英属殖民地，继而传遍全世界。随着游泳运动的发展，游泳被分为实用游泳和竞技游泳两大类：实用游泳分为侧泳、潜泳、反蛙泳、踩水、救护、武装泅渡等；竞技游泳分为蛙泳、仰泳、蝶泳和自由泳等。这里就从了解竞技游泳技术要求开始学习游泳池服务。

信息页一 游泳姿势的分类

一、蛙泳技术要求

蛙泳是身体俯卧水中，两肩与水面平行，依靠两臂对称向后划水，两腿向后对称夹水而向前游进的姿势。

1. 手臂动作和手臂与呼吸配合动作

蛙泳臂部动作，由抓水、划水、内划、前伸 4 个连贯动作组成。

(1) 抓水。抓水是在两臂已向前伸并拢且掌心转向外时开始，即刻小臂、上臂内旋，掌心向外斜并稍屈腕，两手分开向斜下方划水。

(2) 划水。抓水后，两臂开始提肘屈臂，并继续向后方划水。

(3) 内划。内划是划水的继续，内划时掌心由外转向内，完成此转腕动作只要小指由上转为下即可。同时必须与小臂、上臂同时用力向内夹，两肘自上而下直线内夹。

(4) 前伸。臂内划结束，此时要借助向前的惯性，立即伸肩、伸肘。两掌心由向上逐渐转为向下，两臂呈并拢伸直状。

(5) 呼吸与臂的配合技术。蛙泳呼吸是与臂的动作配合进行的，一般都采用晚呼吸。往往当两臂内划至夹肘，随上体的抬起，头自然露出水面时即可张口吸气。然后随着臂的前伸，头自然没入水中，稍闭气后，再慢慢呼出。

2. 腿部动作

蛙泳腿部动作包括收腿、翻脚、蹬夹腿、滑行 4 个阶段。

(1) 收腿动作。两膝自然向下，逐渐分开，小腿在大腿后面向上折叠，脚跟沿水面向臀部靠拢。

(2) 翻脚动作。收腿将结束时，脚仍向臀部靠拢，这时两膝稍向内扣，同时两脚向外侧翻开，使脚和小腿内侧对好蹬水方向。

(3) 蹬夹腿。蹬夹腿是在翻脚的连贯动作下开始的，即翻脚后不停顿地向后做弧形蹬夹水，直到两腿并拢。

(4) 滑行。蹬腿结束后，腿略低于身体，随着蹬水产生的推进力向前滑行，腿应很快稍上抬，以减少滑行的阻力。

二、仰泳技术要求

1. 身体姿势

游仰泳时，身体应自然伸展，接近水平地仰卧水面，头和肩部略高于腰部和腿部，身体纵轴与水平面构成一个较小的锐角。

头部和髋部的位置关系非常重要，头部过于后仰，就会使髋部抬高，腿和脚露出水面，影响打水效果；反之，如果刻意勾头，抬高头的位置，髋和腿就会沉下去，增大身体前进的阻力。

2. 腿部动作

仰泳踢腿的作用主要是保持身体位置，此外还可产生一定的推进力。踢腿由上踢和下压两部分组成。

3. 手臂动作

仰泳手臂动作的划水动作是产生推进力的主要因素，划水也可人为地分为入水、抱水、划水、出水和空中移臂等部分。

(1) 仰泳的入水应以小拇指领先，手掌朝外，切入水中，手掌与前臂形成一个约 150°～160° 的夹角。手臂应伸直，肘关节向前、向下、向外 3 个方向运动。

(2) 抱水环节。手臂入水后应积极向下滑抓水，转入抱水阶段。配合身体围绕纵轴转动和积极伸肩，手臂向外旋转，屈腕，使手臂对准水并有压水的感觉，并使划水的主要肌肉群(如肩带肌肉群、胸大肌和背阔肌等)得到适当拉长，以便划水时能充分发挥力量。

(3) 划水环节。仰泳的划水动作是推动身体前进的主要动力。这个阶段也可分为两部分，前面为拉水，后面为推水。

(4) 出水环节。推水完成后，借助手向下压水的反作用力和肩部肌肉的收缩，手臂迅速提拉出水面。

(5) 空中移臂。出水后，手臂应迅速直臂向肩前移动，上臂应贴耳。手臂一过垂直部位后应向外旋转，使掌心向外，为入水做好准备。

(6) 两臂配合动作。游仰泳时两臂的配合最好采用中后交叉配合，即一臂入水时，另一臂推水结束，两臂基本处于相反的位置，以保证动作的连贯性和前进速度的均匀性。

三、蝶泳技术要求

1. 蝶泳身体姿势

蝶泳在游进过程中，是以腰际为中心，躯干和腿做有节奏的摆动，发力点在腰腹部。然后以大腿带动小腿，两腿一起做上下的鞭状打水动作，而这些动作与头和臂部的动作紧密联系在一起，形成蝶泳所特有的波浪动作，因此前进时身体的阻力较小。

2. 蝶泳腿部技术

蝶泳打水时，两腿自然并拢，脚跟稍微分开成“内八字”，当两腿在前一划水周期向下打水结束后，两脚处于最低点，膝关节伸直，臀部上抬至水面，髋关节屈成约 160°，然后两腿伸直向上移动，髋关节逐渐展开，臀部下沉。

当两腿继续向上时，大腿开始下压，膝关节随大腿下压，动作自然弯曲，大腿继续加速向下。随着屈膝程度的增加，脚抬至接近水面处，臀部下降到最低点，膝关节弯曲成约 110°～130° 夹角时，脚向上抬至最高点，并准备向下后方打水。

3. 蝶泳手臂技术

蝶泳手臂的划水动作是两臂在头前入水，同时沿身体两侧做曲线划水。它的技术环节分为入水、抱水、划水、推水和空中移臂等阶段。

(1) 入水环节。蝶泳臂入水点基本上在肩的延长线上，两臂同时入水。

(2) 抱水环节。臂入水后，手和前臂继续外旋，进入抱水阶段。抱水时，手的运动方向为：向外——向后——向下。

(3) 划水环节。在手臂进入划水阶段时，前臂和手掌划水。当两臂划至肩下方时，小臂和大臂的角度约成 90°～100° 夹角。

(4) 推水环节。当双手距离最近时，双手做弧形向外推水的动作，手的运动方向为：

向下——向上——向后。

(5) 空中移臂。当推水结束提肘出水后，两臂即由空中前移，开始移臂时肘关节微屈，手掌向上，肘先于手出水，两臂放松内旋，沿身体两侧低平的抛物线前摆。

(6) 臂和呼吸的配合动作。吸气的速度要快，头必须在臂入水前回到原来的位置，慢呼气或者稍憋气后呼气。

4. 臂腿呼吸的配合

蝶泳臂、腿、呼吸的配合比例为1:2:1，即一次手臂动作，两次腿动作，一次呼吸。两次打腿的幅度一般是一次大、一次小，要有所区别。

四、自由泳技术要求

1. 身体姿势

自由泳时身体仰卧在水面成流线型，背部和臀部的肌肉保持适当的紧张度，在游进中保持头部平稳，躯干围绕身体纵轴有节奏地自然转动35°～45°。

2. 腿部动作

自由泳腿部主要起平衡作用，保持身体的稳定和协调双臂做有力划水。要求双腿自然并拢，脚稍内旋，踝关节放松，以髋关节为轴，由大腿带动小腿和脚掌，双腿交替做鞭打动作，两脚尖上下最大幅度约30cm～40cm，膝关节最大屈度约160°。

3. 臂部动作

自由泳的臀部动作是推动身体前进的主要动力。一个周期分为入水、抱水、划水、出水和空中移臂5个不可分割的阶段。

(1) 入水。完成空中移臂后，手在控制下自然放松入水。

(2) 抱水。臂入水后，在积极向下方插入的过程中，手掌从向斜外下方转向斜内后方并开始屈腕、屈肘，肘高于手，以便能迅速过渡到较好的划水位置。

(3) 划水。划水是发挥最大推进作用的主要阶段，其动作过程可分为拉水和推水两部分。紧接抱水阶段进入拉水，这时要保持抬肘，并使大臂内旋。同时继续屈肘，使手的动作迅速赶上身体的前进速度。向后推水有一个从屈臂到伸臂的加速过程，手掌按从内向上、从下向上的动作路线加速划至大腿旁。

(4) 出水。划水结束时，掌心转向大腿，出水时小指向上，手臂放松，微屈肘。由上臂带动，肘部向外上方提拉带前臂和手出水面，掌心转向后上方。

(5) 空中移臂。紧接出水不停顿地进入空中移臂，移臂时肘高于手。

4. 臂、腿和呼吸配合技术

自由泳时，一般是在两臂各划水一次的过程中进行一次呼吸，以向右边吸气为例：右手入水后，嘴和鼻开始慢慢呼气。右臂划水至肩下，开始向右侧转头和增大呼气量。右臂推水即将结束，则用力呼气。右臂出水时，张嘴吸气，至空中移臂的前半部为止，并开始转头还原。

信息页二 游泳池的分类

游泳池按使用要求可分为标准游泳池、标准跳水池、综合池及其他类型。

一、标准游泳池(如图 2-6-1 所示)

图 2-6-1

标准游泳池作竞赛用的设有观众席，作练习用的则不设观众席。池的尺寸规格和设备应符合比赛标准。一般池的平面尺寸为：长 50m、宽 25m，水深 1.8m。

二、标准跳水池(如图 2-6-2 所示)

图 2-6-2

标准跳水池分为带观众席和不带观众席的两种。但池的规格和设备要求都符合比赛标准。平面尺寸为：长 21.5m，宽 15m、水深 3.5m～5m，有跳水高台和跳板。

三、综合池

综合池就是为了达到一池多用的目的，把游泳池的面积增大，游泳池的深浅有变化，设深水区和浅水区，满足不同游泳者的要求；在尺度规格上大于等于标准游泳池规格的池面和水深，以达到比赛和练习的要求；把水面和深浅加以分隔(用浮标或水中拦网)，供不同年龄、不同游泳技术水平、不同游泳项目要求人群使用的游泳池。

四、其他类型

(1) 普通游泳池。平面尺寸不限、水深不限，一般水深 1.6m 左右。

(2) 花样游泳池。平面尺寸为：长 30m、宽 20m，还有长宽均 12m 的，水深应在 3m 以上。

(3) 水球池。平面尺寸为：长 33m、宽 21m，水深 1.8m 以上。

(4) 潜水池。平面尺寸为：长 3.6m、宽 5m，水深 1.5m～5m。

(5) 制浪池。平面尺寸为：长大于等于 25m，宽大于等于 5m，水深 1.5m 左右。

(6) 戏水池(儿童池、水滑梯)。平面形状尺寸不限，水深一般不超过 1m。

任务单 了解游泳运动

一、游泳池按使用要求分为____________、标准跳水池、________及其他类型。

二、游泳池一般分为________________________和____________________两种。

三、1869 年 1 月，在_______________成立了________________游泳俱乐部联合会(现英国业余游泳协会前身)，并把游泳作为一个专门的运动项目正式确定下来。

活动二 掌握对客服务

了解了游泳的基本常识后，应该如何为这项普及运动进行服务呢？在本活动中，一起学习这些内容吧。

信息页一 游泳池服务人员岗位职责

一、游泳池服务员岗位职责

(1) 服从上级指示，遵守各项规章制度。

(2) 按时到岗，检查仪容仪表，注意着装标准。

(3) 做好营业前各项准备工作，确保游泳池正常营业。

(4) 将客人衣柜钥匙、客人姓名、开始时间和暂借游泳池物品等情况详细登记。

(5) 严格按照规章制度和服务程序为客人提供服务，满足客人的一切合理要求。

(6) 密切关注游泳池内的安全情况，确保客人在游泳时不发生意外情况。

(7) 维持游泳池内的正常秩序，劝阻客人不要在游泳池边跳水、追逐打闹，以免发生危险。

(8) 负责游泳池更衣室的卫生清洁工作，保持室内环境卫生。

(9) 按照设施设备保养计划，做好游泳池内各种设备的保养工作，定期检查设备的运行情况，发现问题及时申报维修。

(10) 积极参加各类业务培训，不断提高技术水平。

(11) 完成上级交代的各项任务。

二、游泳池救生员岗位职责

(1) 严格执行有关游泳规定，维持正常秩序，礼貌劝阻非游泳客人在游泳池范围休息、拍照等。

(2) 负责客人游泳安全，密切关注池内游客动态，发现险情及时处理，并立即向有关领导汇报。

(3) 提供饮料、订餐、发放救生圈等服务。

(4) 负责游泳池清场。

三、游泳池水质净化员岗位职责

(1) 熟悉游泳池水净化工作，负责游泳池水质测验和保养。

(2) 负责游泳池机房、工具房的清洁卫生，保管好净化工具和净化物品，并制订净化药物和其他物资的补充计划。

(3) 熟练掌握机房内机械设备的性能及操作规程，负责保养、检查和报修工作。

(4) 保证池水清澈透明、无杂质、无沉淀、无青苔，水质符合国家卫生标准，每日做好水质分析化验。

四、更衣室服务人员岗位职责

(1) 认真做好客人登记、发放更衣柜钥匙和浴巾等工作。

(2) 坚守岗位，注意出入更衣室客人动态，对客人生命和财产负责，发现情况及时处理和汇报。

(3) 对客人遗留物品要做好登记和上缴工作，负责游泳池物品的补充、统计和填写交接班记录等。

(4) 负责提供饮料和送餐服务。

(5) 负责更衣室设备保养和报修工作。

信息页二 游泳池服务流程(如图 2-6-3 所示)

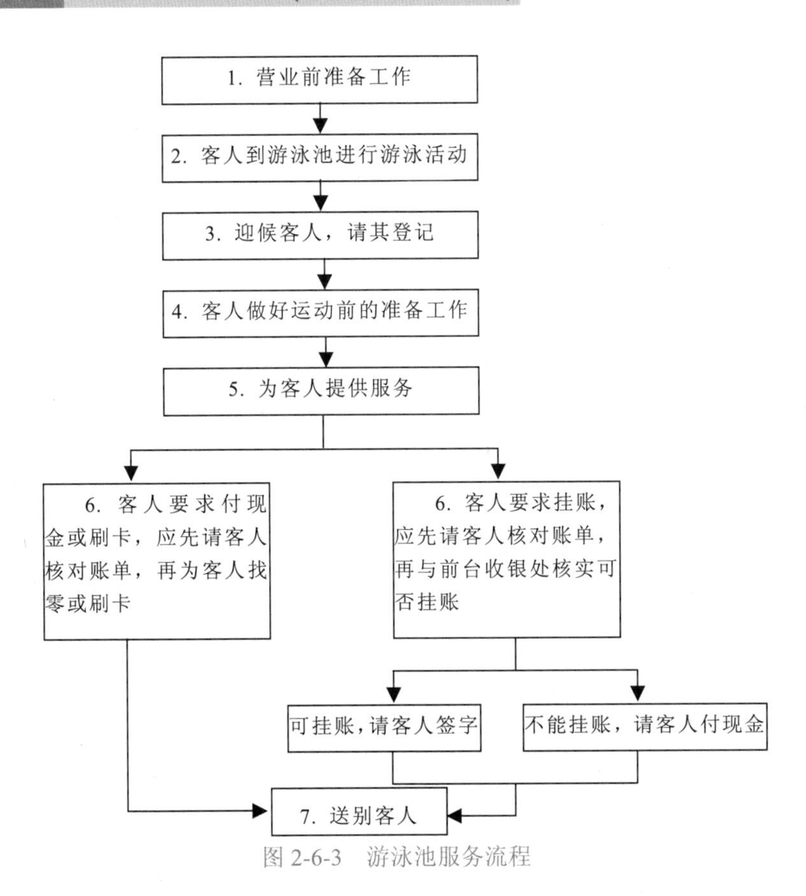

图 2-6-3 游泳池服务流程

信息页三 游泳池安全服务程序及标准

(1) 游泳池“客人须知”中应明确公告：饮酒过量者谢绝入内。服务过程中发现客人中有饮酒过量者，应婉言谢绝入内。

(2) 池边备有救生圈，配有两倍于池宽的长绳和长竿救生钩。

(3) 对带小孩的客人，提醒注意安全。

(4) 整个服务过程中，保证无客人衣物丢失和溺水等安全责任事故发生。

(5) 服务人员须受过救生训练，应密切关注池内客人状况，工作时间一定要忠于职守，不可麻痹大意。对深水区域的客人要格外注意，对小孩、老年人或初学游泳的客人要多加留心，并时常提醒客人注意安全，提示其危险行为。

(6) 发现异常情况后，应及时采取以下有效措施。

① 救生员要立刻潜入泳池，将遇险客人急救上岸。

② 按照对溺水人员的急救程序对遇险客人实施救治。

③ 通知医务人员和领班马上赶到现场。

④ 按照医生的要求为医护人员提供必要帮助。

⑤ 服从领班指示，维护好现场秩序。

⑥ 照办其他事宜。

(7) 将事故经过和处理过程详尽记录在当日值班日志上，以备总结经验教训，方便日后查阅。

信息页四 游泳引起的若干症状处理

(1) 游泳后眼睛发红刺痒，这是染有细菌的水进入眼内造成的，可用 0.25％氯霉素或 0.5％金霉素眼药水滴眼，每日 5～6 次，每次 3～4 滴。游泳前滴眼，可起预防作用。

(2) 游泳后出现耳朵疼痛，这可能是游泳时带有细菌的水灌入耳内，导致中耳炎，应及时用复方新霉素或氯霉素甘油滴耳液滴耳，每日 3 次，每次 2～3 滴。若游泳时耳朵进了水，上岸后应左右歪头倒出耳中积水。

(3) 跳水和潜水易引起鼻腔进水，并将水带入与之相同的鼻窦。不洁的水容易引起鼻窦炎。若游泳时感觉鼻腔已进水，可轻轻擤鼻涕，或将头偏向左右各两三分钟，以便鼻窦里的水流出来，此时若能点几滴消炎药水效果会更好。

(4) 游泳还可能引起接触性皮炎和过敏性皮炎，体表长出细小的红色丘疹，皮肤奇痒，可用氢化可的松软膏、肤轻松软膏或炉甘石洗剂每天擦患处数次。

任务单 掌握游泳池服务

一、游泳池服务流程包括哪些？

____

____

____

二、实践作业。

1. 播放录像资料或根据实际情况安排现场参观，使学生了解和掌握游泳池的设施设备的配置、管理及使用情况。

2. 学生每 5 人一组，用情境教学方式，在组内轮流扮演服务员和客人，反复演示所学的游泳池接待客人的程序和标准。演示结束后，同学间展开讨论，交流心得。

3. 学生每 5 人一组，用情境教学方式，在组内轮流扮演服务员和客人，反复演示游泳池客人出现紧急状况时的应对程序。演示结束后，同学间展开讨论，交流心得。

三、案例分析。

救了人为何还要被批评

最近，两则贴在员工休息室里的通知引起了饭店员工的纷纷议论。

第一则：鉴于饭店康乐中心游泳池救生员李博在工作中勇救溺水客人，处理得当，表现突出，为饭店树立了良好形象，特此提出表扬，并在下月增发奖金 1000 元作为奖励。

第二则：饭店康乐中心游泳池救生员李博在工作中违反工作守则要求，佩戴项链上岗，以致在下水救顾客的过程中，划伤客人背部，给客人身体造成伤害，使客人为此投诉。考虑到李博一向表现良好，故此次仅提出警告处分，扣除下月奖金 500 元。

两则通知一贴出来立刻在员工中间引起了轩然大波。大家对此提出了很多不同看法。而当事人李博却对此表示沉默。直到饭店领导出来解释，才平息了这场风波。

1. 你如何评价该饭店以奖惩并处的方式对待服务人员李博的做法？

____

____

2. 在李博事件发生后，如果你是一名管理者，你会在员工管理中加强哪些方面的工作？

____

____

任务评价

内　容		自我评价			小组评价			教师评价		
学习目标	评价项目									
知识目标	游泳池服务程序									
	游泳规则									
	游泳池设施设备									
	游泳运动基本技巧									
专业能力目标	准备工作									
	迎接工作									
	游泳池服务									
	送客服务									
	结束工作									
态度目标	服务意识									
	热情主动									
	细致周到									
	全员推销									
通用能力目标	沟通能力									
	项目管理能力									
	解决问题能力									
任务单	内容符合要求、完整正确									
	书写清楚、直观、易懂									
	思路清晰、层次分明									
小组合作氛围	小组成员创造良好工作气氛									
	成员互相倾听									
	尊重不同意见									
	所有小组成员被考虑到									
教师建议：		整体评价：								
个人努力方向：		优秀			良好			基本掌握		

娱乐休闲是一种大众化的休闲方式，在紧张的工作学习之余，进行适当的娱乐休闲是很有必要的。人们可以通过各种娱乐活动尽情表达自己的喜怒哀乐，将工作、生活中的压力与烦恼一扫而空，使身心得到充分放松。

娱乐休闲服务是饭店服务的重要组成部分之一，同餐饮部、客房部一样，是饭店的基本业务之一。娱乐项目中心是饭店宾客自娱自乐和集体娱乐的重要活动场所，可以满足宾客商务、休闲、消遣、愉乐等多种需求。目前，酒店提供的娱乐服务项目主要有卡拉OK、夜总会、歌舞厅、棋牌室、酒吧、网吧等，娱乐项目中心通过为宾客提供优美的环境、一流的服务、全套的设施设备来满足宾客的休闲娱乐需求。

作为康乐部的服务人员，要熟悉歌舞厅、卡拉OK、舞厅、棋牌室、游戏机房及酒吧等娱乐项目服务程序与标准，掌握对应服务的相关知识与技能，并能够及时、准确地为宾客提供优质满意的服务。

单元三 如何提供娱乐休闲项目服务

任务一 歌舞厅娱乐项目服务

工作情境

高职院校酒店服务专业的几名学生在老师的带领下来到某酒店康乐部歌舞厅进行参观学习，学生们对歌舞厅了解甚少，也没有实地见过歌舞厅的设备设施，于是酒店康乐部歌舞厅的李主管带领着同学们进行实地参观讲解。

具体工作任务

- 了解歌舞厅设计布局及设备；
- 了解歌舞厅主要营业收入来源；
- 了解歌舞厅管理方式；
- 掌握歌舞厅岗位职责；
- 熟悉歌舞厅服务步骤与规范。

活动一 歌舞厅娱乐项目介绍

歌舞厅是在有限的空间里，用灯光、音响营造一种热烈的氛围，宾客既可以作为观众欣赏他人的表演，又可以亲自参与到歌舞活动中去，达到娱乐身心的目的。在酒店的娱乐项目中，歌舞类娱乐项目是娱乐性极强、深受宾客们喜爱的一种娱乐休闲方式。

信息页一 歌舞厅简介

歌舞厅是以专业人员进行歌舞表演为主的娱乐场所，舞台灯光华丽、音响专业，与正规舞台表演相比，形式较为轻松，演出内容通俗易懂，娱乐性极强，主持人是整台演出的灵魂，需要有很强的语言表达能力和应变能力，能把毫无关系的节目有机地串起来并营造热烈的娱乐气氛，还要能及时把握和调整场上气氛，不能冷场，并在宾客情绪高涨时，适时调整原有节目的安排，让宾客参与演出，使激昂的情绪得以宣泄，同时给其他宾客带来意外的快乐和惊喜，使演出真正达到娱乐的目的。歌舞厅投资巨大，除了需要豪华的环境装饰外，还必须有舒适的座位，有可伸缩易动、适合各种表演的舞台，还要有专业的灯光设计、音响设置和高科技效果模拟设备。这些设备越先进、越出人意料，就越能吸引宾客，取得好的经济效益。

歌舞厅是当今社会常见的一种公共娱乐场所，它集歌舞、酒吧、茶室、咖啡厅等功能于一身。歌舞厅的室内活动空间可以分为入口区、歌舞区及服务区 3 部分。入口区往往设服务台、出纳结账和衣帽寄存等空间，有的还设有门厅，并在门厅处布置休息区。

歌舞厅里，众多互不相识的宾客共用同一演唱场地，共用一套卡拉 OK 音响设备，包括大功率的立体环绕音响、碟片机、功率放大器、灯光及灯光控制器、专业调音台、投影机和投影银幕、多个悬挂式或立体式彩色监视机、碟片柜及碟片等。歌舞区是歌舞厅中主要的活动场所，包括舞池、舞台、座位区、吧台等部分。在歌舞区，宾客可以进行唱歌、跳舞、听音乐、观赏表演、喝茶饮酒、喝咖啡、交友谈天等活动。舞池不仅可用于演唱者在演唱时表演，还可以为其他宾客提供随音乐起舞的空间，一般占歌舞厅总面积的 1/6 至 1/5。座位区的座位有火车座式、圆桌式、U 形沙发式等。座位一般围绕并面向舞池来布置，而且以能观看到大屏幕为要求。座位区以台号来确定坐席，便于服务和管理。吧台是整个大厅服务活动的中心，包括提供酒水、小食品、果盘、送点歌单、结账等。

信息页二 歌舞厅主要营业收入来源

歌舞厅的营业收入与歌舞厅管理和节目组织有很密切的关系。一场节目除了演员、乐手的较高费用之外，还要有大量的用电费用。如果节目受宾客欢迎，一切费用都会得到补偿并赢得丰厚的利润。营业收入主要有 3 方面：一是门票收入；二是食品饮料收入，这两部分收入用于支付各种经营费用；三是花束、花篮收入，作为宾客对出色表演的额外奖励。花束、花篮通常可以反复使用，这是宾客向表演者支付小费的一种形式。这项收入由歌舞厅与演员按事先约定好的比例分配，是歌舞厅在成本之外的纯收入。由于消费者口味不同，而且变化很快，因此，经营歌舞厅一定要具有很大的灵活性。

信息页三 歌舞厅管理方式

一、歌舞厅设置专门的演出部

演出部功能齐备、分工详细，全面负责每天的节目创作、组织和安排。这种方法适用于以歌舞表演为唯一或最主要娱乐项目的饭店，需要投入大量的资金和人力，专业性强、工作烦琐、风险很大。

二、将演出承包给演出经纪人

一般由歌舞厅提供演出场所和主要灯光、音响设备，规定演出风格和内容范围。节目的组织及用具都由演出者自行解决。门票收入和花篮收入按事先商定的比例由演出经纪人与歌舞厅分成。这种管理方法使歌舞厅的经营风险降低了很多，省去了很多支持及精力的投入，并能根据观众需求灵活地调换演出节目甚至演出团体。酒店管理人员可以将精力集中在提高饮食质量和服务质量上。这对娱乐项目较多的酒店和经济实力不够雄厚的饭店来说是一种较好的方法。

三、舞台演出方面与他人联合经营

酒店只提供演出场地，有演出经纪人和演出团体投资配备舞台灯光、音响设备、乐器及演出用具等，并组织安排演出，每年向企业上缴一定的利润或承包金额。在保证承包者合法经营的情况下，这种方法将酒店的风险降到了最低限度。酒店经营者不想在这方面花太多财力和精力，只是将它作为主要业务，如餐饮、客房服务等的附加，或吸引客源的一种方法，可以采用这种经营方式。

任务单 熟悉歌舞厅娱乐项目

一、 请你作为康乐部歌舞厅服务员向大家介绍歌舞厅的设备设施并设计布局图。

二、歌舞厅营业收入的主要来源及管理方式。

主要营业收入来源	管 理 方 式

活动二 掌握歌舞厅娱乐项目服务方式

歌舞厅一般设有主管、领班、服务员、音响师等岗位。作为一名歌舞厅服务员，应熟悉自己的岗位职责，掌握该如何进行对客服务。

信息页一 歌舞厅服务人员岗位职责

(1) 负责歌舞厅营业前各项物品的准备工作，对设备设施进行营业前的安全检查，并调试好设备。

(2) 热情周到地为宾客服务，耐心解答宾客提出的问题。

(3) 负责歌舞厅场地和设备设施的卫生清洁工作。保持环境整洁、空气清新，符合质量标准。

(4) 熟悉娱乐设备设施、娱乐项目特点及节目安排情况等。

(5) 负责歌舞厅设备设施的日常保养和简单故障的排除，发现损坏及时报修。

(6) 负责提供酒水、饮料、小吃、点歌、送花等服务，积极有效地推介各种酒水饮料。

(7) 维护娱乐场所秩序，协助领班排解宾客之间的纠纷，保证娱乐活动正常展开。

(8) 认真做好营业期间的消防、安全防范工作，注意观察，发现问题及时汇报。

(9) 及时处理歌舞厅的各种突发事件并向领导汇报。

(10) 认真贯彻交接班制度，详细做好交接班工作记录。

信息页二 歌舞厅接待服务步骤与规范

一、预订工作

(1) 接到预订电话后主动向宾客介绍歌舞厅情况与价格。

(2) 记录宾客的姓名、电话、到达时间、预订时间、来宾客数等。

(3) 向宾客重复一遍确认，并向宾客说明保留预约时间，做好登记。

(4) 预订确认后，应立即通知相关服务部门提前做好服务准备。

二、准备工作

(1) 穿好工服，佩戴胸卡，整理好仪容仪表，提前到岗，向领班报到，参加班前会，接受领班检查及分工。

(2) 主动了解有关宾客的预订情况，做好相应准备工作。

(3) 做好通风、歌舞厅内环境及设备等责任区域的清洁卫生工作。

(4) 按酒店标准将台面上的服务用品摆放好或补齐。

(5) 检查酒水、饮料的品种和数量是否齐全充足。

(6) 测试音响、灯光效果，发现问题及时解决或报修，保证正常运行。

(7) 检查节目编排情况，准备应急节目。

(8) 营业前礼貌地站在指定工作位置，恭候宾客到来。

三、迎宾接待

(1) 面带微笑，主动迎接问候宾客。询问是否有预订，并向宾客介绍收费标准等。

(2) 若有预订，在确认预订内容后，直接引领宾客至预订位置入座；若没有预订，应为宾客选择合适的位置，引领入座。对于住店宾客，请其出示房卡或房间钥匙，并准确记录宾客姓名和房号。

(3) 在引领过程中，应注意主动提示宾客在拐角或台阶处注意小心。

(4) 引领宾客到位时，应伸手示意宾客请坐，如需拉椅应主动及时；当宾客脱下外衣或摘掉帽子时，上前帮助宾客挂好。

四、歌舞厅服务

(1) 宾客入座后，应迅速为宾客提供服务，点燃烛台，送上面巾、歌单和酒水单等，请宾客点用并主动介绍歌单内容及推荐酒水。

(2) 宾客点单时，应准确记录酒水单和点歌单，待宾客点完后，应主动复述一遍，以确保准确无误。点单完成后，应收回酒水单。

(3) 在宾客所点酒水单和点歌单上记下台号、时间和人数等信息，并迅速将单据分别送至吧台和音控室。

(4) 根据宾客需求，用干净的托盘送上酒水、果盘等，并主动报出酒水、果品的名称。

(5) 若宾客要求优先点唱时，应告知宾客优先点唱的收费制度，经宾客同意后，为其办理歌曲的优先点唱。在宾客演唱时，应适时地给予掌声和赞美，以调动宾客情绪与兴致。

(6) 注意观察自己服务区内的宾客需求动向，留意宾客的手势，随时上前为宾客提供服务，如：及时为宾客补充酒水，斟倒饮料；当宾客抽烟时，要迅速掏出打火机为宾客点燃香烟等。

(7) 勤清理台面，勤换烟灰缸(烟灰缸的烟蒂不得超过 3 个)，及时撤掉喝完的酒瓶、饮料杯等，并主动询问宾客是否再添加新的酒水饮料。

(8) 协助保安一起维护好大厅内的秩序，在节目演出期间，保证厅内安静。

五、结账服务

(1) 宾客示意结账时，应认真核对宾客消费的账单是否准确，并将账单递送给宾客。接过宾客递来的现金，应仔细进行核对，使用服务用语向宾客道谢。若需找回零钱，应及时找回，当面点清。

(2) 如果宾客要求挂单，应请宾客出示房卡并与前台收银处联系，待确认后请宾客签字并认真核对宾客笔迹，如未获得前台收银处同意或认定笔迹不一致，则请宾客以现金结付。

六、送别宾客

(1) 宾客结账后，起身离座，服务员应主动上前拉椅，协助宾客穿戴好衣帽。

(2) 提醒宾客携带好随身物品，送宾客至大厅门口。

(3) 主动为宾客拉门，欢送宾客，礼貌地向宾客道别，并欢迎宾客下次再来。

(4) 宾客走后，应迅速清理台面、整理桌椅，使卫生状况恢复至营业要求，并在此检查是否有宾客的遗留物品，如有，则立即交还给宾客或交领班处理。

(5) 按要求重新摆好台面，准备迎接下一批宾客到来。

知识链接 点歌单(如表 3-1-1 所示)

填写点歌单是一种比较传统、老式的服务方法。宾客依据歌本上的曲目，选择自己喜欢的曲目，按照歌单上的编号、歌名逐一填写。服务员收取点歌单后，送到音响室交给 DJ。

表 3-1-1 点歌单

姓名：	女士 □ 先生 □
歌名：	
编号：	台号：
音调： 高音 □ 中音 □ 低音 □	

任务单 熟悉歌舞厅服务

一、请填写出歌舞厅服务步骤及相应工作职责。

服务阶段	服务步骤	工作职责
准备工作	开始 → [ ] →	
迎接工作	1. → 2. → 3. → 4. → 5. →	

(续表)

服务阶段	服务步骤	工作职责
歌舞厅服务	1. ↓ 2. ↓ 3. ↓ 4. ↓ 5. ↓ 6. ↓ 7. ↓ 8. ↓ 9. ↓ 10. ↓ 11. ↓ 12. ↓	
结账服务	1. ↓ 2. ↓	

(续表)

服务阶段	服务步骤	工作职责
送客服务	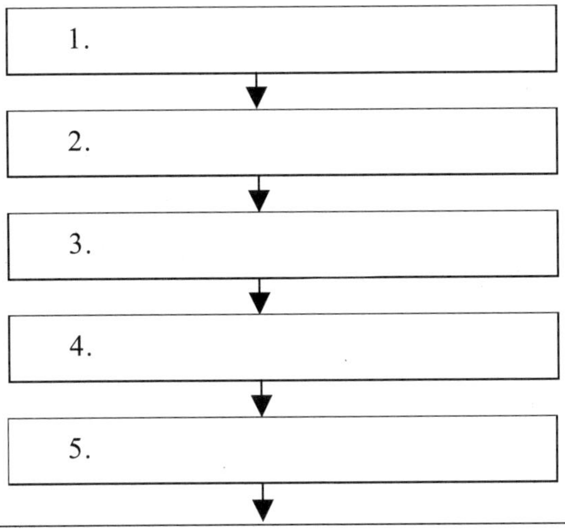 1. → 2. → 3. → 4. → 5. →	
备注	结束	

二、请你作为歌舞厅服务员为宾客提供优质的服务。

三、以组为单位进行模拟服务，练习歌舞厅服务步骤，熟悉其规范。演示结束后，同学间展开讨论，交流心得。

场景：来广州旅游的王先生随团住进了一家五星级酒店，晚上他兴致勃勃地偕同几个游伴到歌舞厅观看歌舞表演，在热烈的氛围中王先生点了一首歌。

四、案例分析。

一曲生日歌

“张先生，晚上好，欢迎光临歌舞厅！”迎宾服务员热情地走上前迎宾。张先生笑容满面地点了点头，招呼着跟他一同前来的几个朋友走进了歌舞厅。

迎宾服务员引领入座后，给张先生和他的朋友们端上了一杯杯热茶。此时，突然响起了一曲《生日快乐》，原来今天是张先生 42 岁的生日。张先生顿时很惊讶，没有想到酒店竟然有如此细致周到的服务。在音乐的伴奏下，全场宾客及员工一齐为张先生唱响生日快乐歌，祝他生日快乐！而后，张先生表示谢意，现场点播了一首《朋友》，充满着激动之情走上了舞台。

1. 为什么看似普通的服务能让张先生感到满意？
2. 你认为通过哪些工作可以让宾客感受到酒店细致入微的服务？

任务评价

内容		自我评价			小组评价			教师评价		
学习目标	评价项目									
知识目标	歌舞厅设备设施及布局									
	歌舞厅管理方式与收入来源									
	歌舞厅服务步骤与规范									
专业能力目标	准备工作									
	迎接工作									
	歌舞厅服务									
	送客服务									
	结束工作									
态度目标	服务意识									
	热情主动									
	细致周到									
	全员推销									
通用能力目标	沟通能力									
	创新能力									
	解决问题能力									
	团队协作能力									
任务单	内容符合要求、完整正确									
	书写清楚、直观、易懂									
	思路清晰、层次分明									
小组合作氛围	小组成员创造良好工作气氛									
	成员互相倾听									
	尊重不同意见									
	所有小组成员被考虑到									

教师建议：	整体评价：
个人努力方向：	优秀　良好　基本掌握

任务二　卡拉 OK 娱乐项目服务

工作情境

十几位中年“老知青”20 多年未见，当他们再相聚到一起时，都已是人到中年。晚上他们打算相聚在某酒店唱卡拉 OK，重温那段美好的青年时代，唱响年轻时最爱的歌。但是，大家对预订什么类型的卡拉 OK 包房及其设备使用知识了解甚少。请你(康乐部卡拉 OK 服务员)向宾客介绍这个娱乐项目。

具体工作任务

- 了解什么是卡拉 OK；
- 了解卡拉 OK 基本类型；
- 熟悉常见点歌方法；
- 熟悉卡拉 OK 服务人员岗位职责；
- 掌握为宾客提供优质歌舞厅服务的步骤及规范；
- 能够为宾客提供标准化服务。

活动一　卡拉 OK 娱乐项目介绍

卡拉 OK 是酒店康乐中心常见的娱乐项目，放声歌唱可以排遣宾客心中的郁闷，尽情表达自己的喜怒哀乐，是表现自我、抒发感情的重要手段，也是沟通人际关系、联络感情、工作应酬的重要方式。

信息页一　卡拉 OK 的由来和发展历程

卡拉 OK 于 20 世纪 70 年代起源于日本。“卡拉”在日语中是“空”的意思，“OK”是日本外来语“orchestra”(英国“乐队”)的汉语音译。卡拉 OK 的本意是“为练唱者准备的空伴奏”。这一文化商品流传到我国台湾后，被称为“卡拉 OK”，后来便如此称呼了。

早在 20 世纪 60 年代的舞会上就有传统乐队为演唱者伴奏的情况。在这一时期也出现了歌手用歌声伴奏的形式。这就是伴奏音乐与歌声第一次分离成两个独立部分。20 世纪 60 年代，盒式录音机问世后，左右立体声磁带可录制两个音源，一个是伴奏音乐，一个是人声歌唱，人们可以用这种磁带学习流行歌曲。当人们学会一首歌以后，就会关掉人声这路通道，而通过话筒亲自演唱这首歌曲。卡拉 OK 最先使用录音带，之后为录像带代替，不久又被图像清晰的激光影碟取代，演唱中不仅可以看到与歌曲意境相匹配的画面和原唱明星的表演，还可以看到随音乐节奏提示的歌词，使演唱者可以轻松地演唱，并能达到专业效果。20 世纪 90 年代，这种娱乐活动首先在日本流行起来，日本人将此称为 KARAOKE 娱乐游戏。由于卡拉 OK 设备简单，容易操作，能自娱自乐，一问世就受到大众喜爱，继而传入欧洲，风靡全球。在中国，卡拉 OK 的内容非常丰富，不仅有流行歌曲，还有中国特色的传统民歌、地方戏曲等，吸引了不同年龄、不同层次的人群。卡拉 OK 已经成为表现自我、抒发情感、宾朋聚会休闲的一种重要娱乐方式。

信息页二 卡拉 OK 基本类型

一、大厅卡拉 OK(如图 3-2-1 所示)

图 3-2-1 大厅卡拉 OK

大厅卡拉 OK 是众多互不相识的宾客共用同一演唱场地，共用一套卡拉 OK 声像设备，包括大功率的立体环绕音响、碟片机、功率放大器、灯光及灯光控制设备、专业调音台、投影机和投影银幕、多个悬挂式或立式彩色监视机、碟片柜及碟片等。

在大厅唱歌，通常是宾客在歌曲编号目录寻找自己想唱的歌曲，填好点歌单，请服务员将歌单交给音控室，由碟片员按点歌的先后顺序轮流为每一桌宾客播放。在播放每一首曲目时，碟片员会通报曲名、桌号和点曲人，请他们上台歌唱。大厅卡拉 OK 通常有舞台，并配合舞台灯光和专业背景音响设备，演唱时除了可在监视机上看到碟片上的内容外，还能像演员一样面对素不相识的观众进行演唱，满足宾客的表演欲望，因而受到许多宾客尤其是演唱基础较好的宾客的喜爱。

二、MTV 卡拉 OK(如图 3-2-2 所示)

图 3-2-2 MTV 卡拉 OK

MTV 是一种电视音乐形式，是 Music Television 的缩写，以播放电视节目录影带或影碟为营业项目。MTV 卡拉 OK 是大厅卡拉 OK 的一种进步，配备现代化设备，提供隐秘性空间。它在演唱舞台配置专业灯光和音响的基础上，面对舞台安装一个或多个摄影镜头，增添了高保真录音设备，由专业人员控制。它以良好的音响效果，高清晰度屏幕和画面、高度临场感效果吸引宾客。当宾客演唱时，专业人员对演唱者进行灯光和音响的最佳配置，通过不同的摄像镜头拍下演唱者的各个侧面，结合卡拉 OK 碟片中的画面，用各种不同的电视制作方法，把各种画面编辑、串联起来，随着歌曲的旋律播放到投影银幕上。人们看到的是演唱者的形象和碟片中的背景或舞台背景融合起来的画面，还可以是演唱者与碟片中原唱歌星同台演唱的情景，这便给宾客增添了极大情趣。宾客有兴趣，还可以把演唱录制成音像，既能留声留影，又能得到自娱自乐的享受。

随着 MTV 的发展，播放内容从音乐节目转向电影电视片，放映地点由大厅转向包厢。音响设备由普通单一转向高档多元，具有投资大、画面质量高等特点，因而有较强的观赏性和吸引力。

三、KTV 卡拉 OK(如图 3-2-3 所示)

图 3-2-3 KTV 卡拉 OK

KTV 是卡拉 OK 和 MTV 的结合。“K”为卡拉 OK 的第一个字，“TV”为“MTV 音乐电视”的后两个字，组合而成“KTV”。台湾 KTV 的创始人刘英先生对 KTV 的定义是：KTV 是提供器材、设备、房间等供人们练歌的场所。从视听娱乐发展史来看，KTV 是卡拉 OK 的延续。为了满足人们对娱乐需求的不断变化，康乐经营者在 KTV 的基础上，通过更换、包装、创新，衍生出许多同系列却有不同内涵的视听娱乐项目，像 DTV、家庭式 KTV、贵族式 KTV 等。

KTV 内设沙发、茶几、卡拉 OK 设备，包间的大小从可容纳两人的情侣包厢到可容纳二三十人的包厢不等。包厢环境优雅、装修讲究，富有各种风格和情调。从娱乐方式看，KTV 既满足了消费者自我展现的愿望，又避免了在大庭广众之下演唱可能带来的窘态。从娱乐内容上看，KTV 将 MTV 的隐秘性、观赏性和卡拉 OK 的临场性、趣味性融合在一起，使消费者在观赏 MTV 的同时又可以一展歌喉，还兼有满足洽谈生意、办理事务、联络感情的作用。人们在喝酒跳舞的同时也能有一种自我表现的机会。从宾客感觉而言，它不仅具有餐厅中雅间包房的优点，使宾客受到尊重，感觉安全、舒适，而且可以免去宾客娱乐时相互之间的干扰，并能随时点唱而不必等候太长时间。KTV 因其舒适、独立的特点而受到广泛欢迎。

四、DTV 卡拉 OK(如图 3-2-4 所示)

图 3-2-4　DTV 卡拉 OK

DTV 包间即 Dance TV，仍维持 KTV 的基本形态，另在包厢内划出部分空间为舞池，是集唱歌、跳舞于一体的 KTV 包间。室内不仅设有卡拉 OK 设备，还设有舞池及非常考究的灯光设备。DTV 舞厅最大的特色，除可在舞池内闻歌起舞外，还在墙上挂有一个大型银幕播放和舞曲同步搭配的影像，给人以全新的视觉和听觉享受。这类包间根据娱乐宾客的人数可大可小，既可跳迪斯科，也可跳交谊舞。DTV 包间娱乐活动是一项非常适合现代人消费的娱乐方式，从较大的舞厅转向了带有舞池的小包间。

信息页三 常见点歌方法

一、光笔点歌(如图 3-2-5 所示)

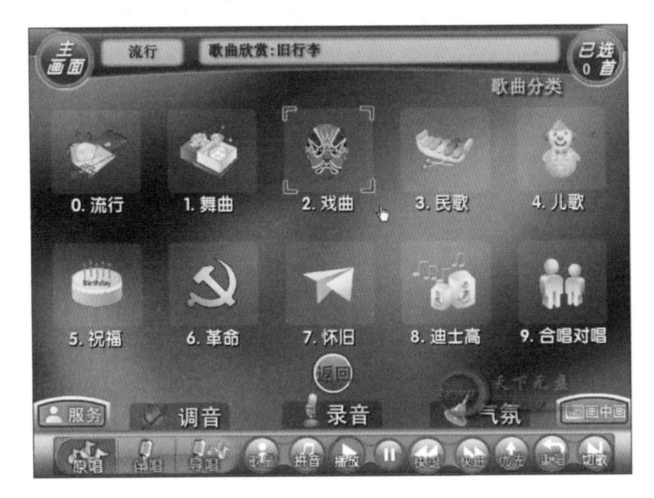

图 3-2-5　光笔点歌

光笔点歌是现代高科技运用到卡拉 OK 娱乐项目上的一种较先进的点歌方式。宾客只要在所喜欢的曲目上用光笔轻轻点击，音控室的列表机就会把宾客所选择的歌曲打印出来，工作人员再依次按照列表排序播放。

二、自助式点歌(如图 3-2-6 所示)

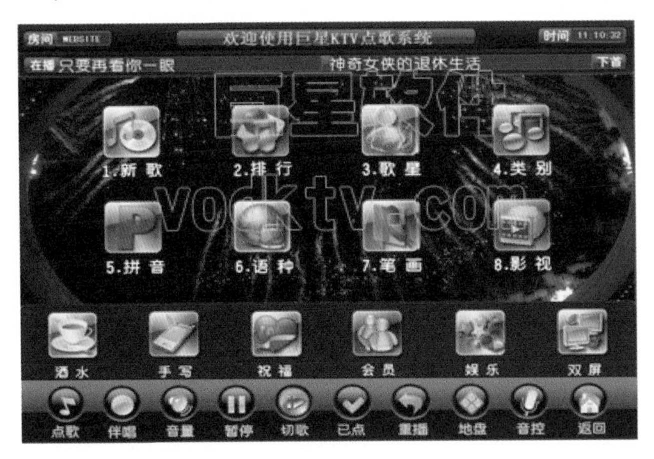

图 3-2-6　自助式点歌

自助式点歌方式采用了可储存数千首的自助点歌系统设备，宾客可通过遥控器自行点歌，甚至还可以通过遥控器选点酒水、饮料和食品，自动化程度很高。

三、电子计算机点歌系统(如图 3-2-7 所示)

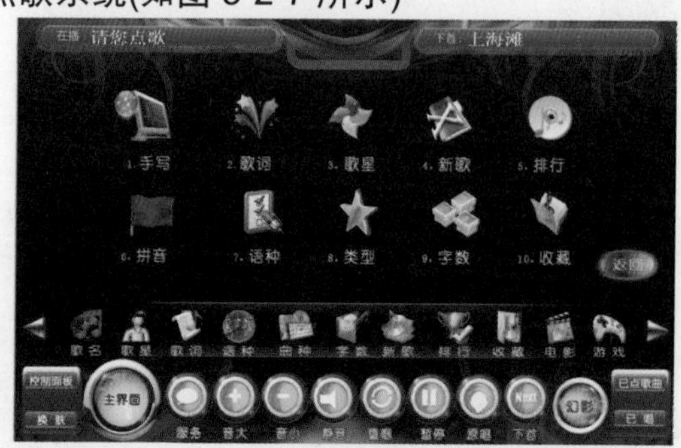

图 3-2-7　电子计算机点歌系统

电子计算机点歌系统是目前最先进的一种点歌系统，宾客根据电子计算机显示的提示，采用触摸屏幕方式选择自己喜爱的歌曲。这种点歌系统包含各种不同的选择模式，如：歌曲语种、歌手名字、地区曲目等点歌方法。这种方式点歌效率高、速度快、正确率高，受到宾客的普遍欢迎。

任务单　了解卡拉 OK 娱乐项目

一、向其他组员介绍卡拉 OK 的由来和发展历程，并填写卡拉 OK 的类型及特点。

卡拉 OK 的类型	特　　点

二、填写 KTV 包房服务卡。

NO:

房　　号:	订　房　人:	日　　期
宾客姓名:		
开放时间:		
跟房经理(组):		
值房服务员:		
看房 DJ 员:		
买单时间:		
买单人员:		
结账方式:		
宾客离开时间:		
拾房服务员:		
买单时房间人员:		
楼面经理签字:		
备注:		

活动二 掌握卡拉 OK 娱乐项目服务方式

歌舞厅一般设有主管、领班、服务员、音响师等岗位，作为歌舞厅的一名服务员，应熟悉自己的岗位职责，掌握如何进行对客服务。

信息页一 卡拉 OK 服务人员岗位职责

(1) 负责卡拉 OK、歌舞厅营业前各项物品的准备工作，对设施设备进行营业前的安全检查，调试好设备。

(2) 热情周到地为宾客服务，耐心解答宾客提出的问题。

(3) 负责卡拉 OK、歌舞厅场地和设施设备的清洁卫生，保持环境整洁，空气清新，符合质量标准。

(4) 熟悉娱乐设备设施、娱乐项目特点和节目安排情况等。

(5) 负责卡拉 OK、歌舞厅设施设备的日常保养以及简单的故障排除。

(6) 提供酒水、饮料、小吃、点歌、送花等服务，积极有效地推销各种酒水。

(7) 维护娱乐场所秩序，协助领班排解宾客之间的纠纷，保证娱乐活动正常开展。

(8) 认真做好营业期间的消防、安全防范工作，注意观察，发现问题及时汇报。

(9) 及时处理卡拉 OK、歌舞厅发生的各种突发事件。

(10) 认真贯彻交接班制度，详细做好交接班工作记录。

信息页二 卡拉 OK 服务步骤及规范

一、预订工作

(1) 接到预订电话后要主动向宾客介绍 KTV 包房的情况与价格。

(2) 记录宾客的姓名、电话、到达时间、预订要求、来宾客数等信息。

(3) 向宾客重复一遍以便确认，并向宾客说明保留预约时间，做好登记。

(4) 向宾客致谢。

(5) 预订确认后，要立即通知有关服务部门提前做好服务准备。

二、准备工作

(1) 穿好工作服，佩戴胸卡，整理好仪容仪表。提前到岗，向领班报道，参加班前会，接受领班检查及分工。

(2) 了解当日宾客预订情况。

(3) 完成责任区域内的清洁卫生工作。

(4) 准备好已消毒过的所需客用物品和服务工具，并归类摆放整齐。

(5) 检查包房内电视、点歌系统和音控设备是否运转正常，如果发现问题应及时采取措施，尽快解决。

(6) 按要求在包房的茶几上摆放花瓶、烟灰缸等物品。

(7) 保持房内空气清新，无异味，点燃香薰灯在房内熏香10～20分钟。

(8) 灯光调到最佳亮度，空调温度调到适宜，一般在18℃～22℃。

三、迎宾接待

(1) 面带微笑，主动问候宾客，引领宾客到服务台办理登记手续。

(2) 询问宾客是否预订，并向宾客介绍收费标准。

(3) 对有预订的宾客，在确定预订内容后，将宾客引到其预订的包房；对无预订的宾客，应根据宾客人数、喜好和特殊要求等向宾客推荐合适的包房；对于住店宾客，请其出示房卡或房间钥匙，并准确记录宾客姓名和房号。

(4) 引领宾客到所开的包房。

四、包房服务

(1) 安排宾客就座，将宾客安排在面向KTV屏幕的位置。

(2) 当宾客脱下外衣或摘掉帽子时，及时帮助宾客挂好。

(3) 帮助宾客打开电视，调节音响或通知音控室开机。

(4) 按宾客要求调好电视、计算机、功放等，灯光调到柔和状态，音乐调到最佳状态。

(5) 向宾客介绍歌单内容，推荐最新流行歌曲。

(6) 向宾客介绍点歌器、遥控器的使用方法及注意事项。

(7) 将免费提供的小吃、水果端放到茶几上，并为宾客礼貌倒茶。

(8) 迅速向宾客递送酒水牌，根据人数多少，可递送多分，以方便宾客点单。

(9) 递送酒水牌后，应先在点菜单上准确填写包房名称，以及宾客进入包房的时间、人数和服务员姓名等。

(10) 主动向宾客介绍酒水、饮料及小吃的特点、调制方法、配料饮用方法和制作时间等。并能根据宾客的喜好提供建议，做好推荐。

(11) 准确填写点菜单，填写完毕后，应向宾客复述一遍，保证准确无误。

(12) 确认无误后，应收回酒水牌，并向宾客表示感谢。

(13) 及时将宾客所点酒水及食品服务上桌。

(14) 巡视房间，为宾客斟倒酒水，并及时添加或续杯。

(15) 为宾客提供点烟服务，及时更换烟灰缸。

(16) 勤整理台面，撤掉用完的盘、碟，以及喝完的酒瓶、饮料杯，并主动询问宾客是否再点酒水或饮料。

五、结账服务

(1) 当宾客示意结账时，应及时到收银台进行核账，并将账单递送给宾客，礼貌地告知宾客消费金额，请宾客过目。

(2) 如果宾客要求挂单，要请宾客出示房卡并与前台收银处联系，待确认后请宾客签字并认真核对宾客笔迹，如果未获前台收银处同意或认定笔迹不一致，则请宾客以现金结付。

六、送别宾客

(1) 宾客结账后，起身离座，应主动协助宾客穿好外套。

(2) 提醒宾客携带好随身物品，向宾客礼貌道别，站在包房门口欢送宾客离开。

(3) 宾客走后，应迅速清理台面，整理包房，关闭电视机、音响等设施设备。

(4) 再次检查是否有宾客的遗留物品，如有，立即交还给宾客或交领班处理。

(5) 更换和补充包房所需营业用品，准备迎接下一批宾客的到来。

知识链接　卡拉 OK 设备设施的清洁

(1) 音响设备要用干抹布擦拭，确保无灰尘、无污渍。

(2) 每天定期消毒麦克风，确保干净卫生，符合国家卫生标准。

(3) 确保沙发平整干净，要及时清除沙发上的杂物，每天吸尘一次，随时处理沙发布面上的污渍，视情况每半年至一年沙发清洗、消毒一次。

(4) 每天用干抹布擦拭一次灯光设备。

任务单　熟悉卡拉 OK 服务步骤

一、请填写卡拉 OK 服务步骤及相应工作职责。

服务阶段	服务步骤	工作职责
准备工作	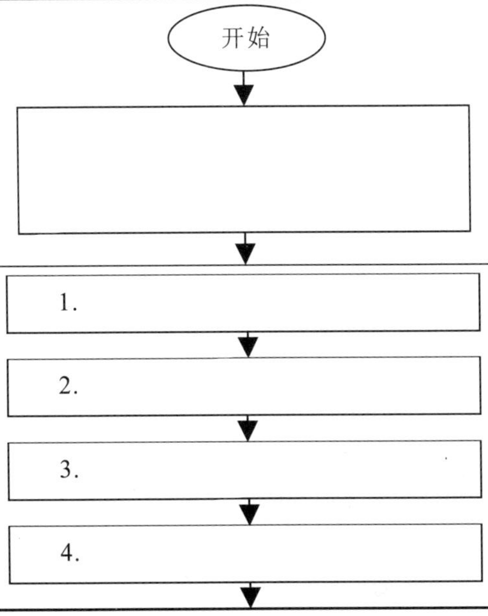 开始 → [ ] →	
迎接工作	1. → 2. → 3. → 4. →	

(续表)

服务阶段	服务步骤	工作职责
卡拉OK包间服务	1. ↓ 2. ↓ 3. ↓ 4. ↓ 5. ↓ 6. ↓ 7. ↓ 8. ↓ 9. ↓ 10. ↓ 11. ↓ 12. ↓ 13. ↓ 14. ↓ 15. ↓ 16. ↓	
结账服务	1. ↓ 2. ↓	

(续表)

服务阶段	服务步骤	工作职责
送客服务	1. ↓ 2. ↓ 3. ↓ 4. ↓ 5. ↓	
备注	结束	

二、请你作为卡拉 OK 服务员为宾客提供优质服务。

三、以组为单位进行模拟服务，练习卡拉 OK 包间服务步骤，熟悉其规范。演示结束后，同学间展开讨论，交流心得。

场景：周末，刘先生约了几个朋友在酒店吃完晚饭后准备去康乐部唱卡拉 OK，请你作为酒店康乐部的服务员为刘先生及他的朋友提供优质的卡拉 OK 娱乐服务。

四、案例分析。

漂亮的假指甲

一天，某酒店卡拉 OK 包房里的服务员在为宾客端酒水上桌子时，不慎把假指甲落在了盘子里。那是一只十分漂亮的假指甲，掉在盘子上十分醒目，等服务员想去补救时已经来不及了，宾客十分不满，进行了投诉。酒店经理对此也很生气，要求以后酒店卡拉 OK 服务员一律不许佩戴假指甲、假睫毛等饰物。

1. 作为酒店卡拉 OK 服务员在着装打扮上要注意哪些？
2. 如果你是值班经理，该如何处理这件不愉快的事情？

任务评价

内容		自我评价			小组评价			教师评价		
学习目标	评价项目	 笑脸	 平脸	 哭脸	 笑脸	 平脸	 哭脸	 笑脸	 平脸	 哭脸
知识目标	卡拉OK基本类型									
	卡拉 OK 常用点歌方式									
	卡拉 OK 服务步骤及规范									

(续表)

内容		自我评价			小组评价			教师评价		
学习目标	评价项目	😊	😐	☹	😊	😐	☹	😊	😐	☹
专业能力目标	准备工作									
	迎接工作									
	卡拉 OK 服务									
	送客服务									
	结束工作									
态度目标	服务意识									
	热情主动									
	细致周到									
	全员推销									
通用能力目标	沟通能力									
	创新能力									
	解决问题能力									
	团队协作能力									
任务单	内容符合要求、完整正确									
	书写清楚、直观、易懂									
	思路清晰、层次分明									
小组合作氛围	小组成员创造良好工作气氛									
	成员互相倾听									
	尊重不同意见									
	所有小组成员被考虑到									
教师建议：		整体评价：								
个人努力方向：		优秀			良好			基本掌握		

任务三 棋牌室娱乐项目服务

工作情境

“夕阳红”中老年团下榻至一家四星级酒店，晚餐后，几个随团的老年人打算到棋牌室去打牌，但是不了解棋牌室内设备设施的使用及收费标准等。请你(康乐部棋牌室服务员)向宾客介绍棋牌室的娱乐项目。

具体工作任务

- 认识并熟练使用棋牌室设备；
- 了解棋牌室常见游戏项目特点及玩法；
- 熟悉棋牌室岗位设置和岗位职责；
- 掌握棋牌室服务步骤与规范；
- 熟悉棋牌室注意事项。

活动一 棋牌室娱乐项目介绍

棋牌是中国人很喜爱的娱乐项目，多数酒店康乐部都设有棋牌娱乐项目。它是宾客借助一定的场地设施和设备条件，在一定规则的约束下运用智力和技巧进行比赛或游戏，获得精神享受的娱乐项目。

信息页一 棋牌室简介

棋牌具有趣味性、娱乐性、益智性和普及性等特点。棋牌室设备简单、投资不大，主要是为宾客提供专用桌椅和质地优良的棋牌用具等。近年来，科学技术运用到娱乐领域，棋牌室也改变了以前的简单手工状态，出现了一些电子棋牌设备，如自动麻将机、计算机国际象棋等。

信息页二 棋牌室项目介绍

一、麻将(如图 3-3-1 所示)

图 3-3-1 麻将

麻将是中国传统的游戏项目，在中国、日本等国家非常流行。在游戏中洗牌、码牌需占一定的游戏时间，自动麻将机的出现解决了这一问题。在精制的四方形麻将机下面，装有电动洗牌机，内有两副麻将牌。按电钮后，机器把牌洗匀，自动摆好，然后从四边抬上桌面，就像工人摆放的一样。当宾客打第一副麻将牌时，机器已经将第二副麻将牌摆好待用。宾客第一次游戏结束后，按动按钮，将第一副牌推入机中，第二副牌就会自动抬上桌面。在桌面上还有电动色子机，内装两枚色子。游戏时只需拨动开关，色子自动翻滚，然后自然停止。宾客使用自动麻将机游戏，自然而然地加快了游戏速度。

二、国际象棋(如图 3-3-2 所示)

图 3-3-2 国际象棋

国际象棋历史悠久，是国际通行的棋种，是集科学、文化、艺术、竞技为一体的智力体育项目。它有助于开发智力，培养逻辑思维能力和想象力，加强分析和记忆能力，提高思维的敏捷性和严密性。

国际象棋棋盘呈正方，横纵各 8 格，颜色分黑白交错地排列在 64 个小方格中，棋子就在这些格子里移动。棋子共 32 个，分为黑白两组，各 16 个，由两方对弈，双方各有一王、一后、两车、两马、八兵，白方先走，然后双方轮流走子，以把对方“将死”为胜，如不能“将死”，或长将，一方无子可动，局面重复出现 3 次等情况，均可根据规判为和局。

三、象棋(如图 3-3-3 所示)

图 3-3-3 象棋

象棋是中国传统棋种之一，源于中国，现已传遍全世界。它是在正方形的棋盘上以红黑两种棋子代表两军对垒的智力游戏，双方各有 16 个棋子。对局时，由执红棋的一方先走，双方轮流走，以将对方将死或对方认输为止。如不能将死或使对方认输，经一方提议做和，另一方表示同意，或双方走棋出现循环反复 3 次以上(属于允许走法)，又均不愿再走时，可根据规则判为和局。下象棋能锻炼人的思维能力，培养顽强斗志，有益于身心健康。

四、围棋(如图 3-3-4 所示)

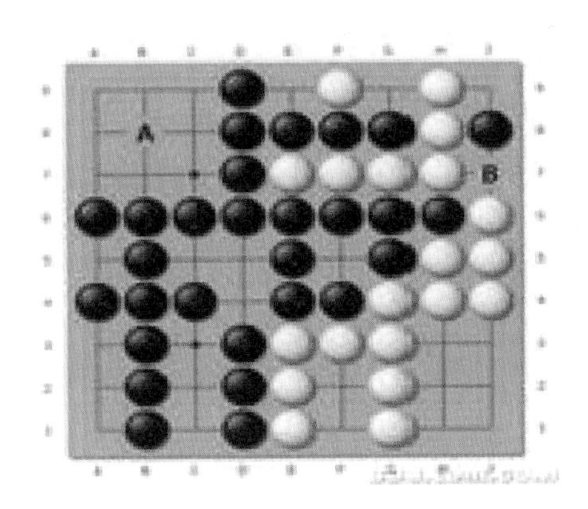

图 3-3-4 围棋

围棋也是中国传统棋种之一，为两人对局，用棋盘和黑白两种棋子进行。有对子局和让子局之分，前者执黑棋先行，后者上手执白子者先行。开局后，双方在棋盘的交叉点轮流下棋子，一步棋只准下一棋子，下定后不再移动位置。围棋运用做眼、点眼、韧、围、断等多种战术吃子和占有空位来战胜对方。通常分布局、中盘、收宫 3 个阶段，每一个阶段各有重点走法。终局时将实有空位和子数相加计算，多者为胜。也有只单计实有空位分胜负的。

围棋千变万化，紧张激烈，既能锻炼人的思维能力，又能陶冶性情，培养人的顽强、坚毅、冷静、沉着的性格。

五、桥牌(如图 3-3-5 所示)

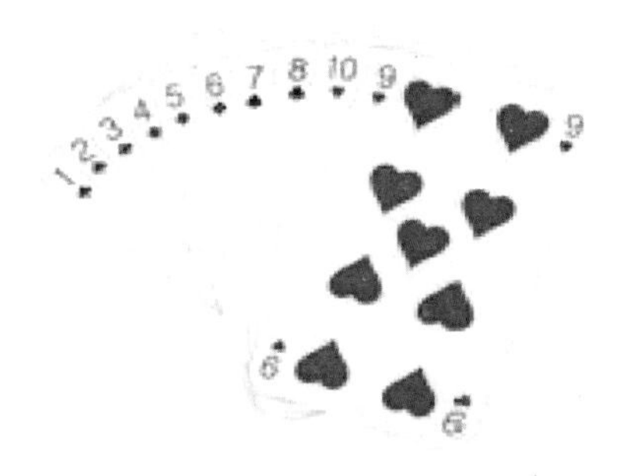

图 3-3-5 桥牌

现代桥牌是由“惠斯特”桥牌发展而来的。惠斯特桥牌是 17 世纪以后流行于英国的一种 4 人扑克牌。据说有 3 名驻扎印度的英国军官因牌手不够，把一家牌摊开于桌上，由对家打，于是“惠斯特”桥牌产生了。桥牌共有 52 张，分黑桃、红桃、方块、梅花 4 组花色，各 13 张牌，大小按 A、K、Q、J、10、9、8、7、6、5、4、3、2 的顺序依次递减。

桥牌 4 人分 2 组对抗，同伴相对而坐。打桥牌分“叫牌”和“打牌”两个阶段，叫牌有“单位制”和“计点制”等方法，用规定术语进行，可用任何一种花色作“王牌”，也可不指定将牌而无将，并确定完成定约所需牌墩数(4 人各出一张为一墩)。打牌时轮流出牌，同组花色中以大胜小；指定将牌时，将牌有特殊威力，可用来将吃；打无将时，只能在同一花色比大小，若跟不出同样花色时，只能垫牌。完成定约所需的牌墩数者得分，否则罚分，得分多者为胜。

桥牌作为一项高雅、文明、竞技性很强的体育运动，与象棋、围棋一起并称为世界 3 大智力运动。桥牌可以陶冶性情、启发智慧、提高判断力、促进合作、加深友谊等。

任务单 熟悉棋牌室娱乐项目

作为康乐部服务员，请你为宾客介绍棋牌的种类特点和玩法。

棋牌的种类	特　点	玩　法
麻将		
国际象棋		
中国象棋		
围棋		
桥牌		

活动二 棋牌室娱乐项目服务方式

了解了棋牌室的基本常识后，应该如何规范、优质地为宾客提供专业服务呢？在本活动中，将一起学习这些内容。

信息页一 棋牌室接待服务步骤与规范

一、预订服务

(1) 接到预订电话后要主动向宾客介绍棋牌室情况与价格。

(2) 记录宾客的姓名、电话、到达时间、预订要求、来宾客数等。

(3) 向宾客重复一遍以便确认，并向宾客说明保留预约的时间，做好登记。

(4) 向宾客致谢。

(5) 预订确认后，要立即通知有关服务部分提前做好服务准备。

二、准备工作

(1) 穿好工服，佩戴胸卡，整理好仪容仪表，提前到岗，向领班报到。参加班前会，接受领班检查及分工。

(2) 做好棋牌室的清洁卫生工作，包括器械、地面、家具、休息区、服务台等。

(3) 认真细致地检查棋牌室内灯光、空调、排风等设施设备，确保其运转正常。

(4) 将供宾客使用的棋牌用具、记分的纸笔准备好。

(5) 将钟表时间核对准确，将跳表复位。

(6) 检查交接班本，了解宾客预订情况。

三、迎宾接待

(1) 面带微笑，主动问候宾客。

(2) 询问宾客是否预订，并向宾客介绍收费标准等。

信息页二 棋牌室服务员工作职责

(1) 负责棋牌室营业前各种物品的准备工作，对设施设备进行营业前的检查。

(2) 负责棋牌室的接待服务工作，包括预订、领位、介绍项目及收费标准、结账等服务。

(3) 根据宾客需要，为宾客示范，讲解各种棋牌游戏活动规则及使用方法。

(4) 随时巡视现场情况，注意宾客活动，避免意外事故的发生。

(5) 主动做好巡查工作，发现设备故障，立即维修或报修。

(6) 负责棋牌室场地和设施设备的清洁卫生工作，保持良好的环境。

(7) 对棋牌室的各种器具、用品进行保养。

(8) 负责烟、酒水、饮料的推销服务。

(9) 上下班前需认真清理棋局、牌具。

(10) 认真做好营业期间的消防、安全防范工作，注意观察，发现问题及时汇报。

(11) 及时处理棋牌室发生的各种突发事件。

任务单 了解棋牌室娱乐项目服务

一、请填写棋牌室的服务步骤及相应工作职责。

服务阶段	服务步骤	工作职责
	开始	
准备工作		
迎接工作	1.	
	2.	
	3.	
	4.	
	5.	
棋牌室服务	1.	
	2.	
	3.	
	4.	
	5.	
	6.	
	7.	
	8.	
	9.	

(续表)

服务阶段	服务步骤	工作职责
结账服务	1. ↓ 2. ↓	
送别宾客	1. ↓ 2. ↓ 3. ↓ 4. ↓	
备注	结束	

二、请你作为棋牌室服务员为宾客提供优质服务。

三、以组为单位进行模拟服务，练习棋牌室的服务步骤，熟悉其规范。演示结束后，同学间展开讨论，交流心得。

场景： 张先生是某酒店的老宾客，他非常喜欢桥牌，每次来酒店他都会约上几个老朋友来这里进行娱乐。请你作为康乐部棋牌室的服务员为张先生提供优质的棋牌娱乐项目服务。

任务评价

内容		自我评价			小组评价			教师评价		
学习目标	评价项目	😊	😐	☹	😊	😐	☹	😊	😐	☹
知识目标	棋牌室项目种类									
	棋牌室服务步骤与规范									
	棋牌室服务员岗位职责									

(续表)

内容		自我评价			小组评价			教师评价		
学习目标	评价项目									
专业能力目标	准备工作									
	迎接工作									
	棋牌室服务									
	送客服务									
	结束工作									
态度目标	服务意识									
	热情主动									
	细致周到									
	全员推销									
通用能力目标	沟通能力									
	创新能力									
	解决问题能力									
	团队协作能力									
任务单	内容符合要求、完整正确									
	书写清楚、直观、易懂									
	思路清晰、层次分明									
小组合作氛围	小组成员创造良好工作气氛									
	成员互相倾听									
	尊重不同意见									
	所有小组成员被考虑到									

教师建议：	整体评价：
个人努力方向：	优秀　　良好　　基本掌握

任务四 游戏机房娱乐项目服务

工作情境

游戏机房主要是借助设备设施，在一定规则的约束下运用智力和技巧进行比赛或游戏的娱乐场所，宾客从中可获得精神享受，达到娱乐目的。几位年轻游客兴致勃勃地走进了康乐部的游戏机房，服务员小张正向他们介绍着各种游戏机的游戏规则。

具体工作任务

- 了解游戏机特点及其分类；
- 熟悉游戏机房服务人员岗位职责；
- 掌握游戏机房服务步骤与规范。

活动一 游戏机房娱乐项目介绍

游戏机房是为宾客提供自娱自乐服务的重要娱乐活动场所，其主要设备是电子游戏机。它的趣味性、娱乐性极强，节目类型很广，内容量很大，几乎对所有年龄段的宾客都具有很大的吸引力。电子游戏机体积较小、占用的空间不大，不受气候、季节限制，并且单台机器的价格成本很低，经济效益较高，因此在星级酒店中十分普及。

信息页一 游戏机分类

游戏机按发展阶段和结构特点可分为，手动游戏机和电动游戏机；按功能特点可分为，框体式游戏机、体感式游戏机和其他式游戏机；按性质可分为，博彩式游戏机和非博彩式游戏机。

信息页二 现代游戏机类型介绍

一、普通电子游戏机(如图 3-4-1 所示)

普通电子游戏机是目前市场上最常见且数量最多的机器，这类机器的外观和结构基本一样，其主体是屏幕显示器，控制部分是两个摇把和两组按钮。摇把能够做前、后、左、右等 8 个方向的水平摇动，按钮每组从 2～6 个不等。这类机器更换游戏卡比较容易，游戏的名称也非常多，有格斗系列、神话系列、空战系列、运动系列等。玩这类游戏时，使用者一只手操作摇把以控制屏幕中出现的人物的运动方向，另一只手操纵按钮以控制人物的动作，通过运动智力和左右手的配合达到阶段目标。每个阶段目标即是一关，每种游戏都由易到难设置很多关，游戏者每通过一关都能感受到一次喜悦，可激发人们继续玩游戏的兴趣。

图 3-4-1 普通电子游戏机

二、电子模拟游戏机(如图 3-4-2 所示)

一般情况下，电子模拟游戏机无法更换其他游戏卡，每种机器玩法各不一样，操纵起来也较复杂。它的特点是能给人以视觉、听觉的综合刺激作用。这类机器的操纵部分各不一样，都是模拟实物而制造的。它逼真地模仿各种游戏过程，在虚拟现实情况下给赛手带来真实的感觉。比如：赛车，游戏者不仅可以从屏幕上看到道路情况、对手情况等，游戏座位与人体接触的部分也会随之震动、颠簸，使人感到身临其境，特别刺激。再如汽车驾驶模拟器，它的模型几乎和真实的汽车相仿，汽车的前方和四周放映着全景电影，游戏者坐在驾驶座上做着各种动作，屏幕上出现上下坡、坑洼、下雨、与其他汽车交会、拐弯等画面，这一切都与真实的情况一样，只是汽车模型并没有移动。计算机会记录下游戏者的动作，作出评断，并且显示分数成绩。类似的项目还有东京坦克战、法拉利赛车、城市猎人、足球射门、吉他机、DJ 机等。

3. 投币游戏机(如图 3-4-3 所示)

一般的电子游戏都是宾客购买游戏币，按规定数量投入机器，游戏就开始了。当游戏规定的时间或分数到了，游戏活动也就结束了，如需继续游戏，必须重新投币。而计算机游戏则可存储游戏者姓名和游戏成绩，还可以与其他游戏者联网作战，进行竞技，只要不是彻底失败，游戏者就可以保留游戏，下次继续，这就在一定程度上提高了游戏者的兴趣和刺激性。

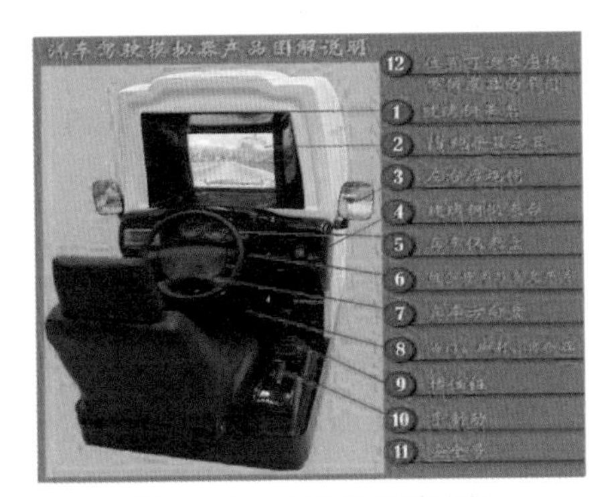

图 3-4-2　电子模拟游戏机

图 3-4-3　投币游戏机

任务单　熟悉游戏机房娱乐项目

一、请填写现代游戏机的种类、特点与玩法。

游戏机的种类	特　点	玩　法

二、你还知道哪些游戏机呢？请把你熟悉的一两款游戏机的特点和玩法介绍给同学们。

活动二　游戏机房娱乐项目服务方式

了解了游戏机房的基本常识后，应该如何规范、优质地为宾客提供专业服务呢？在本活动中，将一起学习这些内容。

信息页一 游戏机房接待服务程序与标准

一、准备工作

(1) 穿好工服，佩戴胸卡，整理好仪容仪表，提前到岗，向领班报到，参加班前会，接受领班检查及分工。

(2) 开窗或打开换气扇通风，做好游戏厅及公共区域的卫生工作。

(3) 检查设施设备和用具是否完好，如果发现问题及时修理或报工程部门。

(4) 将各种表格、单据和文具准备齐全，放于规定位置。核对、补充游戏纪念品及奖品。

(5) 将钟表时间核对准确。

(6) 接通所有电源，打开游戏机开关。

二、迎宾接待

(1) 面带微笑，主动问候宾客，如宾客需要脱衣摘帽，要主动为宾客服务，并将其衣帽挂在衣架上。

(2) 引领宾客到服务台兑换游戏币。

三、游戏机房服务

(1) 在接待不熟悉游戏机的宾客时，应耐心说明游戏操作，并进行必要示范。

(2) 及时递送香巾、茶水等，祝宾客玩得高兴，并随时根据宾客需求，热情提供饮料、小吃等服务。

(3) 在宾客获奖时，要及时检修、开单，并向宾客祝贺，按规定发放奖品，大奖要由领班或主管签字。

(4) 及时检查机器的完好状况，发现故障时应迅速排除或检修装备。

(5) 加强巡视，及时制止明显的赌博行为以及违章使用游戏设施、伪币等行为。

四、结账服务

(1) 宾客娱乐结束后，如有未用完的游戏币，应引导宾客到服务台将其兑换为现金。

(2) 如需到收银台结账，应引领宾客到收银台前。

(3) 如果宾客要求挂账，要请宾客出示房卡并与前台收银处联系，待确认后要请宾客签字并认真核对宾客笔迹，如未获前台收银处同意或认定笔迹不一致，则请宾客以现金结算。

(4) 宾客离开时要主动提醒宾客不要忘记随身物品，并帮助宾客穿戴好衣帽。

五、送别宾客

(1) 礼貌地向宾客道别，并欢迎宾客下次光临。

(2) 关闭所有游戏机设备的电源。

(3) 清扫场地卫生，擦拭游戏设备，对接触较多的游戏机手柄要进行必要的消毒。

信息页二 游戏机房服务员工作职责

(1) 负责游戏机房营业前各项物品的准备工作，对设施设备进行营业前的安全检查。

(2) 热情周到地为宾客服务，耐心解答宾客提出的问题，为宾客示范，讲解各种游戏机的操作方法。

(3) 负责游戏机房场地和设施设备的清洁卫生，保持环境整洁，空气清新，符合质量标准。

(4) 在宾客玩游戏的过程中，巡视游戏机房，并随时帮助宾客解决问题。

(5) 负责游戏机房设施设备的使用保养以及简单故障排除。

(6) 负责酒水、饮料、小吃等推销服务。

(7) 对宾客消费进行登记，并及时将记录交给换币员。宾客结束游戏时，协助宾客办理结账事宜。

(8) 宾客离开后，根据规范及时关闭、整理、清洁宾客使用过的游戏机。

(9) 维护娱乐场所秩序，协助主管排解宾客之间的纠纷，保证娱乐活动的正常开展。

(10) 认真做好营业期间的消防、安全防范等工作，注意观察，发现问题及时汇报。

(11) 及时处理游戏机房发生的各种突发事件。

(12) 认真贯彻交接班制度，详细做好交接班工作记录。

任务单 了解游戏机房服务

一、请填写出游戏机服务步骤及相应工作职责。

服务阶段	服务步骤	工作职责
准备工作	开始 → [ ] →	

(续表)

服务阶段	服务步骤	工作职责
迎接工作	1. ↓ 2. ↓	
游戏机房服务	1. ↓ 2. ↓ 3. ↓ 4. ↓ 5. ↓	
结账服务	1. ↓ 2. ↓ 3. ↓ 4. ↓	
送别宾客	1. ↓ 2. ↓ 3. ↓	
备注	结束	

二、请你作为游戏机房服务员为宾客提供优质服务。

三、以组为单位设计出 1～2 种情境并进行模拟服务，练习游戏机房服务步骤，熟悉其规范。演示结束后，同学间展开讨论，交流心得。

任务评价

内容		自我评价			小组评价			教师评价		
学习目标	评价项目									
知识目标	游戏机房服务程序									
	游戏机房类型及设备									
	游戏机房玩法									
专业能力目标	准备工作									
	迎接工作									
	游戏机房服务									
	送客服务									
	结束工作									
态度目标	服务意识									
	热情主动									
	细致周到									
	全员推销									
通用能力目标	沟通能力									
	创新能力									
	解决问题能力									
	团队协作能力									
任务单	内容符合要求、完整正确									
	书写清楚、直观、易懂									
	思路清晰、层次分明									

(续表)

内容		自我评价			小组评价			教师评价		
学习目标	评价项目									
小组合作氛围	小组成员创造良好工作气氛									
	成员互相倾听									
	尊重不同意见									
	所有小组成员被考虑到									
教师建议：		整体评价：								
个人努力方向：		优秀　良好　基本掌握								

保健休闲项目是指通过提供相应的设施设备或服务作用于人体，使顾客达到放松肌肉、促进循环、消除疲劳、恢复体力、养护皮肤、改善容颜等目的的活动项目。目前常见的保健休闲项目有桑拿浴、温泉浴、足浴、保健按摩、美容美发等。

作为康乐部的服务人员，要掌握桑拿浴服务基本内容和服务程序，熟练操作桑拿房的设备设施；掌握温泉浴服务基本步骤，熟知温泉资源种类和保健常识；掌握足浴服务规范和流程，熟记足浴疗效和禁忌；学会保健按摩服务方法，为客人提供专业化服务；掌握美容美发服务流程、方法和技巧，为客人提供优质、满意的服务。

单元四 如何提供保健休闲项目服务

任务一　桑拿浴服务

工作情境

桑拿浴是一种特殊的洗浴方法，兼有清洁皮肤和治疗疾病两种作用。它通过接连几次的冷热交替洗浴来产生松弛关节、缓解疼痛等疗效。对皮肤来说，由于洗浴过程中皮肤血管明显扩张，大量出汗，可以改善血液循环，排泄汗液，有助于排除体内废物，使皮肤里各种组织获得更多的营养，对许多皮肤病也有不同程度的治疗作用。

具体工作任务

- 介绍桑拿浴的常见形式；
- 了解洗桑拿浴的益处；
- 掌握洗桑拿浴注意事项；
- 认识和熟练使用桑拿设备；
- 掌握为客人提供优质桑拿浴服务步骤；
- 熟记桑拿浴服务人员岗位职责。

活动一　介绍桑拿浴服务

桑拿浴是既时尚又保健的休闲方式，是各大饭店中常设的康乐服务，深受客人喜爱。请你(康乐部桑拿房服务员)向客人介绍这项休闲方式。

信息页一　桑拿浴的常见形式

桑拿浴的起源，说法不一，其中比较一致的说法是起源于古罗马。当时的古罗马人为达到强身健体之目的，用木炭和火山石取热量健身，这就是现代桑拿浴的雏形。芬兰是桑拿浴的发源地，“桑拿”是芬兰语，这个令人舒筋活络的洗浴风俗，最早起源于芬兰的乌戈尔族。“桑拿”的原意是指“一个没有窗子的小木屋”，最初的小木屋，不仅没有窗户，甚至连烟囱也没有，浓烟把屋子熏得油黑，因而，那时的桑拿就叫“烟桑拿”。

桑拿浴首先是从北欧传入中国。桑拿浴根据浴室环境和出汗方式又可分为干桑拿浴与湿桑拿浴两种：干桑拿浴从芬兰传入中国，因而称为芬兰浴；湿桑拿浴(蒸汽浴)从土耳其传入我国，因而亦称为土耳其浴。

一、桑拿浴(如图 4-1-1 所示)

桑拿浴起源于芬兰，故也称芬兰浴、干桑拿浴。在沐浴过程中将室内温度升高至 45℃以上，使沐浴者犹如置身于沙漠，在暴烈的太阳下干晒，体内水分大量蒸发，达到充分排汗的目的。客人洗浴时，先用温水淋浴，将身体擦洗干净，女士要卸妆。进入温水池浸泡片刻，使毛孔、血管扩张，然后进入桑拿浴室蒸 10～15 分钟，感到全身排汗或太热时出来，用冷水淋浴或进入冷水池中浸泡，然后再次进入桑拿浴房，如此反复 2～3 次，最后将全身洗净，或在温水池浸泡一会儿后进入休息室休息。整个过程很消耗体力，排汗的同时也会排出油分，可以起到减肥效果。差别强烈的冷热刺激可以促进全身皮肤深呼吸，具有很好的美容作用。

二、蒸汽浴(如图 4-1-2 所示)

蒸汽浴起源于土耳其，故也称土耳其浴，湿桑拿浴。它是在温度很高的室内通过不断在散热器上淋水，或是根据需要控制专用蒸汽发生器的开关，让浴室内充满浓重的湿热蒸汽，使沐浴者仿佛置身于热带雨林之中，又闷又热，大汗淋漓，从而达到充分排泄体内垃圾的目的。

图 4-1-1 桑拿浴

图 4-1-2 蒸汽浴

三、冲浪浴

冲浪浴是在特殊设计的水力按摩浴缸、按摩池中进行的洗浴方式。按摩浴缸是根据人的体形特征设计，针对人体的背部、尾骨、神经中枢及其他各穴位，装置特殊喷嘴，汇集空气及水流，产生大量回旋式气泡和旋涡式动力冲击人体的各个穴位，刺激皮肤毛孔进行水力按摩。它可使洗浴者的心脏得到适当的运动，既可加强其承受压力的能力，又可促进人体血液循环，加速新陈代谢，并可治疗因剧烈运动而引起的肌肉疼痛或关节疼痛。

四、蒸汽喷淋花洒房(如图 4-1-3 所示)

蒸汽喷淋花洒房集淋浴、蒸汽浴、水力按摩及瀑布式淋浴功能于一身，用特种玻璃钢制成，2m 多高，全封闭，内有计算机控制的按摩喷嘴对准人体的各个穴位喷淋，为客人做全身按摩，从而达到消除疲劳和恢复体力的功效。瀑布式喷淋和花洒淋浴可以对人体的颈部和肩部进行冲淋和按摩。

五、光波浴(如图 4-1-4 所示)

光波浴是利用红外线使沐浴者达到排汗、排毒的目的。红外线是热能量最高的光线，对身体无害，可以作用于人体的组织细胞，产生生理热效应，在 40℃～60℃的洁净环境内使人大量出汗，扩张皮肤毛孔，排出杂质，加快身体新陈代谢，既可健肤和美容，又能增进生命活力，提高免疫功能，对多种病症具有疗效。

图 4-1-3　蒸汽喷淋花洒房

图 4-1-4　光波浴

信息页二 洗桑拿浴的益处

桑拿浴是目前世界上最深度清洁的洗浴方式，而且能解除疲劳，对人的身体健康有很多好处，因此，在世界各地迅速风靡。目前，在我国大中小城市，桑拿浴都得到了非常广泛的应用，甚至很多家庭也都配置了桑拿房。桑拿浴的普及源于它有非常多的优点。

(1) 在蒸桑拿的过程中，皮肤的毛细血管明显扩张，大量出汗，可充分改善人体微循环，促进新陈代谢。

(2) 80℃左右的高温可帮助汗液排泄，杀死皮肤表面的细菌，更有助于排出体内毒素，使皮肤组织获得更多的营养。

(3) 可以降低压力，彻底消除疲劳，缓解紧张的肌肉和神经。

(4) 可以让肌肤非常柔软，肤质更加光滑、美丽。

(5) 可燃烧多余脂肪，令爱美的女士达到减肥效果。

(6) 桑拿兼有治疗疾病的作用。它通过接连几次的冷热交替可缓解疼痛、松弛关节；针对许多皮肤病，诸如鱼鳞病、银屑痛、皮肤瘙痒症等都有不同程度的治疗作用。

信息页三 洗桑拿浴注意事项

洗桑拿浴可引起一系列的全身性生理改变。高温高湿环境会使心跳加快，一定程度上升高血压，而冷水浸泡后又会使心跳减慢、血压下降。因此，必须对室内温度、湿度和入浴时间包括冷热交换次数等严格掌握。初次入浴时，高温蒸汽室内只能停留 5 分钟，然后逐步延长在高湿蒸汽室内的停留时间。由于桑拿浴会对人体产生一定的影响，因此下列情况下不宜洗桑拿浴。

(1) 既往有高血压、心脏病病史的患者。因为桑拿浴会引起血压很大范围的波动，增强心脏负荷，易引起高血压、心脏病突发，容易发生意外甚至危及生命。

(2) 饭后，特别是饱餐后半小时内。饭后立即洗桑拿浴，皮肤血管扩张，血液大量回流到皮肤，会影响消化器官的血液供应，势必影响食物的消化吸收，对健康不利。

(3) 过度劳累或饥饿时。劳累和饥饿时，人体肌张力较差，对冷和热刺激的耐受力均降低，易引起虚脱。

(4) 妇女经期。经期妇女身体抵抗力降低，洗桑拿浴时，冷热多次交替，易引起感冒和细菌感染而危及女性身体健康。

信息页四 桑拿设备

(1) 桑拿浴室的设备主要是木制房(如图 4-1-5 所示)。房间内有木条制的休息区和枕头，墙上有防水照明灯、温度计和计时器。地板是由木条制成的，可以排水。

(2) 桑拿炉是通过电热载石盒，加热装在炉中的桑拿石，使室温迅速升高，而使客人蒸浴。先进的桑拿炉配备了全自动电子恒温控制器，能根据客人的需要随时调节室温和保持室温。

(3) 桑拿浴室设有桑拿木桶和木勺等配件，在洗浴过程中客人不断地用木勺舀水泼到桑拿石上，水碰到火红滚烫的头后会立刻变成水蒸气弥漫在空气中，用来调节室内湿度的大小。

(4) 蒸汽浴室通常采用塑料或特种玻璃钢制造。一间简单的房间里排满了坐椅，地面是由防滑材料做成的，室外的电动蒸汽炉制造的蒸汽，通过管道输入浴室，蒸汽炉配有蒸汽压力安全保险装置、全自动恒温控制器。蒸汽浴室有防蒸汽的墙灯，棚顶还配有自动香精喷雾器和自动清洗器。

(5) 冲浪浴缸(如图 4-1-6 所示)。

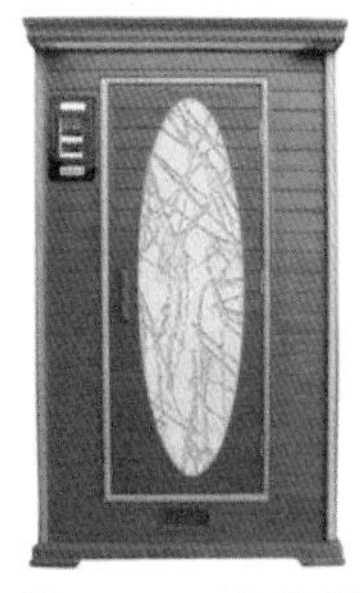

图 4-1-5 木质房

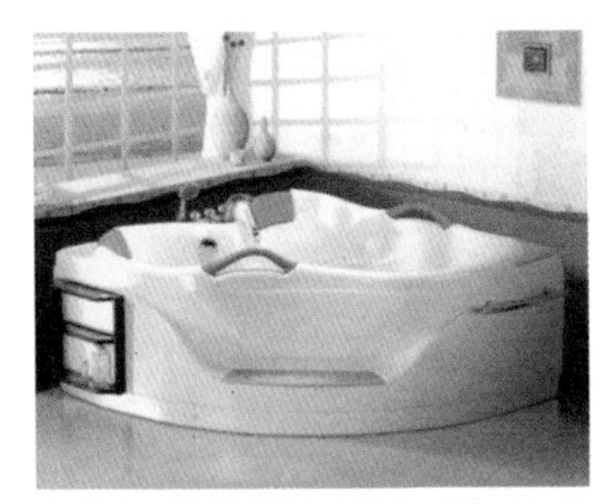

图 4-1-6 冲浪浴缸

(6) 蒸汽喷淋花洒房是用特种玻璃钢制成，全封闭。浴室外可安装小蒸汽炉，并配有恒温控制器，使浴室成为蒸汽房。这种花洒房体积小、功能多，较适于家庭和酒店的豪华套房内使用。

(7) 光波浴房。

任务单 介绍桑拿浴服务

一、请你向客人介绍几种不同形式的桑拿浴。

名　称	优　点	弊　端
桑拿浴		
蒸汽浴		
冲浪浴		
蒸汽喷淋花洒房		
光波浴		
除了以上几种外，请介绍其他桑拿浴形式		

二、请你为客人讲解桑拿浴室设备，以及洗桑拿浴的益处和注意事项。

(1) 桑拿浴室设备。

(2) 洗桑拿浴的益处。

(3) 注意事项。

三、案例分析。

几位老人来北京已经旅游两天了，有些疲劳，腰腿酸疼。你通过和他们聊天，知道几位老人中有一位老人血压有点偏高，一位老人血压低，一位老人有心脏病，一位老人血脂偏高，你认为这几位老人都适合洗桑拿浴吗？根据客人的不同体征，可以分别选择哪一种洗浴方式？

活动二 掌握桑拿浴服务方式

了解了桑拿浴的基本常识后，应该如何规范、优质地为客人提供专业服务呢？在本活动中，将一起学习这些内容。

信息页一 桑拿浴服务步骤

现代酒店康乐部，一般需要服务员通过准备工作、迎接工作、桑拿服务、送客服务、结束工作 5 个步骤来为客人提供完整的桑拿服务。具体操作方法与注意事项如下。

一、准备工作

(1) 整理好仪容仪表，以符合酒店康乐部服务人员的要求为准。

(2) 清洁整理卫生环境，做到地面洁净无杂物，服务台上各类物品摆放整齐。

(3) 摆放相关告示牌。将营业时间、客人须知、价格表等以中英文对照书写，置于明显位置。

(4) 检查桑拿设备。包括：检查所有服务设备设施是否齐全，运转是否正常；查看桑拿浴室内的木板有无松动和毛刺，并整理好；温度计、湿度计、地秤等指示准确，位置明显。

(5) 准备可用品。将营业时使用的毛巾、浴巾、浴袍、短裤、拖鞋、浴液、梳妆用品等准备齐全。

(6) 准备服务用具。包括：检查更衣柜是否留有杂物；将各种表格、单据和文具准备齐全，放于规定的位置；检查酒吧内的用具、餐具、酒具、酒水及小食品等的准备情况。

二、迎接工作

(1) 面带微笑，主动问候客人，应当符合酒店康乐部服务人员要求。

(2) 为客人提供换鞋服务，协助客人换上干净的拖鞋。

(3) 递送手牌，准确记录手牌，将客人的鞋子放入相应鞋柜。

(4) 引领客人进入桑拿浴室，并主动向客人介绍桑拿浴室内设备设施的性能及使用方法。

三、桑拿服务

(1) 引领客人至淋浴间进行洗浴，帮助客人调节好水温。

(2) 带客人洗浴完毕后，将客人引领至指定桑拿浴室。

① 进入桑拿浴室前提供一块冰毛巾供客人捂在口鼻处，以减少呼吸道的灼热憋闷感。

② 进入桑拿浴室后，主动询问客人室温及蒸汽密度是否舒适，并按客人要求，调节到客人满意为止。

③ 如果是干桑拿浴室，征得客人同意后，应首先示范。拿起木勺舀适量的水浇在烧得灼热的石头上，以产生大量的热蒸汽。

④ 向客人讲明注意事项，提醒客人注意安全。

(3) 做好时间记录，做好每一位客人进入桑拿浴室的时间记录，以防止长时间使用引起缺氧昏厥的事故发生。

(4) 随时观察客人，确保安全。

① 随时观察客人有无不适或意外情况，及时采取紧急救护措施，保证客人人身安全。

② 客人洗浴过程中，应主动递上冰毛巾。

③ 征询客人是否需要酒水服务。

(5) 做好浴后服务。为客人提供适当的按肩服务，协助客人穿好浴衣。

(6) 引领客人到休息室休息，在客人休息过程中，随时注意客人需求，及时提供必要服务。

四、送客服务

(1) 帮助客人穿戴好衣帽。客人离开时，要主动提醒客人携带好随身物品，注意不要遗漏任何物品，特别是手套、围巾等小物件。

(2) 结账服务。

① 当宾客示意结账时，应主动上前核对手牌，并请客人核对消费项目。

② 询问客人结账方式，按照标准准确快速地为客人办理。

③ 如果客人要求挂账，应请客人出示其房卡并与前台收银处联系，待确认后请宾客核对账单签字，认真审核宾客笔迹，如前台收银处未对宾客资料进行确认或认定笔迹不一致时，要请宾客以现金支付。

(3) 回收手牌，根据手牌为客人取回鞋子并协助其换鞋。

(4) 送别宾客，送客人至门口并礼貌地向客人道别。

五、结束工作

(1) 做好收尾工作。及时冲刷和消毒桑拿室，整理好桌椅；将客人使用过的布类用品点清数量送交洗衣房。

(2) 做好维护、保养工作，清洁整理桑拿浴室，关闭电源。

信息页二 桑拿浴室服务员岗位职责

(1) 能较熟练地运用外语。礼貌待客，服从领班工作安排，与按摩师合作做好桑拿房的各项工作。

(2) 负责每位客人进入浴室的时间记录。

(3) 熟练掌握桑拿浴室服务操作流程，为客人提供所需的毛巾、肥皂、拖鞋、杂志等。

(4) 熟知并会操作桑拿房内的各种设备设施，调节好室温和蒸汽，为客人讲解设备设施的使用要领与方法。

(5) 保证客人安全，勤巡查，提醒客人保管好私人物品，禁止儿童进入蒸汽房、桑拿房、水池等。对超过正常使用时间的客人及年老体弱者要特别留神。

(6) 保持桑拿浴室、休息室的环境卫生，负责家具和设备设施清洁保养。

任务单 桑拿浴服务

星期三晚上 8 点，到北京出差的 1032 房间客人王女士拖着沉重的脚步回到酒店。由于旅途劳顿、工作疲劳，王女士决定选择桑拿浴放松一下。请你作为桑拿服务员为王女士提供优质的桑拿浴服务，并填写相应工作职责。

服务阶段	服务步骤	工作职责
准备工作	开始 → [ ]	
迎接工作	1. 2. 3. 4. 5.	
桑拿服务	1. 2. 3. 4. 5. 6.	

(续表)

服务阶段	服务步骤	工作职责
送客服务	1. ↓ 2. ↓ 3. ↓ 4. ↓	
结束工作	1. ↓ 2. ↓ 结束	

任务评价

内容		自我评价			小组评价			教师评价		
学习目标	评价项目	☺	😐	☹	☺	😐	☹	☺	😐	☹
知识目标	桑拿服务程序									
	洗桑拿浴注意事项									
	桑拿设施设备									
专业能力目标	准备工作									
	迎接工作									
	桑拿服务									
	送客服务									
	结束工作									
态度目标	服务意识									
	热情主动									
	细致周到									
	全员推销									

(续表)

内容		自我评价			小组评价			教师评价		
学习目标	评价项目									
通用能力目标	沟通能力									
	项目管理能力									
	解决问题能力									
任务单	内容符合要求、完整正确									
	书写清楚、直观、易懂									
	思路清晰、层次分明									
小组合作氛围	小组成员创造良好工作气氛									
	成员互相倾听									
	尊重不同意见									
	所有小组成员被考虑到									
教师建议：		整体评价：								
个人努力方向：		优秀			良好			基本掌握		

任务二 温泉浴服务

工作情境

秋冬季节是最适合泡温泉的，脱去臃肿的外衣，穿上轻盈的泳装，跳进温泉，所有的毛孔都被热气熏开，那份舒畅的感觉无与伦比，仿佛所有的尘嚣都一洗而尽。医学专家认为，较体温略高的温泉水，不仅能够促进血液循环、舒活筋骨，还能令肌肉松弛，减少关节炎病人的关节紧绷感，有助于缓解病情。

具体工作任务

- 介绍温泉浴；
- 熟悉温泉浴疗效；
- 掌握泡温泉正确方法；
- 理解浸泡温泉禁忌；
- 掌握为客人提供优质温泉浴服务步骤；
- 熟记温泉浴服务人员岗位职责。

活动一 介绍温泉浴

进入寒冬，光是想想暖融融的温泉浴，就会让人觉得舒适惬意。请你(康乐部温泉浴服务员)向客人介绍这项保健休闲方式。

信息页一 温泉简介

在《现代中国旅游地理》中，称温泉是：“一般把水温高于人体皮肤温度(约 34℃)的泉水统称为温泉；低于这个指标的称为冷泉；高于人体体温(约 37℃)的又称为热泉、高温泉或沸泉。”

温泉是一种由地下自然涌出的天然热水，多是岩浆在地壳内部冷却，形成水蒸气，气体加上温度的变化后产生温热水。温泉标准各国稍有不同，大都为 20℃--25℃。温泉的主要类型有碳酸泉、硫磺泉、食盐泉、碳酸氢钠泉、单纯泉等。温泉自古就是人们用来作为水疗及养生的天然资源，我国温泉有文字记载的多达 972 处，如陕西临潼的华清池、北京的小汤山、黑龙江省的五大连池等都是全国著名的温泉，其中温度高于 50℃的就有 229 个。泡温泉可以促进血液循环，改善心脏及血管功能，增强身体免疫能力。

信息页二 温泉浴疗效

温泉浴是一种自然疗法，其化学物质可刺激自律神经、内分泌系统和免疫系统。温泉依不同水质有不同疗效。

(1) 热疗效果。温泉可以扩张血管，促进血液循环，增加肌腱组织伸展性，解除肌肉痉挛，减轻疼痛，增加内分泌，改善免疫系统，消耗热量，达到瘦身效果。

(2) 机械理学反应。由于在温泉中阻力减轻，利用水的浮力，容易做各种复建运动，有助于改善运动机能；因肌肉放松，可改善痉挛，减轻疼痛；增加内腹压，增加心脏容量，促进排尿作用。

此外，大多数温泉中都含有丰富的化学物质，对人体有一定的帮助。比如温泉中的碳酸钙对改善体质、恢复体力有一定的作用；温泉所含丰富的钙、钾、氡等成分对调整心脑血管疾病，治疗糖尿病、痛风、神经痛、关节炎等均有一定效果；硫磺泉则可软化角质，其所含钠元素的碳酸水有漂白软化肌肤效果。

信息页三 泡温泉浴方法

(1) 洗净身体。泡温泉前应在淋浴间将身体冲洗干净。

(2) 冷热交替法。泡温泉可以至蒸汽房，让水蒸气稀释身上的硫黄后，再进入桑拿房；进入桑拿房时，可用干毛巾覆盖双眼，避免汗液将身上的矿物质带入眼睛。泡完温泉后，不能直接进桑拿房，否则温泉中的硫黄及矿物质可能因附着于眼球表面，而导致角膜发炎。

(3) 短热浸浴法(日式浸浴法)。入浴的温度是 42℃～45℃，浴者浸入浴池三四分钟，再出浴休息，这样一入一出反复两三次，便算一浴，此法又叫“反复出入浴法”。适用于治疗风湿病、外伤后遗症等。由于水温高，体力消耗大，心脏负担重，有心血管病的患者使用这种方法时要特别慎重。

(4) 全身浸浴法。沐浴时要安静地仰卧或坐在浴池里，轻轻擦洗身体，水位不要超过胸口，在浴中可以根据疾病治疗需要，适当活动肢体，并进行水中按摩。此浴每次浸 15～25 分钟便算一浴，水温 39℃～42℃，主要用于治疗神经衰弱、风湿病、关节炎、神经痛、肩背酸痛、腰痛、肠胃道炎性慢性疾病、神经性皮炎、湿疹、银屑病等。

(5) 半身浸浴法。即仅下半身浸入浴池中，反复地揉擦下部肢体。这种浴法，多用于虚弱者、贫血症、神经衰弱、精神过劳等。

(6) 坐浴。这是一种常用的局部水浴疗法。坐浴时由于臀部、盆骨以及大腿上部浸在水中，对下部组织器官及盆骨血液循环有缓解痉挛、消除疼痛、促使盆腔炎消散的作用。

(7) 瀑布浴。凭借水压冲出，可活络筋骨，达到治疗酸痛的效果。但应避免与泉水呈直角直接冲出，以斜角舒缓水压并以毛巾敷于患部为宜。

信息页四 浸泡温泉禁忌

(1) 腹中饥饿时，如果泡温泉，会产生头晕、恶心及疲倦等症状。

(2) 非常疲惫时，如果泡温泉，疲劳不但得不到缓解，反而会因消耗体力而越泡越累。

(3) 情绪过于兴奋、心跳变快时，不适合泡温泉。

(4) 刚吃饱饭或是喝完酒，不能马上泡温泉，不然会产生消化不良甚至发生脑溢血的危险。

(5) 睡眠不足或是熬夜后，如果马上泡温度很高的温泉，可能会产生休克或是脑部缺血症状。

(6) 身体状况不太好时，如营养不良或大病初愈，不能泡温泉。

(7) 有心脏病、高血压及动脉硬化的人，泡温泉之前，要先慢慢地用温泉水擦拭身体，再泡温泉，否则会影响血管收缩。

(8) 患有急性感冒、急性疾病及传染病的人，不要泡温泉。

(9) 女性生理期或前后，怀孕初期和末期，不要泡温泉。

(10) 泡温泉时以浸泡 15 分钟，起身 5 分钟，再浸泡 15 分钟为原则，反复 2～3 次，不要在温度较高的温泉里泡得太久。

任务单 介绍温泉浴

5 个年轻人，3 男 2 女自助行到北京旅游，白天游览了长城和十三陵，晚上一起吃饭又喝了很多酒，一天玩得非常开心，大家都很兴奋。晚上 8 点多回到酒店，一起来到了温泉浴室，想集体泡温泉。

一、作为温泉浴的服务人员，请你为客人介绍温泉浴。

1. 一般把水温高于人体的____温度(约 34℃)的泉水统称为温泉；低于这个指标的称为冷泉；高于_____(37℃)的又称为热泉、高温泉或沸泉。

2. 温泉的主要类型有____泉、_____泉、______泉、_______泉、_______泉等。

3. 我国温泉有文字记载的多达_______处，如陕西临潼的_________、北京的_________、黑龙江省的_________都是全国著名的温泉。

二、温泉浴是一种自然疗法，请你为客人介绍温泉浴对人体以下各方面的疗效。

(1) 心脑血管：______________________________

(2) 神经系统：______________________________

(3) 四肢关节：______________________________

(4) 肌肉：______________________________

(5) 皮肤体形：______________________________

(6) 免疫功能：______________________________

三、请你为客人讲解泡温泉浴的几种方法。

名　称	方法及要点
冷热交替法	
短热浸浴法	
全身浸浴法	
半身浸浴法	
坐浴	
瀑布浴	

四、你建议他们 5 个人都泡温泉吗？请说出理由。

活动二 掌握温泉浴服务方式

了解了温泉浴的基本常识后，应该如何规范、优质地为客人提供专业服务呢？在本活动中，将一起学习这些内容。

信息页一 温泉浴服务步骤

现代酒店康乐部，一般需要服务员通过准备工作、迎接工作、温泉浴服务、送客服务、结束工作 5 个步骤来为客人提供完整的温泉服务。具体操作方法与注意事项如下。

一、准备工作

(1) 整理好仪容仪表，符合酒店康乐部服务人员要求。

(2) 清洁整理卫生环境。清理温泉池边的瓷砖、按摩池、淋浴间等；用消毒液按 1:200 兑水后对池边躺椅、坐椅、圆桌、更衣室长椅等进行消毒。

(3) 准备客用品。将营业时使用的客用毛巾、浴巾、梳妆用品等，准备齐全。

(4) 准备服务用具。将各种表格、单据和文具准备齐全，放于规定的位置；检查酒吧内的用具、餐具、酒具、酒水及小食品等的准备情况。

二、迎接工作(同单元四任务一)

三、温泉浴服务

(1) 做好温泉浴服务。

(2) 做好浴后服务。客人洗浴结束后，要帮助客人擦干身体，送上浴服，请客人进入休息大厅或包间休息。

(3) 做好休息室服务。

① 引导客人就座，为客人盖上毛巾，并递上纸巾，帮助客人调好电视节目。

② 询问客人是否需要酒水和小食品。

③ 主动介绍其他配套服务，为其安排技师，记录好手牌号，并请客人签字，将记录单及时传到前台。

四、送客工作(同单元四任务一)

五、结束工作

结束时要做好收尾工作。

(1) 将所有用具放到指定地点。

(2) 将客人使用过的布件类用品点清数量送交洗衣房。

(3) 清点吧台酒水和小食品，做好报表。

(4) 做好清场工作，核对钥匙、手牌，将钥匙分好单双号，登记在交接班记录上。

(5) 做好维护、保养工作。清洁整理温泉浴室，进行池水净化和消毒工作；安全检查后，关闭电源，锁好门窗。

信息页二 温泉浴服务员岗位职责

(1) 能较熟练地运用外语。礼貌待客，服从领班工作安排，与按摩师合作做好温泉室各项工作。

(2) 负责为客人预订，准确记录预订信息。

(3) 对有温泉禁忌症及皮肤病的客人应谢绝入内，并提醒客人有关温泉浴注意事项。

(4) 熟练掌握温泉服务操作流程，为客人提供所需的毛巾、肥皂、拖鞋、杂志等。

(5) 客人准备离开时，要协助客人办理好相关手续并提醒客人带好随身物品。

任务单 温泉浴服务

1 月的北京天气尤其冷，对于从广东来的 1108 号房间的胡小姐来说，实在不能适应。晚上 7 点，胡小姐走进了酒店的温泉室。请你作为温泉浴服务员为胡小姐提供优质的温泉服务并填写相应工作职责。

服务阶段	服务步骤	工作职责
准备工作	开始 → [ ]	
迎接工作	1. 2. 3. 4. 5.	
温泉服务	1. 2. 3.	

(续表)

服务阶段	服务步骤	工作职责
送客服务	1. ↓ 2. ↓ 3. ↓ 4. ↓	
结束工作	1. ↓ 2. ↓	
备　　注	结束	

任务评价

内　　容		自我评价			小组评价			教师评价		
学习目标	评价项目									
知识目标	温泉浴服务程序									
	洗温泉浴方法									
	洗温泉浴禁忌									
专业能力目标	准备工作									
	迎接工作									
	温泉浴服务									
	送客服务									
	结束工作									

(续表)

内容		自我评价			小组评价			教师评价		
学习目标	评价项目									
态度目标	服务意识									
	热情主动									
	细致周到									
	全员推销									
通用能力目标	沟通能力									
	创新能力									
	解决问题能力									
	团队协作能力									
任务单	内容符合要求、完整正确									
	书写清楚、直观、易懂									
	思路清晰、层次分明									
小组合作氛围	小组成员创造良好工作气氛									
	成员互相倾听									
	尊重不同意见									
	所有小组成员被考虑到									

教师建议：	整体评价：
个人努力方向：	优秀　良好　基本掌握

任务三 足浴服务

工作情境

医学上把热水洗脚称为“足浴”。人体健康与脚有着密切的关系，传统中医学认为：人体五脏六腑在脚上都有相应的反射区，也就是说，脚上的几十个穴位都与五脏六腑有着密切的关系。用热水泡脚，可使脚上这些联系脏腑的穴位受到刺激，从而起到类似针灸的作用，以促进气血畅通。

具体工作任务

- 介绍足浴的起源；
- 掌握足浴疗效；
- 熟记足浴禁忌；
- 认识和熟练使用足浴设备；
- 掌握为客人提供优质足浴服务步骤；
- 熟记足浴服务人员岗位职责。

活动一 介绍足浴服务

当今社会，随着人们生活水平的提高，足浴已成为人们生活的一部分。请你(康乐部足浴服务员)向客人介绍这项保健休闲方式。

信息页一 足浴的起源

泡足，又称洗足浴法、浴脚疗法，是用热水或药液浸泡双脚，以达到防病治病、强身健体、延年益寿目的的一种方法。

泡足浴法历史悠久、源远流长，它属于自然疗法中洗浴疗法(又称熏洗法、药浴法)的范畴。泡足浴法始于民间，我国古代劳动人民在用水清洗身上污垢的过程中，发现洗浴具有清洁卫生、消除疲劳等养生保健作用，并有解除机体某些疾患的功效，进而逐步产生了采用药物浸泡液、煎煮液等，通过浸泡、外洗、熏蒸双足等部位防治疾病的想法和做法。自古以来，人们就把“睡前一盆汤”看做养生保健的有效措施和习惯。

信息页二 足浴的疗效

据中国医史记载，早在夏代，人们已有凉水淋浴双足的习惯，到商周热汤濯足，宫廷始有浴水中加以中药沐身浴足、防病祛病的方法。晋代、南北朝时期，熏洗和足浴还被用于急重病的辅助治疗(如图 4-3-1 所示)。唐代包括足浴在内的熏洗疗法广泛运用于内、外、妇、儿、皮肤、五官等各科疾病的防治。经后朝历代足浴疗法进一步发展，清代足浴等疗法的内病外治理论渐趋成熟。

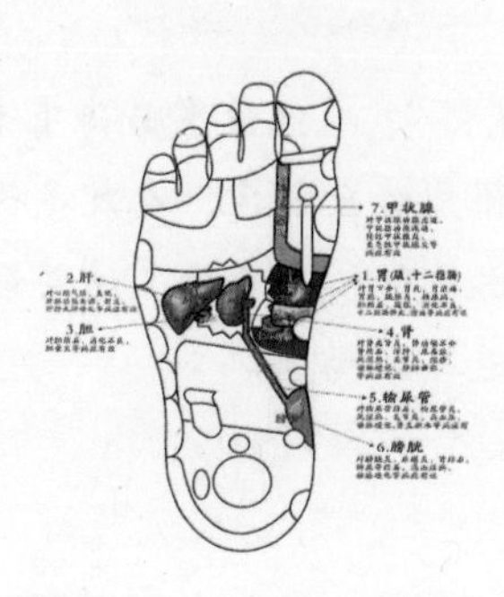

图 4-3-1　足浴理疗图

现代医学大量临床观察已经证明，足浴不仅能消除疲劳、除去汗臭，且能治疗足癣、足皮肤粗糙干裂、足跟痛、冻疮、风湿病痛、关节炎、下肢麻木等病症，还具有降压醒脑、提高人体免疫力等功效。如今，一些专家为了使足浴发挥更多的治病作用，而将有关中药加工配制成健身浴液。将此浴液加入热水稀释后洗脚，则更具有疗效。

(1) 促进新陈代谢。足浴有增加血管数量，特别是增加侧支微血管的功效，同时可以促使血管扩张，利于为各组织器官输送更多的氧气和营养物质，从而改善整体的新陈代谢，达到防病治病的目的。

(2) 促进血液循环。一般来说，体温与血液循环有密切关系，体温低，血液循环也较慢，体温升高则血液循环也随之旺盛。热水足浴可以改善足部血液循环，扩张足部血管，增高皮肤温度，从而促进足部和全身血液循环；同时热水足浴也使足部的血液流速和流量增加，从而改善心脏功能，降低心脏负荷。有人做过测试，一个健康的人用 40℃～50℃的水浸泡双足 30～40 分钟，其全身血液的流量增加显示：女性为 10～13 倍、男性为 13～18 倍。可见，热水足浴可使血液循环得到改善。

(3) 养生美容，养脑护脑。通过热水足浴，可以调节经络和气血。同时，足部血管扩张，血容量增加，从而使头部血流加快，及时补充大脑所需氧气和营养物质；增强汗腺和皮脂腺的排泄功能，通过排泄把体内各种各样的有害物质带出体外。

(4) 调节身体平衡。足浴促使各内分泌腺体分泌各种激素，调节体内脂肪、蛋白质、糖、水、盐的代谢平衡，从而改善新陈代谢和促进内外环境相对稳定，使机体保持健康。

(5) 改善睡眠。足部有丰富的神经末梢和毛细血管，用热水泡脚对神经和毛细血管有温和良好的刺激作用。这种温热刺激反射到大脑皮层，会起到抑制作用，使兴奋的交感神经顺利地向副交感神经转换。副交感神经兴奋后，此时人处于安静的休息状态，从而改善睡眠。

俗话说：“春天洗脚，升阳固脱；夏天洗脚，暑湿可祛；秋天洗脚，肺润肠濡；冬天洗脚，丹田温灼。”热水可刺激脚上丰富的神经末梢，反射到大脑皮层，达到促进全身血液循环、调解组织器官功能的效果，加强新陈代谢，从而起到强身健体的作用。在洗脚过程中，不断按摩脚趾、脚掌能防止许多疾病的发生。大脚趾是脾肝两经的通路，通过按摩可疏肝健脾、增进食欲、治疗肝脾肿大；第四趾属胆经，能防止便秘肾痛；小趾属膀胱经，治疗小儿遗尿，矫正妇女子宫体位置；足心为肾经涌泉血所在，能预防之肾虚体亏。热水洗脚是一种良性刺激，可活跃末梢神经，调节植物神经和内分泌系统功能，改善睡眠，增强记忆力，令人轻松舒适。因而，坚持足浴，不失为一种强身保元、养生抗老的妙法。

信息页三 足浴禁忌

- 忌空腹足浴；
- 忌餐后足浴；
- 忌水温过高；
- 忌用力搓擦；
- 忌过渡使用肥皂；
- 忌水中久泡；
- 忌用碱性强肥皂或各种香波乳剂足浴；
- 忌在非流动水的大浴池足浴；
- 忌足浴过勤；
- 忌足浴当风。

信息页四 足浴主要设备

一、足浴盆(器)(如图 4-3-2 所示)

足浴室的主要设备是足浴盆，多采用传统木质足浴盆。盆内加入热水，可以让双脚充分享受热水足浴，能够改善血液循环，加速血液流动，从而使身体的疲乏、酸痛等不适得以缓解或消除。

现代足浴器还有电动足浴盆(如图 4-3-3 所示)，盆底有序的按摩突头配合高频振动，不断刺激按摩脚底穴位，能够加强内分泌调节作用，增强机体免疫力。通过磁体形成的磁场作用于足部相应穴位，产生磁场生物效应，在磁场作用下，能够改善血液循环，增强机体抵抗力，加速新陈代谢，消除疲劳，达到修身养性的保健目的。

图 4-3-2　足浴盆

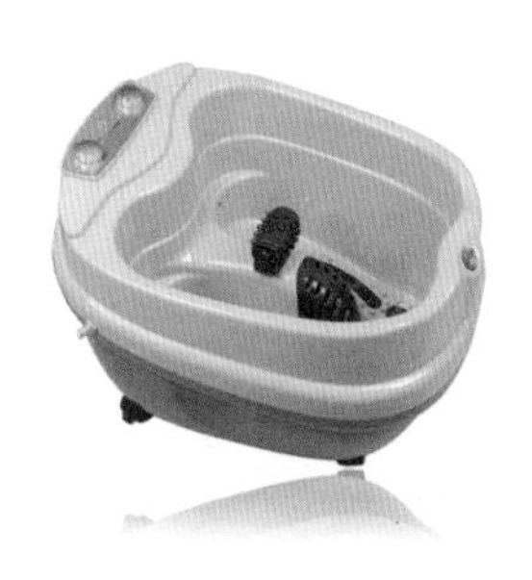

图 4-3-3　电动足浴盆

二、按摩床

按摩床的规格，一般长度为 200cm、宽度为 80cm。按摩师活动的面积通常按照单床区域面积的 150%～160%设置，但最小不应少于 15m^2。

任务单　介绍足浴服务

一天，某酒店足疗中心来了两位打扮非常时髦的客人，她们因为穿着高跟鞋逛了一天的街，脚非常累，想进行足部按摩。

一、作为康乐部服务员，请你带两位女士参观足浴室并介绍足浴。

(1) 足浴主要设备：____

____

____

(2) 足浴基本介绍：____

____

____

二、技师正在准备为两位女士泡脚的中药热水，这时，请你为客人介绍足浴按摩的疗效和禁忌。

	疗　效	禁　忌
足　浴		

三、案例分析。

当技师为两位女士泡脚时，有一位女士发出了痛苦的呻吟，技师马上把客人的脚拿出来查看原因，发现客人因穿高跟鞋摩擦的缘故，脚部起了两个血泡，又没有及时处理，已经溃烂，所以，宾客的脚放到中药水中后会感觉疼痛。请你分析这位客人是否还适合继续进行足浴，并说出理由。你可以建议客人做其他哪个保健项目？

活动二　掌握足浴服务方式

了解了足浴的基本常识后，应该如何规范、优质地为客人提供专业服务呢？在本活动中，将一起学习这些内容。

信息页一 足浴服务步骤

现代酒店康乐部，一般需要服务员通过准备工作、迎接工作、足浴服务、送客服务、结束工作 5 个步骤来为客人提供完整的足浴服务。具体操作方法与注意事项如下。

一、准备工作

(1) 整理好仪容仪表。

(2) 清洁整理卫生环境，保持足浴区、休息区、卫生间等卫生清洁，对足浴器具进行必要的消毒。

(3) 准备好足浴按摩盆及客人选用的药液、足部按摩膏和服务用毛巾等。

(4) 调节足浴室空调、灯光等。

(5) 将各种表格、单据和用品准备齐全，放于规定的位置。

二、迎接工作

(1) 面带微笑，主动问候客人。对常客、回头客等能够称呼其姓名或头衔。

(2) 询问客人是否预订，并向客人介绍足浴种类、疗效与收费标准等。

(3) 对有预订的客人，在确认预订内容后，为客人进行登记；对无预订的客人，按客人所需安排相应的房间和足浴师，开记录单；对于酒店住客，请其出示房卡或房间钥匙，并准确记录客人的姓名和房号；若场地已满，应安排其按顺序等候，并告知大约等候的时间，为客人提供茶水和书报杂志等。

(4) 引领客人至足浴按摩室。

三、足浴服务

(1) 如果客人需要脱衣摘帽，要主动为客人服务，并将衣帽挂在衣架上，请客人坐下。

(2) 协助客人换穿拖鞋，为客人奉上免费茶水和食品。

(3) 为客人准备好所需的中药，足浴按摩前先请客人进行足浴，注意足浴水温宜控制在 40℃～50℃，水要把脚踝全部淹没，一般浸泡 5～10 分钟，再用双手在趾腹、趾跟及脚心处揉搓、挤捏、按压和推钻等。

(4) 足浴按摩前，应先主动征询客人需求及需要何种手法。

(5) 将客人的基本情况向足浴按摩师作简单介绍，然后请其做服务工作。

(6) 足浴按摩过程中应了解客人感受，勤征求客人意见。

(7) 在客人消费期间，为客人播放背景音乐，若客人提出合理的服务要求，要给予满足。

(8) 随时与专业操作人员保持联系，有情况及时沟通。

四、送客服务(同单元四任务一)

五、结束工作

(1) 做好收尾工作，及时清理足浴区的卫生，换上已消毒用具，准备接待下一位客人。

(2) 将客人使用过的布件类用品点清数量送交洗衣房。

(3) 做好维护、保养工作，清洁整理足疗室，关闭设备电源。

信息页二 足浴服务员岗位职责

(1) 负责足浴室营业前各项物品的准备工作，对足浴室卫生情况进行营业前检查。

(2) 负责足浴室接待服务工作，将客人引领至足浴室。

(3) 及时整理客人使用过的房间，并更换用过的客用物品。

(4) 负责足浴室场地和设施设备的清洁卫生、维护保养工作。

(5) 负责酒水、饮料等的推销服务。

(6) 能够根据足浴室服务工作规范和服务程序，为客人提供优质的接待服务。

(7) 能够维护和保养足浴室器械及设备设施。

(8) 具有较强的饭店产品推销能力。

任务单 足浴服务

退休的曹先生和曹太太来北京旅游，走了一整天，非常累，晚上 7 点多他们来到酒店的足疗中心。请你作为足浴服务员为曹先生及太太提供优质的足浴服务，并填写相应工作职责。

服务阶段	服务步骤	工作职责
准备工作	开始 → [ ] →	
迎接工作	1. → 2. → 3. → 4. →	

(续表)

服务阶段	服务步骤	工作职责
足浴服务	1. ↓ 2. ↓ 3. ↓ 4. ↓ 5. ↓ 6. ↓ 7. ↓ 8. ↓ 9. ↓ 10. ↓	
送客服务	1. ↓ 2. ↓ 3. ↓ 4. ↓	

(续表)

服务阶段	服务步骤	工作职责
结束工作	1. ↓ 2. ↓ 3. ↓	
备　注	结束	

任务评价

内　容		自我评价			小组评价			教师评价		
学习目标	评价项目	😊	😐	☹	😊	😐	☹	😊	😐	☹
知识目标	足浴服务程序									
	足浴疗效									
	足浴禁忌									
专业能力目标	准备工作									
	迎接工作									
	足浴服务									
	送客服务									
	结束工作									
态度目标	服务意识									
	热情主动									
	细致周到									
	全员推销									
通用能力目标	沟通能力									
	创新能力									
	解决问题能力									
	团队协作能力									

(续表)

内　　容		自我评价			小组评价			教师评价		
学习目标	评价项目									
任务单	内容符合要求、完整正确									
	书写清楚、直观、易懂									
	思路清晰、层次分明									
小组合作氛围	小组成员创造良好工作气氛									
	成员互相倾听									
	尊重不同意见									
	所有小组成员被考虑到									
教师建议：		整体评价：								
个人努力方向：		优秀　　良好　　基本掌握								

任务四　保健按摩服务

工作情境

保健按摩是人类在同疾病与死亡斗争中发展起来的一种保健方法，在我国有着悠久的历史，是中华民族的宝贵财富。保健按摩是指医者运用按摩手法，在人体的适当部位进行操作所产生的刺激信息，通过反射方式对人体的神经—体液调整功能施以影响，从而达到消除疲劳、调节体内内环境变化、增强体质、健美防衰、延年益寿的目的。

具体工作任务

- 介绍保健按摩的定义及种类；
- 掌握保健按摩适应征；
- 熟记保健按摩禁忌；
- 熟悉保健按摩注意事项；
- 掌握为客人提供优质保健按摩服务步骤；
- 熟记保健按摩服务人员岗位职责。

活动一 介绍保健按摩

现代快节奏的生活方式让很多人都处于亚健康状态，越来越多的人需要改善和调理身体机能，消除疲劳和防治疾病。下面，请你(康乐部保健按摩室服务员)向客人介绍这项保健休闲方式。

信息页一 保健按摩的定义及种类

一、保健按摩的定义

保健按摩源于中国，是中国传统医学(中医学)的重要组成部分，在中医学里又称“推拿”，是指由专业按摩人员运用推、拿、揉、按、滚、摩、摇、扳、牵、振、拨、捻、弹、挤等特定手法或设备器械对客人身体的某些部位或经络进行按摩，以提高和改善人体生理机能，达到促进血液循环、通畅经络、防治疾病和消除疲劳功效的一种方法。

二、保健按摩的种类

1. 中医保健按摩

中医保健按摩是酒店按摩室最常见的服务项目，强调中医的保健功能。按摩师用两手在人体的经络穴位上，施行各种温、通、补、泻、汗、散、清等手法刺激渗透，达到调整心、肝、脾、肺、肾、胆、胃、大肠、小肠、膀胱等的作用。其动作较慢且深沉，有益于增强和放松肌肉，增加血红蛋白含量，加快静脉回流，促进淋巴循环。在精神方面，能够消除紧张和焦虑，有助于强化身体的整体意识，达到治病、放松、健身的目的。

2. 港式保健按摩

港式保健按摩主要是针对人体全身的穴位进行指压按摩，范围包括头、颈、肩、胸、背、腰、腹、足等多处。穴道是人体脏腑经络气血输注于体表的部位，通过对经络穴位的按压，达到平衡机体能量及增进健康的目的。当经络失去平衡时，精气可能不足或过剩，进行经穴按摩，起到缓和调节机能的作用，使精气重新平衡，身体可自行康复。主要包括指压法、踩背法和推油法。

3. 泰式保健按摩

泰式保健按摩是流行于泰国的一种按摩方式，由我国传统按摩手法演变而来。泰式按摩采纳了人体经络的理论，认为经络通则气血通，气血通则通体舒泰。它的按摩部位以全身的关节为主，手法简练而实用。泰式按摩是跪式服务，左右手交替动作，用力均匀、柔和，依顺序进行，可以使人快速消除疲劳、恢复体能，还可增强关节韧带的弹性和活力，达到促进体液循环、保健防病、减体美容的功效。

4. 日式保健按摩

日式保健按摩的基本特点是指压。它是以肢体或手指作为支撑架，利用自身的体重，向肢体的中心部位垂直施力，从而可促进人体皮肤新陈代谢，增加皮肤弹性，减少皮肤皱纹；加速人体淋巴液回流，提高人体免疫力；促进肌肉收缩和伸展，缓解疼痛，消除人体疲劳；改善人体血液循环，降低血液黏稠度，预防和减缓血管硬化等。

5. 韩式保健按摩

韩式保健按摩又称韩式松骨，它汲取了中式、泰式、日式、港式等的按摩精华，以拿为主，提、拉为辅。对人体施以沉缓的力度、温柔的语言动作，及独特的脸部护理、跪背、扣耳、修甲等全套两小时的服务，使客人全身心放松。

信息页二 保健按摩适应征

(1) 运动系统的关节强直、屈伸不利、肌肉疼痛、麻木、萎缩、骨质增生，运动造成的紧张疲劳，软组织急性扭伤，关节炎、类风湿性关节炎，关节错位和脱位等。

(2) 各种慢性神经疼痛、神经麻木、身心衰弱、神经紊乱、失眠等。

(3) 工作紧张、身心疲劳、病后体弱等。

信息页三 保健按摩禁忌

(1) 饭前 30 分钟和饭后 1 小时内不宜做保健按摩。

(2) 高血压、发高烧者，不宜做保健按摩。

(3) 急性传染病者，不宜做保健按摩。

(4) 皮肤病，局部化脓、感染者，不宜做保健按摩。

(5) 严重的心脏病、肺病、肝肾等重要器官损坏者，不宜做保健按摩。

(6) 妇女月经期，孕妇及产后未恢复健康者，不宜做保健按摩。

(7) 外伤性骨折、皮肤伤者，不宜做保健按摩。

(8) 出血性疾病、恶性肿瘤、结核等患者，不宜做保健按摩。

(9) 酒后神志不清者及精神病患者，不宜做保健按摩。

信息页四 保健按摩注意事项

(1) 按摩时双手不宜过凉，手指甲不宜过长。

(2) 在实施上述手法或取穴时，均宜采取先轻、后重、再轻 3 个步骤，用力要恰到好处，特别是在腰部。

(3) 对于年龄过大的客人，不得采用过重手法。

(4) 在颈部、腰部、背部、臀部等部位，如果有明显压痛者，痛点处手法要轻，最好避开痛点，以免加重局部软组织损伤。

(5) 在按摩过程中，如遇到客人突然出现头晕、恶心、面色苍白、出虚汗、脉搏加快等症状，应立即停止按摩，不要慌乱，应先让客人平卧于床上，屈膝屈髋，再掐人中穴，按揉印堂穴、内关穴、足三里穴，点大椎等即可解除这些症状。

任务单 介绍保健按摩

某旅行团一行 15 人在北京旅游，第二天游览完长城、十三陵，回到酒店后客人都感觉很疲劳，想放松一下，来到酒店康乐部进行保健按摩。

一、作为康乐部服务员，请你为客人介绍保健按摩的种类。

保健按摩种类	特点及疗效
中医保健按摩	
港式保健按摩	
泰式保健按摩	
香薰保健按摩	
韩式保健按摩	
日式保健按摩	

二、请你从按摩适应征和禁忌角度，为客人分析他们是否适应进行保健按摩。

(1) 适应征：____

____

____

(2) 禁忌：____

____

____

三、技师为客人进行保健按摩时，服务员应仔细观察客人情况，发现问题及时采取措施。请说出按摩时应注意哪些问题？

注意事项：____

____

活动二 掌握保健按摩服务方式

了解了保健按摩的基本常识后，应该如何规范、优质地为客人提供专业服务呢？在本活动中，将一起学习这些内容。

信息页一 保健按摩服务步骤

现代酒店康乐部保健按摩服务，一般需要服务员通过准备工作、迎接工作、足浴服务、送客服务、结束工作 5 个步骤来为客人提供完整的服务。具体操作方法与注意事项如下。

一、准备工作

(1) 整理好仪容仪表。

(2) 清洁整理卫生环境，做好按摩室及按摩设施的清洁卫生工作，整理按摩床、配齐各类营业用品。

(3) 检查按摩室设施设备，确保设备完好。

(4) 将各类服务用品放入指定位置。

(5) 将各种表格、单据和用品准备齐全，放于规定的位置。

二、迎接工作

(1) 面带微笑，主动问候客人。对常客、回头客能够称呼其姓名或头衔。

(2) 观察客人，如果是酒后神志不清、年老体弱、极度衰弱之人及孕妇，原则上不宜按摩。

(3) 对有预订的客人，在确认预订内容后，为客人进行登记；对无预订的客人，按客人所需安排相应的房间和按摩师，开记录单；对于住店客人，请其出示房卡或房间钥匙，并准确记录客人姓名和房号；若场地已满，应安排其按顺序等候，为客人提供茶水和书报杂志等。

(4) 对于初次到达的客人，应主动介绍服务项目，耐心询问客人的需要，并根据客人的实际情况为其选择合适的服务项目。

(5) 选择适当的交谈时机，说明按摩项目费用标准，适时向客人推销其他按摩服务项目。

(6) 给顾客提供干净的按摩衣等用品，分发更衣柜钥匙，提醒客人保存好更衣柜钥匙，请客人把贵重物品寄存到服务台或随身携带。

(7) 引领客人至按摩室。

三、保健按摩服务

(1) 如果客人需要脱衣摘帽，要主动为客人服务，并将衣帽挂在衣架上，客人更衣后，将客人引领至准备好的按摩床，并协助客人躺下，为其盖好毛巾。

(2) 按摩前，应先主动征询客人意见及需用何种手法。

(3) 将客人的基本情况向按摩师作简单介绍，向客人说明按摩师资历，并为按摩师做助理服务工作。

(4) 在按摩过程中应多征求客人意见，了解客人感受。

(5) 在客人消费期间，为客人播放背景音乐，若客人提出合理的服务要求，要给予满足。

(6) 随时与专业操作人员保持联系，有情况及时沟通。

(7) 按摩结束后，及时征询客人意见，帮助客人穿好衣服。

四、送客服务(同单元四任务一)

五、结束工作

(1) 做好收尾工作，及时清理按摩室的卫生，换上已消毒的用具，准备接待下一位客人。

(2) 冲刷和消毒按摩用品，整理好桌椅。

(3) 将客人使用过的布件类用品点清数量送交洗衣房。

(4) 做好维护、保养工作，清洁整理按摩室，关闭设备电源。

信息页二 保健按摩服务员岗位职责

(1) 负责按摩室营业前各项物品的准备工作，检查按摩室营业前的卫生情况。

(2) 负责按摩室的接待服务工作，根据时间安排，将客人引领至按摩室。
(3) 及时整理客人使用过的房间，并更换用过的巾类等客用物品。
(4) 负责按摩室场地和设施设备的清洁卫生、维护保养工作。
(5) 有一定的外语会话能力，具有较好的人际关系处理能力，善于处理与客人之间的关系。
(6) 能够根据按摩室服务工作规范和程序，为客人提供优质的接待服务。
(7) 能够维护和保养按摩室器械及设备设施。

任务单 保健按摩服务

刘先生和刘太太来北京旅游，刘先生今天觉得腰不太舒服，想做按摩，晚上 7:30 来到了酒店的康乐部，请你作为保健按摩服务员为刘先生及太太提供优质的保健按摩服务并填写相应工作职责。

服务阶段	服务步骤	工作职责
准备工作	开始 → [ ]	
迎接工作	1. → 2. → 3. → 4. → 5. → 6. → 7. → 8.	

(续表)

服务阶段	服务步骤	工作职责
保健按摩服务	1. → 2. → 3. → 4. → 5. → 6. → 7. → 8. →	
送客服务	1. → 2. → 3. → 4. →	
结束工作	1. → 2. → 3. → 4. →	
备　　注	结束	

任务评价

内容		自我评价			小组评价			教师评价		
学习目标	评价项目	😊	😐	☹	😊	😐	☹	😊	😐	☹
知识目标	保健按摩的服务程序									
	保健按摩疗效									
	保健按摩禁忌									
专业能力目标	准备工作									
	迎接工作									
	保健按摩服务									
	送客服务									
	结束工作									
态度目标	服务意识									
	热情主动									
	细致周到									
	全员推销									
通用能力目标	沟通能力									
	创新能力									
	解决问题能力									
	团队协作能力									
任务单	内容符合要求、完整正确									
	书写清楚、直观、易懂									
	思路清晰、层次分明									
小组合作氛围	小组成员创造良好工作气氛									
	成员互相倾听									
	尊重不同意见									
	所有小组成员被考虑到									

教师建议：	整体评价：
个人努力方向：	优秀　　良好　　基本掌握

任务五 美容美发服务

工作情境

随着人们生活水平的提高，越来越多的人开始注重个人形象，经常光顾美容美发机构，希望能够通过美容美发等服务让自己更青春。美容服务包括面膜、深层洁面、营养护理、除皱、修眉、化妆等。美发服务包括洗头、吹风、剪发、烫发、焗油和发型设计等。

具体工作任务

- 介绍美容美发服务区构成；
- 掌握顾客管理方法；
- 掌握稳定客源技巧；
- 掌握美容美发服务要点及注意事项；
- 掌握为客人提供优质美容美发服务步骤；
- 熟记美容美发服务人员岗位职责。

活动一 介绍美容美发服务

如今，一般的旅游酒店均设有美容美发中心，用于为客人提供美容美发服务。

信息页一 美容美发中心服务区构成

一、接待区(如图 4-5-1 所示)

接待区设置沙发，提供阅读刊物，主要是为等候的客人提供服务，也可以为客人提供发型设计、形象设计、皮肤类型鉴定等咨询服务。

二、美发区(如图 4-5-2 所示)

美发区的所有设备应该最大限度地方便客人，使客人能够看到自己发型的各个侧面。可以配备高质量的音响设备来营造舒适、轻松、浪漫的气氛。

三、皮肤护理区(如图 4-5-3 所示)

皮肤护理区包括包厢与大厅，需放置按摩床、蒸面器、电子理疗仪、导入导出器等皮肤护理设备。

图 4-5-1　接待区

图 4-5-2　美发区

图 4-5-3　皮肤护理区

信息页二 顾客管理方法

(1) 记录客人的详细信息，包括序号、姓名、性别、生日、地址、电话、职业、初次来店日期、最近来店日期、来店次数、累计消费金额、VIP 卡号、办卡日期、折扣率、备注等。

(2) 建立客户档案(如表 4-5-1 所示)，以便持续、有效地为客人提供服务。

表 4-5-1　客户管理表

<table>
<tr><td>姓　名</td><td>生　日</td><td>婚　否</td><td colspan="4">工 作 地 址</td></tr>
<tr><td></td><td></td><td></td><td colspan="4"></td></tr>
<tr><td colspan="7">美 发 记 录</td></tr>
<tr><td colspan="3">皮肤状况：</td><td colspan="4">发质：</td></tr>
<tr><td colspan="3">发量：</td><td colspan="4">卷度：</td></tr>
<tr><td colspan="3">头发弹性：</td><td colspan="4">头皮状况：</td></tr>
<tr><td colspan="3">头发粗细：</td><td colspan="4">建议使用洗发水：</td></tr>
<tr><td colspan="7">美 容 记 录</td></tr>
<tr><td colspan="3">肤质：</td><td colspan="4">肤色：</td></tr>
<tr><td colspan="3">皮肤敏感度：</td><td colspan="4">毛孔：</td></tr>
<tr><td colspan="3">清洁度：</td><td colspan="4">建议美容项目：</td></tr>
<tr><td>来店日期</td><td>服务项目</td><td>产品名称</td><td>时间</td><td>效果</td><td>消费金额</td><td>指定员工</td></tr>
<tr><td></td><td></td><td></td><td></td><td></td><td></td><td></td></tr>
<tr><td colspan="7">售后访问：</td></tr>
</table>

信息页三 稳定客源技巧

一、让顾客信赖美容美发老师

美容美发师不仅只是在美容美发中心里为客人临时性地做美容美发服务，同时也应该对客人日常生活中的美容、美发细节作详尽了解，以便能针对客人的身体状况、皮肤特征等制订相应的作息计划和饮食计划。

二、提供优质的服务

美容美发业属于服务性行业，优质服务是稳定客源的基本因素之一。优质的服务应从客人进美容美发中心那一刻开始，一直到客人走出，都不能有一丝懈怠。

(1) 客人进门时，热情接待。

(2) 若人手不够，需要客人暂时等待时，要引领客人进入休息室或接待室阅读书刊、听音乐、看电视等。如果等候时间很长，则需要告诉客人，使其有心理准备。

(3) 合理妥善地安排客人的美发或美容护理过程，按照客人要求进行有针对性的服务。

(4) 客人做完美发或美容护理后，准备离开，此时要预先准备好账单以及所需产品，并提供完整的产品说明书，以备客人正确使用产品并及时和客人预约下次保养时间，向离开的客人微笑致谢并道别。

三、具备让顾客放心的专业技术

(1) 通常，客人是以美容美发师的外表来评价美容美发中心的形象和技术的。一个外表看起来没有精神的美容美发师将很难吸引顾客。因此，美容美发师应穿着得体，女士施以淡妆，尽量表现出整洁与专业性的一面。

(2) 美容美发师要针对客人的肤质特征向其推荐保养品和护理疗程，不能信口开河。

(3) 美容美发师在为客人做护理时，也要注意时间的合理分配，高效率的服务也是一种专业性的体现。

(4) 当今的美容美发观念是集美容技术、形体塑造、心理健康、形象设计为一体的。因此，美容美发师也应集各种角色于一身，为客人提供全方位的服务，这样才可以吸引和稳固更多的顾客。

四、与客人进行美容美发知识交流

通过交流向客人介绍美容美发方面的知识，提出相应的建议，这样既能发挥美容美发中心的优势，又能增加服务的亲切感。

五、随时注意客人对美容美发中心的评价

客人对美容美发中心的评价一般都是通过店内装潢的整洁性，技术水准和服务的专业性等方面体现出来的。随时了解客人对美容美发中心的评价，并以此作为改进依据，才可以满足客人需求，达到稳定客源、增加客源的目的。

信息页四 美容美发服务要点和注意事项

(1) 在服务过程中要按照客人的具体要求提供服务。

(2) 积极参加新技术培训，紧跟流行趋势。

(3) 注意环境清洁，严格按照行业标准进行客用物品的消毒。

(4) 对有皮肤病征的客人，建议到医院就诊。

(5) 维护好美容美发设备，发现问题及时报修。

(6) 遵守财务制度，现金收入要及时入账，当天的现金当天上缴财务。

任务单 介绍美容美发

某天上午 9 点多钟，两位打扮非常时髦的女性来到酒店的美容美发中心。

一、作为酒店美容美发中心的服务人员为客人做好客户登记。

客户管理表

<table>
<tr><td>姓 名</td><td colspan="2">生 日</td><td>婚 否</td><td colspan="3">工 作 地 址</td></tr>
<tr><td></td><td colspan="2"></td><td></td><td colspan="3"></td></tr>
<tr><td colspan="7">美 发 记 录</td></tr>
<tr><td colspan="3">皮肤状况：</td><td colspan="4">发质：</td></tr>
<tr><td colspan="3">发量：</td><td colspan="4">卷度：</td></tr>
<tr><td colspan="3">头发弹性：</td><td colspan="4">头皮状况：</td></tr>
<tr><td colspan="3">头发粗细：</td><td colspan="4">建议使用洗发水：</td></tr>
<tr><td colspan="7">美 容 记 录</td></tr>
<tr><td colspan="3">肤质：</td><td colspan="4">肤色：</td></tr>
<tr><td colspan="3">皮肤敏感度：</td><td colspan="4">毛孔：</td></tr>
<tr><td colspan="3">清洁度：</td><td colspan="4">建议美容项目：</td></tr>
<tr><td>来店日期</td><td>服务项目</td><td>产品名称</td><td>时间</td><td>效果</td><td>消费金额</td><td>指定员工</td></tr>
<tr><td></td><td></td><td></td><td></td><td></td><td></td><td></td></tr>
<tr><td colspan="7">售后访问：</td></tr>
</table>

二、客户登记完后，应该如何稳定住客户？

三、讨论：在客人美容美发的过程中，应该如何对其进行服务？

活动二 掌握美容美发服务方式

信息页一 美容美发服务步骤

现代酒店康乐部，一般需要服务员通过准备工作、迎接工作、美容美发服务、送客服务、结束工作 5 个步骤来为客人提供完整的美容美发服务。具体操作方法与注意事项如下。

一、准备工作

(1) 整理好仪容仪表，符合酒店康乐部服务人员的要求。

(2) 清洁整理卫生环境。擦拭玻璃门、把手、梳妆台、坐椅和盥洗台面；室内不留毛发和碎屑。

(3) 检查美容美发设备。检查所有服务设备设施是否齐全、运转是否正常；技师对自己的美容美发工具进行消毒。

二、迎接工作

(1) 站立迎客。以站姿站立，挺胸、收腹、立腰；顾客离门四五步，主动拉门，微笑，90°鞠躬并问好："您好，欢迎光临！"

(2) 引领客人入座。询问客人是否有预约，仔细核对信息；若是新客，应主动介绍哪是洗头区、哪是烫发区、哪是美容区等。跟客人保持一步的距离，将客人带到位子上。

(3) 获取客人信息。倒茶水饮料，递杂志，自我介绍，拉近距离，让顾客对你有更深刻的印象；分析发质、肤质，推销产品，换回信任；详细填写客户管理表，做好顾客信息收集。

三、美容美发服务

1. 美容服务

(1) 引领客人至相应的美容床，帮助其躺下，介绍技师。

(2) 毛巾一客一换，进行消毒。

(3) 技师在服务过程中要不断询问客人的意见，并提出自己的建议，根据客人的皮肤性质选择相应的护肤用品。

(4) 全套服务时间不少于45分钟。

2. 洗头服务

(1) 互相沟通，随时调整水温及洗头手法。

(2) 看着客人的表情，察言观色，语言感化，重视客人的感觉。

3. 为客人设计发型

(1) "请您稍等片刻"，将客人与发型师互相介绍。

(2) 发型师仔细分析客人的发质、弹性拉力、颜色、开叉、头形等，综合考虑客人意愿，设计发型。

四、送客服务(同单元四任务一)

五、结束工作

1. 做好收尾工作

(1) 及时冲刷和消毒有关用具，整理好桌椅。

(2) 将客人使用过的布件类用品点清数量送交洗衣房。

2. 做好客户维护

(1) 整理好客人资料，做好资料归档。

(2) 3 天后电话问候，追踪客人是否满意。

信息页二 美容美发服务员岗位职责

(1) 必须穿着整洁的制服，注重自己的外表，处处给客人以“美”的享受。

(2) 营业前，把美容室的器材调试好，消毒干净；做好一切准备工作，以迎候客人到来。

(3) 认真执行饭店各项制度规定和本岗位责任制的各项内容，严格遵守操作规程，做好本职工作。

(4) 服务热情、周到，服务用语恰当，既要提高工作效率，又要保证服务质量，不得冷落客人。

(5) 工作时间坚守岗位，不擅自脱岗，做到来活不推活、有活不下班。有客人等候服务时不得休息、抽烟。保持室内及个人卫生，衣帽整洁、干净。上班前不吃异味食物。毛巾、剪刀等物品要坚持用后消毒。

(6) 理发室所有设备、物品应建账登记，妥善保管。现金收入要逐笔记账，当天收的现金要当天交到财务部。

(7) 提高警惕，认真做好防火、防盗、防破坏工作，下班前应检查总电源是否切断，避免火灾事故的发生。

任务单 美容美发服务

某天，酒店美容美发中心来了一位 40 多岁的钱女士，请你作为美容美发服务员为钱女士提供优质的美容美发服务，并填写相应工作职责。

服务阶段	服务步骤	工作职责
准备工作	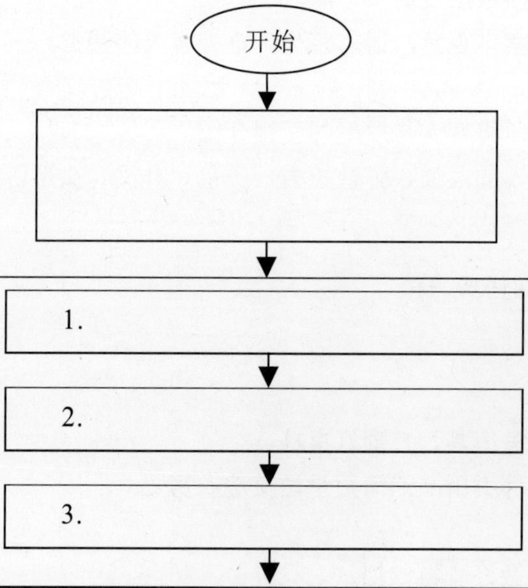 开始 → [ ] →	
迎接工作	1. → 2. → 3. →	

(续表)

服务阶段	服务步骤	工作职责
美容美发服务	1. ↓ 2. ↓ 3. ↓ 4. ↓ 5. ↓ 6. ↓ 7. ↓ 8. ↓	
送客服务	1. ↓ 2. ↓ 3. ↓ 4. ↓	
结束工作	1. ↓ 2. ↓ 3. ↓ 4. ↓	
备　　注	结束	

任务评价

内容		自我评价			小组评价			教师评价		
学习目标	评价项目									
知识目标	美容美发服务程序									
	顾客管理方法									
	稳定客源技巧									
专业能力目标	准备工作									
	迎接工作									
	美容美发服务									
	送客服务									
	结束工作									
态度目标	服务意识									
	热情主动									
	细致周到									
	全员推销									
通用能力目标	沟通能力									
	创新能力									
	解决问题能力									
	团队协作能力									
任务单	内容符合要求、完整正确									
	书写清楚、直观、易懂									
	思路清晰、层次分明									
小组合作氛围	小组成员创造良好工作气氛									
	成员互相倾听									
	尊重不同意见									
	所有小组成员被考虑到									

教师建议：	整体评价：
个人努力方向：	优秀　　良好　　基本掌握

酒店康乐部质量安全和卫生管理是两项与企业经营密切相关的辅助工作，直接关系到每位顾客的身心健康，也直接影响到酒店经营工作能否正常进行。因此，大多数酒店康乐部都非常重视质量安全和卫生管理工作。

单元五 康乐部质量与卫生管理

任务一　康乐部质量管理

工作情境

康乐产品是酒店产品的重要组成部分，也是酒店经济收入的重要来源。康乐服务是康乐企业在经营过程中向顾客提供设备和劳务等方面活动的综合体现。康乐服务贯穿了康乐经营的全过程，服务质量是康乐经营的关键环节。因此，必须对康乐服务过程进行严格的服务管理。康乐服务质量管理的主要方法，就是对康乐项目服务规程进行设计，并通过规范化、标准化的服务操作来控制服务质量。

具体工作任务

- 了解康乐产品质量特性；
- 掌握康乐产品质量标准；
- 熟悉康乐服务质量标准；
- 掌握康乐服务质量评定方法；
- 掌握康乐服务质量控制原则；
- 了解康乐产品质量控制与管理具体内容；
- 熟悉康乐服务质量管理方法；
- 建立康乐服务日常管理制度；
- 了解投诉来源与方式；
- 了解投诉原因；
- 掌握处理投诉原则；
- 掌握处理投诉方法；
- 掌握处理投诉程序。

活动一　什么是康乐产品质量管理

信息页一　康乐产品质量特性

康乐产品是康乐服务人员依托各种康乐设施设备，为消费者提供专业化的康体健身、休闲娱乐服务的总称。康乐产品的质量特性表现在以下 3 个方面。

(1) 产品质量的构成因子具有多样性和不确定性。康乐产品的类型繁多、项目多样，服务提供方式差别较大，消费方式因人而异，康乐产品质量的构成因子具有多样性和不确定性，从而造成康乐产品质量控制与管理的困难性。

(2) 产品质量对设施设备具有较强的依赖性。康乐产品是否能为客人带来物质与精神上的享受，很大程度上依赖于所提供设施设备(如歌厅的音响、健身房的器械、桑拿蒸汽房等)的完善程度和先进性。

(3) 产品质量与服务人员的技术和技能水平密切相关。大多数康乐服务项目的专业性强、技术含量高，要求服务人员熟悉和掌握有关设施设备的性能、结构和特点，同时还要为客人提供专业咨询、指导和各种专项服务。

信息页二 康乐服务质量及其标准

在康乐行业中，服务质量的含义通常有两种：一种是狭义上的康乐服务质量，纯粹指由康乐服务人员的劳动所提供服务的质量，不包括提供的实物形态的使用价值；另一种是广义上的康乐服务质量，是指康乐部门以其所拥有的设施设备为依托，为宾客所提供的服务在使用价值上适合及满足宾客物质和精神需要的程度。

这里我们所讨论的康乐服务质量主要指广义的康乐服务质量，包含组成康乐服务的3要素，即设施设备、实物产品和服务质量。

一、设施设备质量

(1) 设施设备选购质量标准。以技术上先进，经济上合理，适合康乐等级规格和经营方式，能满足宾客需要，有利于提高工作效率和服务质量为准则。

(2) 设施设备操作质量标准。科学制定设施设备正常运行技术指标和操作规程，以保证其康乐性能，安全运行，防止设备事故和人身事故。

(3) 设备维修保养质量标准。合理制定设备检查、保养、维修等的周期和作业内容，以及应达到的各项技术指标，如设备完好率、故障率等，以提高设备利用率和经济效益。

二、实物产品质量标准

主要内容有：饮食产品质量标准、客用品质量标准、商品质量标准、服务用品质量标准等。如饮食产品质量标准又包括选料标准、刀工标准、配料标准、制作方法、操作规程、卫生标准、成品质量标准等。

三、服务质量标准

服务质量标准是服务人员为客人提供服务时应该达到的工作标准。服务质量标准的种类较多，内容丰富。如按服务内容可以分为仪容仪表规范、语言动作规范、服务操作规范、衔接程序规范等。按服务岗位可分为台球房工作规范、桑拿室服务规范等。

信息页三 康乐服务质量评定

为了保证提供优质服务，还应对服务质量进行评定，以便确定哪些属于优质服务应当坚持，哪些属于劣质服务应当改正。质量评定的范围不仅应该包括服务的内容，还应包括服务的过程、服务的结果、服务的影响以及服务机构的设置等；不仅应该包括由设施设备、服务用品、环境、实物构成的硬件设施，还应包括由服务项目，以及服务人员的服务意识、服务方法、服务技能等构成的软件情况。康乐服务质量评定应该从顾客、康乐企业和第三方 3 个方面进行评定。

一、顾客评定

顾客是康乐服务的购买者和接受者，对促进康乐企业的发展具有决定性作用。因此，顾客对服务质量的评定才是最有价值的评定。

顾客一般不主动评价，只有在特别满意或特别不满意的情况下，才会主动表扬、批评或投诉，在大多数情况下并无外在表示。为及时获得顾客意见，康乐企业应积极采取现场访问、电话访问、常客拜访等形式收集顾客意见。

二、康乐企业评定

康乐企业既是康乐服务的提供者又是康乐产品的受益者，康乐企业通过所提供服务进行事前考评、事中控制和事后评定，再根据市场需要来调整服务产品从而获得更大效益。

康乐企业可以在服务前、服务中和服务后 3 个阶段进行评定，评定内容具有比较广泛和全面的特点，但有可能由于考评人员长期处于固定的环境中而出现“不识庐山真面目”的情况。

三、第三方评定

第三方是指除顾客和康乐企业以外的团体和组织。相对于顾客和康乐企业两方而言，第三方评定比较客观和公正。由于第三方是独立于顾客和康乐企业以外的评价主体，所以其评定结果也更能令大众信服。康乐企业可以通过资格认定、等级认定、质量认证、社团评比等方式进行第三方认定，以提升自身形象、提高服务质量。但第三方认定也有自身的局限性，如只注重结果、所遵循标准不能及时调整等。

上述三方评定各有其特点和作用，也存在着相应的问题和不足，因此，不应因三方评定的结果不同而怀疑它们的作用，而应采取科学合理的方法把它们有机地结合起来，只有这样才能更好地发挥其作用。

知识链接 服务质量监控

康乐企业还应建立服务质量监控体系，对服务质量进行测量、监督，以保证提供优质服务。如果说服务质量评定告诉了康乐企业什么是优质服务，那么服务质量监控则监督康乐企业所提供的服务是否达到了优质服务要求。康乐企业可以通过政府监督、部门巡检、自我检查、专项检查、顾客监督等方式实施服务质量监控。行之有效的监控有助于保障优质服务的提供。

任务单 熟悉康乐产品质量标准与内容

一、设施设备质量标准的主要内容有：__________、__________、__________。

二、实物产品质量标准的主要内容有：________、________、________、______。

三、请填写服务质量标准按服务内容可分为：_____、_____、_______、_______。

四、康乐服务质量的评定应当从哪几个方面进行？

____

____

____

活动二 了解康乐服务质量控制方法

信息页一 康乐服务质量控制原则

一、系统性与连续性统一原则

康乐服务质量管理的核心，就是做好各岗位员工之间、部门与部门之间、员工与客人之间，以及服务人员与管理人员之间的协调。因此，服务质量管理是全方位、全过程、全体人员的系统工作。同时，康乐部必须保持其服务质量控制体系的连续性，实现服务质量的稳定性，以获得长远的社会效益和经济效益。

二、指挥统一性原则

康乐部各级岗位的服务与管理人员，都必须严格贯彻执行岗位工作责任制，不得越级指挥或者越级汇报。坚持指挥统一性原则是服务质量管理控制的关键所在，否则，将极大地损害上级管理人员形象，挫伤现场管理人员的积极性，造成上级对下级管理失去控制。当然，服务质量控制的指挥统一性并不与走动式服务管理模式上级深入实际的要求相矛盾，只是要求服务管理人员在发现下级问题时采取正确的指挥方式。

三、科学性与适应性统一原则

服务质量控制的适应性，是指必须建立针对外部消费者的文化习俗、本企业所在地的地域特色、季节差异、市场环境的变化、服务产品技术的更新，而适时调整服务质量控制规程和标准的制度创新机制，它强调服务质量控制的针对性。两者的辩证关系是，服务质量控制的科学性决定其适应性，服务质量控制的适应性保证其科学性，即所谓科学的才会是适应的，适应性强的才是更科学的。

四、控制关键环节原则

服务质量控制的目标，是使康乐服务过程中的各个环节都能得到有效监督、检查和控制。但在实际工作中，只有控制住一些关键环节的服务质量，才能较好地控制服务全过程。例如，在整体的康乐服务过程中，服务态度是关键环节；但在运动类项目服务过程中，服务技巧是关键环节；在保健类项目服务过程中，技能是关键环节；在娱乐项目服务过程中，组织能力是关键环节。所以，康乐服务质量控制的步骤，首先是对这些关键环节进行定性和定量的监督、分析、评定和控制。

五、注重专业技术原则

康乐项目服务人员的专业和技术水平，直接影响康乐服务质量控制结果。例如，运动类项目的服务和管理人员的规则裁判、救护防护、示范教练水平，直接影响客人消费的安全和兴致。再如保健类项目的服务和管理人员的操作技能水平，以及娱乐类项目工作人员的专业技术知识和技能水平，都会直接影响服务质量。因此，康乐部必须对录用员工制定严格的专业技术条件要求，对在岗人员服务操作中执行专业技术规程情况进行严格的监督、检查、考核、评比和奖惩。

六、服务管理灵活原则

康乐服务质量控制应该坚持系统性、科学性和指挥统一性的原则，保证康乐服务质量控制的规范性和严肃性。同时，在此前提下，还应该根据康乐部内部经营项目比较多、经营规律差异比较大等特点，贯彻服务管理灵活的原则。例如，在收费方式上，灵活选择按时收费或分场次收费；根据服务项目的活动难度，选择是否安排教练、陪练；根据营业规律，灵活地安排营业时间和员工班次；根据客人的体质、要求，安排不同的训练、保健计划；根据市场流行时尚和趋势，灵活地调整项目内容，并组织相关的培训和研究；根据客人的感受，调整操作体位、手法和力度；根据经营和市场的需要，制定不同的市场营销组合等。

信息页二 康乐产品质量控制与管理具体内容

一、康乐设施设备质量控制与管理

康乐设施设备是指康乐部门所拥有的基础设施(如建筑物、泳池、球场等)、机械设备装置(如音像设备、健身康体设备、消闲康体设备、娱乐设备、美容美发设备等)等。

1. 康乐设施设备质量要求

(1) 康乐设施设备应与整个康乐等级相匹配，配置须得当，布局要合理，型号要现代，外观应美观大方，使用应简单方便。

(2) 各种设备应始终处于最佳技术状态和合理使用状态。

(3) 定期进行设备的更新与改造，以适应康乐需求求新、求异、求变的消费特征。

2. 康乐设施设备质量控制与管理

(1) 建立和健全设施设备的使用与管理制度。包括：设备选择评价管理制度、设备维护保养制度、设备合理使用制度、设备修理管理制度、设备事故分析与处理制度、设备点检制度、设备档案管理制度等。

(2) 完善设施设备管理方法。包括：建立康乐设备技术档案，做好分类编号；制定正常操作设施设备的程序与规范、分级归口、岗位责任制、康乐设备使用效果考核制度、维修保养规程等。

(3) 合理使用康乐设施设备。实行专职负责制，做到“三好”(管好、用好、修好)、“四会”(会使用、会保养、会检查、会排除故障)。

3. 康乐服务质量控制与管理

(1) 加强对康乐服务人员的专业技术培训以及相关能力的指导。培训与指导的内容包括设施设备的性能、结构和特点解析；运动器具的性能、作用和使用方法的培训；设施设备维护保养的相关知识培训等。

(2) 完善康乐服务程序及标准，加强制度化管理。建立完善的康乐项目服务程序及工作标准，规范各服务岗位的作业程序、技术要求和质量标准，建立、健全康乐服务运作流程所应遵循的各种规章制度，制定完善、详尽的服务规范，明确各服务岗位的责、权、利关系，做到康乐服务运作程序化、康乐服务质量标准化、康乐服务管理制度化。

(3) 实施标准化与个性化相结合的服务方式。康乐服务项目的多样性带来服务方式的多样性。

二、康乐安全质量控制

1. 康乐安全问题

康乐安全问题主要体现在以下几个方面：①因设施设备问题造成对客伤害；②偷盗；③名誉损失；④打架斗殴；⑤黄、赌、毒等。

2. 康乐安全控制与管理

康乐安全控制与管理是指为了保障康乐场所客人、员工的人身和财产安全以及康乐场所的财产安全而进行的计划、组织、协调、控制与管理等系列活动，从而使在康乐场所的相关人员能够得到安全保障。康乐安全控制与管理包括以下内容。

(1) 制定科学、完善的康乐服务设施设备使用标准与服务工作规范，对康乐部设施设备进行安全质量控制与管理，对服务人员进行安全意识、安全知识教育和服务安全行为控制。

(2) 对康乐场所各区域的环境进行安全质量控制，包括设置专门的机构和安保人员维护康乐场所秩序，设置各种安全设施设备等。

(3) 各种安全管理制度的建立与管理。包括安全管理方针、政策、法规、条例的制定与实施，还包括安全管理措施的制定与安全保障体系的构建与运作。

(4) 建立有效的安全组织与安全网络。

(5) 安全监控系统的质量控制与管理。

(6) 紧急情况的应对与管理。

三、康乐服务关键环节(点)的质量控制

康乐服务因其场所的复杂性、服务项目的多样性，其服务的关键环节也有所不同。

1. 健身康体型服务关键环节(点)的质量控制

(1) 技术性服务与技术指导的质量控制。康乐服务人员承担着为客人提供技术指导、组织比赛、规则询问、专项咨询、陪练等服务任务。

(2) 运动伤害防护与急救处置的质量控制。健身康体服务有时会因设施设备的操作不当，客人自身运动方式、运动时间不当等原因，造成客人身体的伤害。

(3) 场所与客人的安全控制。主要有人身安全控制与财物安全控制。

2. 休闲娱乐型服务项目服务关键环节(点)的质量控制

休闲娱乐型康乐服务场所人员流动性大，环境复杂，不安全因素多，因此，其服务关键环节(点)的质量控制主要包括以下内容。

(1) 现场督导与控制管理。包括：对有较大安全隐患的相关场所的安全防范，以及对一些具有较高危险性健身项目的现场指导与安全控制等。

(2) 紧急情况的应对与处理。康乐场所人员比较复杂，经常会出现一些突发事件，服务人员应具备较强的应变能力，能及时对突发事件作出应对。

信息页三 康乐服务质量管理方法

康乐服务质量管理方法很多，下面主要介绍在实际工作中应用较多的康乐服务质量检查与康乐优质服务竞赛和评比。

一、康乐服务质量检查

康乐服务质量检查是康乐服务质量管理的重要一环。所谓康乐服务质量检查，就是用某种方法对康乐服务质量进行测定，以判断质量目标要求与实际质量之间的差异。要搞好康乐部服务质量的监督检查，必须有一定的组织、形式，及相应的监督检查内容。

1. 康乐服务质量检查组织

通常，康乐部为了搞好经营管理、保证服务质量落实，除了制定必要的服务质量标准之外，还要设置质量检查组织。一般，康乐部可以成立以康乐部经理为组长的质量检查小

组，其成员由具有相当管理经验和一定技术职称的人员组成，他们必须经验丰富、专业精通、工作负责、善于发现问题且具有一定的权威性。

2. 康乐服务质量检查形式

康乐部进行服务质量检查，主要采取日常检查与定期检查相结合、单项检查与综合检查相结合、部门自查与上级检查相结合、明查与暗查相结合等 4 种形式。

明查就是事先通知有关班组检查的日期、时间和项目，使被检查班组和服务人员能够高度重视，抓紧行动，加强做好补缺补漏工作。这种方法检查出来的问题较少。暗查又称暗防，指事先不通知被检查班组，质量检查小组成员随时随地抽查，有时候甚至在午夜或凌晨突击检查，看看夜间是否有人在岗坚持服务，服务质量标准是否落到实处。采用这种检查方法能够发现服务质量的薄弱环节。

3. 康乐服务质量检查内容

康乐服务质量检查是全方位的，但在实际工作中应对服务态度、服务项目、服务方式、服务设施和清洁卫生等方面进行重点检查。

(1) 服务态度。要检查服务人员在接待服务中是否按规定的礼节礼仪站立服务、微笑待客；是否牢固树立宾客至上观念，及时满足客人各种需求；是否自觉、主动、热情、高效地为宾客服务等。

(2) 服务项目。要检查所有服务项目是否都得到充分利用，以及利用情况如何；在服务项目措施使用中是否按规范化要求进行服务；是否对所设置的服务项目进行任意或漫不经心推销等。

(3) 服务方式。要检查所提供服务方式是否方便宾客；是否合理安排经营时间；是否集思广益、挖掘潜力增加服务内容；是否按照服务规程进行操作等。

(4) 服务设施。要检查服务设施是否管理好、保养好、维修好；设施是否分级归口管理、有专人负责；是否遵守操作规程、合理使用设备；是否落实每日检查与定期检查相结合制度；是否发现问题能够及时处理，方便宾客，保证经营工作的顺利进行等。

(5) 清洁卫生。要检查是否学习执行国家有关卫生的政策法令；是否制定并落实严格的清洁卫生标准；是否具体规定餐饮食品、餐具用品、物料用品、个人和环境清洁卫生规程及其执行情况；是否使清洁卫生工作制度化、经常化、标准化等。

4. 康乐服务质量检查反馈

康乐部质量检查小组应根据质量工作的检查情况，对各班组及服务人员的服务质量问题作出相应评估，并采取有效的改进措施。

质量检查评估工作要坚持全面公正、严格客观、结论明确、奖优罚劣的原则，严格把关，秉公办事。如果是属于物质质量问题，要进行修复处理后再投入生产服务，或报废，或调换；如果是服务过程中的质量问题，要及时指出纠正，及时进行控制；如果问题较为严重或造成不良影响，要根据实际情况写出书面质量分析报告，报请上级有关部门批准，采取下岗培训、调离原岗或其他措施，并设法挽回影响。

二、康乐优质服务竞赛和评比

康乐部还可定期组织开展优质服务竞赛和评比活动，使全体员工树立质量意识，提高执行康乐服务质量标准的主动性和积极性，并形成“比、学、赶、超、帮”及努力提高康乐服务质量的氛围。

1. 定期组织，形式多样

部门可定期组织和开展丰富多样的优质服务竞赛和评比活动，如“零缺点工作周”竞赛、月度“服务明星”或“微笑大使”评比、各班组“技术比武”等。组织竞赛和评比要明确范围和意义，确定参加对象及要求，制定评比标准和方法，注意激发广大员工的参与愿望。

2. 奖优罚劣，措施分明

竞赛和评比活动的开展有利于部门提高服务质量、经济效益和管理水平，所以还必须制定出具体的奖罚措施，本着“奖优罚劣、以奖为主”的原则，可以给优胜者发放奖金、授予荣誉称号、免费携家人来店消费、外出考察旅游等奖励。

3. 总结分析，不断提高

每次竞赛和评比活动结束以后，所有质量管理人员都应认真分析和总结，总结经验加以推广应用，提出不足以便改进提高，从而不断改善康乐部的服务质量。

信息页四 建立日常管理制度

为了使康乐部服务员的工作规范和服务质量保持在较高水平上，让顾客获得更好的身心满足，康乐部应该制定服务程序和服务标准。这也可使日常管理和检查督导有统一的标准和依据。

服务程序是指服务员为顾客提供服务的先后次序。服务标准是指衡量服务水平的准则和尺度，是检查和评估服务质量的依据。

一、制定规章制度的依据

1. 顾客需要

康乐部提供服务的对象是顾客，提供服务的目的是满足顾客的消费需要。只有满足了顾客的需要，企业才能获得相应的利润，才能生存和发展。所以，在制定相关服务规定时首先要依据顾客的需要。这一点，在康乐行业中表现得尤为突出。

2. 行业特点

康乐服务与商业、餐旅业的服务有不同之处，它不是直接提供物质销售服务，而是提供以一定物质条件为基础的精神服务。康乐服务为的是使顾客通过康乐活动而消除在工作和生活中产生的紧张和疲劳，使身体和情绪得到放松和愉悦。因此，有关康乐服务的规定应该根据康乐行业的特点来制定。

3. 企业要求

康乐服务的规章制度应按照康乐企业特点和档次的不同而有所不同。不同星级的酒店在服务程序、服务规范、服务标准等方面各不相同，隶属于酒店的康乐部提供的服务应与酒店的星级标准保持一致。一些独立经营的康乐企业，虽然现在还很难用星级来划分，但其设备档次、客源层次、市场定位等都各不相同，因此服务档次也不应相同，这也是制定相应规章制度的依据。

4. 法规和道德规范

康乐服务的程序、规范和标准都应该在不违反国家法规和社会道德规范的前提下制定。例如对异性顾客和有赌博行为顾客的服务，应该特别注意区分正常服务与违规服务的界限。

二、康乐服务员岗位职责与素质要求

康乐部的规章制度既体现了管理者对本部门员工的整体要求，又体现了康乐部全体员工的共同要求。当每个员工意识到为了企业的发展、繁荣，也为了自身的利益，应当共同承担一定的义务和责任，应当遵守共同的秩序和准则，公平地对待自身和对方时，就产生了对制度的需要和执行制度的自觉性。制度是康乐部员工在工作中的行为指南，是全体员工应遵守的内部法规。员工岗位职责与员工基本素养要求应是康乐部制度的基本内容。康乐部在酒店各部门中是所辖项目最多的一个部门。由于康乐业发展迅速，并且众多的康乐项目各具特色，有些项目甚至具有非常突出的特性，因此，每个项目的员工岗位职责和素质要求亦不可能完全一样。本节目前介绍的康乐服务员岗位职责及素质要求等，主要是指相关的共性部分，而不针对某个具体项目。

1. 岗位职责

(1) 要熟悉所服务项目的历史背景、发展状况，以及该项目的活动规则、动作要领和设备使用方法。

(2) 准备齐全营业所需的相关用品并保证这些用品处于完好状态。

(3) 主动了解顾客情况，对于初次来该项目消费的顾客，应主动介绍本项目的内容和特色，帮助其尽快熟悉和掌握本项目的相关知识。

(4) 当顾客在本项目进行康乐活动时，主动为顾客提供服务。例如，记分服务、排除设备故障、指导动作要领、提示注意事项等。

(5) 注意顾客在消费过程中的愿望和要求，引导消费，随时解答顾客提出的问题，解决他们遇到的困难。

(6) 准确填写有关的单据和表格。记账方式、付款项目一定请消费的顾客签名确认。特殊情况下需要服务员代理收款时必须按照有关规定输入收银机。

(7) 固定岗位服务员(如服务台岗、水滑梯出发台岗等)在当岗时必须坚守岗位，不得擅离职守。有特殊情况需要离开时必须向领班请示，经同意后方可离岗。

(8) 流动服务岗服务员必须不停地巡视检查，及时为顾客提供服务。

(9) 观察和了解顾客的情况，根据有关规定谢绝不符合规定的顾客来本项目消费。例如，谢绝酗酒者和皮肤病患者进入游泳池和桑拿浴室，谢绝衣冠不整者进入交谊舞厅或夜总会。

(10) 如果发生意外，应首先采取相应紧急措施，然后及时向上一级领导报告；紧急情况可以越级报告，以保证顾客安全。

(11) 做好本项目营业场地和设备的卫生工作，为顾客提供良好的消费环境。

(12) 按照规定经常检查、保养和维修本项目设备和器材，使之处于良好的运行状态。

(13) 注意保管好服务所用器具，发现损坏或丢失应及时采取措施并向领班报告。

(14) 维护营业场所公共秩序。当顾客增多时要注意疏导；遇到不遵守公共秩序的顾客，应当婉言劝阻，必要时逐级向上级报告。

(15) 当顾客离开时，要及时清理检查设备，发现问题及时向领班报告。

2. 素质要求

(1) 文化水平。具备职业高中毕业水平或同等学力。对专业技术较强的岗位，如按摩师、游泳救护员等，此项要求可适当放宽。涉外康乐服务员，要有一定的外语交际能力。

(2) 资历要求。有一年以上康乐实习服务经历，含半年以上康乐项目服务经历。

(3) 专业知识。熟悉康乐服务基本知识，掌握某项或某几项康乐项目专业知识，包括项目知识、运动知识、裁判知识、技能知识、设备知识等。

(4) 业务能力。具有较强的专业水平，普通岗位服务员应具备完成一般接待服务工作的能力；特殊岗位服务员除具备所在岗位服务能力外，还应通过考试取得相应的专业合格证书，如劳动管理部门颁发的按摩服务员上岗合格证，体育管理部门颁发的游泳救护员合格证、游泳教练员证，文化管理部门颁发的调音师合格证等。

(5) 道德修养。为人正派，诚实可靠，待人热情，乐于助人，能吃苦耐劳，有奉献精神，有努力做好本职工作的主动精神。

(6) 有较强的处理人际关系的能力。一方面，能够以礼待人，尊重顾客的人格和愿望，热情服务，主动满足顾客的合理需求，因为只有当顾客处在平等、友好、和谐的气氛中，并且其自我需求得到满足、某些消极的心理因素得到缓解时，服务才能较好地发挥效能；另一方面，服务员应该乐于接受领导，并且能友善地对待同事，团结协作，处理好与领导及同事之间的关系。

(7) 体质状况。身体健康，体力充沛，精力旺盛，能承担一定强度的体力工作，能承担夜班工作，能在一定器械声环境中工作。

(8) 形体形象。无明显生理缺陷，形体胖瘦适中，各部分比例协调、线条优美；五官端正，形象良好，女服务员能给人一种无矫揉造作的甜美感，男服务员能给人一种无怪异的大方的英俊感。

(9) 性格气质。各种气质类型的人都适合做服务员，只是不同项目、不同岗位对气质类型的要求各不相同。如，胆汁质属于兴奋型，适合做较激烈运动的工作，如游泳池救护员、网球陪打员；多血质属于活泼型，适合担任流动岗位，如保龄球球道服务员、游戏机服务员；抑郁质属弱型，由于其具有观察敏锐、办事认真的特点，适合做设备保养和保管工作。最好是上述几种气质特点都不太典型的综合型气质，因为这样的服务员适应性比较强，容易胜任工作。

三、康乐服务员行为规范和工作纪律

1. 仪容及言行规范

(1) 发式。头发应保持整洁，按时修剪。男员工发长不许盖过耳部及衣领，胡须每天刮净。女员工头发应梳理整洁，不得散乱披肩，长发必须扎束或盘发，不得梳理怪异发型及染怪异发色，不得理男式发型。

(2) 化妆。女员工面部化淡妆，口红淡薄，不要浓妆艳抹，不要使用怪异颜色。不提倡使用香水，特别是不允许使用浓烈香水。手指甲应经常修剪，指甲要短于指尖，除涂无色指甲油外不得使用其他化妆品。

(3) 饰物。颈部不得戴项链等饰物，不准戴手镯，手表应用衣袖遮住。不准戴耳环及有悬垂物的耳部饰品，可戴直径小于 1cm 的耳钉一对。除按摩员外，其他岗位的员工允许戴普通戒指一枚。

(4) 着装。必须穿工服上岗，穿衬衣或穿短袖衣的员工，应统一将上衣下摆收入裤(裙)装内。工牌应佩戴在左前胸上衣兜口处。不许光脚穿鞋，穿短裙女服务员应配穿长筒袜。皮鞋应每天擦亮。

(5) 站立。站立时眼睛自然平视，下巴略收，脖颈挺直，挺胸收腹，双手轻握在下腹处或自然下垂。不得叉腰或抱胸，不得依靠他物。

(6) 行走。走路时上身应平稳、挺胸、收腹、立腰，重心稍前倾。注意步位，两只脚的内侧落地时正确的行走线迹是一条直线。步幅适当，一般是前脚脚跟与后脚脚尖相距为一脚长，但因性别不同和身高不同会有一定差异。走路时忌讳“内八字”或“外八字”、弯腰驼背、歪肩晃膀、扭腰摆臀、左顾右盼等。

(7) 言语。说话时应该音量适度，速度适中，语调柔和，吐字清晰，使用敬语，接听电话要迅速。听到顾客投诉意见或批评时要冷静，解释时要耐心，有问题应及时上报，不得与顾客争辩。

(8) 上班前不得吃生葱、生蒜等带异味的食品。身体有汗味、臭味时应注意洗澡换衣服。

(9) 服务时应与顾客保持适当距离，不可过于亲近或过于疏远。不得在别人面前有挖鼻孔、掏耳、打哈欠、剔牙缝等不礼貌行为。

(10) 一般情况下，员工不得穿越大堂。如因工作需要应注意靠边行走，礼让顾客。不得着拖鞋或穿短裤出入公共区域，不得勾肩搭背、嬉笑打闹等。

2. 工作纪律

(1) 严格遵守考勤制度，按时上下班，不得迟到、早退，不准旷工。上下班时必须走员工通道，并按规定打考勤卡，不得由他人代打。

(2) 上班时仪容及言行必须符合规范。

(3) 当班人员在下一班未接班前不得擅自离岗。

(4) 临时有急事不能按时上班者，必须在正常上班前向主管或部门经理请假并说明情况，事后应及时开具有关证明并办理补假手续。

(5) 工作时间未经领导同意，不得私自会客或处理私人事务。

(6) 当班时不得随身携带手机，不允许打私人电话，如有急事，须征得领导同意，并且不许占用电话时间过长。

(7) 当班时不得随便串岗，不得随便使用客用设施，不许大声喧哗、追逐打闹、扎堆闲聊，不准看书报杂志或吃零食。

(8) 下班后或休息日除因工作需要经领导批准外，不得在本企业逗留。

(9) 严禁利用工作之便放入私人朋友，严禁倒票证、侵吞票款、涂改票据等违纪行为。

(10) 精心爱护公共财产，不得粗暴使用设备，不得将企业财物据为己有，严禁偷窃行为。

(11) 不得弄虚作假、欺骗领导，不准造谣传谣，不许做有损企业声誉、有碍员工团结之事。

(12) 在服务中必须礼貌待客、友善服务，严禁对客人粗暴无礼。不得在顾客面前议论其他顾客的缺点或缺陷。

(13) 遵守法规，遵守纪律和制度，服从调动，服从管理，不许当面顶撞领导。

(14) 不许参与赌博、吸毒、倒汇等违法活动。

任务单 熟悉控制康乐服务质量原则

一、请写出控制康乐服务质量原则。

1. ____________________；2. ____________________；3. __________；

4. ____________________；5. ____________________；6. __________。

二、请写出提高康乐服务质量的5个过程阶段。

1. ____________________；2. ____________________；3. __________；

4. ____________________；5. ____________________。

三、请简述制定规章制度的依据。

____

____

活动三 掌握一定的康乐服务投诉管理方法

信息页一 投诉来源和方式

一、投诉来源

1. 来自客人

参与康乐活动的客人构成了康乐的市场，他们的喜怒哀乐会直接影响康乐部的声誉和效益。一般来说，客人投诉总会事出有因，但可能因感情或情绪影响而有所夸张，服务人员首先应做的是，检讨自己为什么会遭到客人投诉，而不是在一些细节上纠缠，或因情节真假参半则一定要让真相大白。无论如何，客人的任何投诉都应成为康乐部改进工作的最主要依据。

2. 来自社会

来自社会的投诉即舆论界的批评，尽管它对康乐部经济效益产生的副作用是间接的，但所形成的社会负效应及给康乐部声誉所造成的损失却是巨大的。要知道，树立好形象并非一日之功，而形象由好变坏则一夜之间即可完成。

3. 来自上级

来自上级的投诉有的可能是转达客人的意见，有的可能是上级自己发现的问题，与前两类相比较，这类投诉更理性，也更具有针对性，因此，也就对工作更具有现实指导意义。

4. 来自平级

来自平级的投诉往往容易被忽视，它所造成的压力远不及前3类，即便处理不好后果一般也不会十分严重。康乐部是一个有机的整体，应特别强调团队精神，如不能有效地处理好横向之间的关系，会造成内部各个岗位严重不协调和人际关系的极度紧张，最终将导致康乐部利益受损。

二、投诉方式

(1) 直接向酒店投诉。这类客人认为，是酒店未能满足自己的要求和愿望，因此，直接向酒店投诉能尽量争取挽回自身的损失。

(2) 不向酒店而向旅行代理商、介绍商投诉。选择这种投诉渠道的往往是那些由旅行代理商等介绍来的客人，投诉内容往往与酒店服务态度、服务设施、配套情况及消费环境有关。在这些客人看来，与其向酒店投诉，不如向旅行代理商投诉对自己有利，前者既费力而又往往徒劳。

(3) 向消费者委员会等社会团体投诉。这类客人希望利用社会舆论向酒店施加压力，从而使酒店以积极的态度去解决当前问题。

(4) 向工商局、旅游局等有关政府部门投诉。

(5) 运用法律诉讼方式起诉酒店。

站在维护酒店声誉的角度去看待客人投诉方式，不难发现，客人直接向酒店投诉是对酒店声誉影响最小的一种方式。酒店接受客人投诉能控制有损酒店声誉的信息在社会上传播，防止政府主管部门和公众对酒店产生不良印象。从酒店长远发展角度出发，酒店接受客人投诉能防止因个别客人投诉而影响到酒店与重要客户的业务关系，防止因不良信息传播而造成的对酒店潜在客户、客人的误导。直接向酒店投诉的客人不管其投诉原因、动机如何，都给酒店提供了及时做出补救、保全声誉的机会和做出周全应对准备的余地。正确认识客人投诉，是酒店经营管理的积极面，为正确处理客人投诉奠定了基础。对客人投诉应持欢迎态度，“亡羊补牢”也好，“见贤思齐”也罢，总之，“闻过则喜”应成为酒店接待客人投诉的基本态度。

三、客人投诉心理

1. 求尊重心理

在酒店客人感到自己未被尊重，这是投诉最主要的原因。

2. 求宣泄心理

当客人购买了酒店产品后，如果他认为有挫折感，就会产生“购买后的抱怨”心理，这种抱怨发展到一定程度就会产生投诉活动。客人利用投诉机会把自己的烦恼、怒气、怒火发泄出来，以维持其心理平衡。

3. 求补偿心理

客人希望自己在精神和物质方面的损失能得到补偿。

4. 求公平心理

根据“公平理论”，客人花了钱而没有获得相应的利益，如价格不合理、服务设施不完备等，便会触及其希望得到公平对待的心理。

信息页二 投诉原因

引起各种投诉的主要原因是，顾客对所得到的服务满意度小于期望值。当顾客得到的服务满意度小于期望值时，就认为服务是劣质的。此时虽不一定都会投诉，但一定会抱怨；当这种抱怨情绪在某一方面超过临界值时，便会投诉。

一、因设施设备出现故障而引起投诉

顾客在消费过程中，如果设备忽然出现故障，则很容易引起抱怨，特别是当顾客兴致正浓时。如果故障连续出现或者短时间不能被排除，就可能引起投诉。在康乐项目经营过程中，这种投诉所占比例很大，约占 70%，例如：

(1) 保龄球机器的扫瓶板突然落下，使顾客酝酿半天打出的球失效。

(2) 戏水乐园的更衣柜门突然锁不上，此时顾客随身携带的物品都要放在柜子里，锁不上柜门当然着急。

康乐部各个项目都可能因设备问题引起顾客投诉。

二、因服务员礼仪礼节不周而引起投诉

因尊重需求得不到满足而引起的投诉，在我国也比较多见，不过近几年来，随着经营观念的改变和服务员素质的提高，这类投诉的比例已有所减少，但仍时常发生。一般有如下几种情况。

(1) 服务员不使用礼貌语言，有个别服务员看见顾客无意中违反规定，便大声训斥，使本来用礼貌语言能解决的问题得不到解决，有时甚至使矛盾激化而引起投诉。

(2) 服务动作很随意，如向顾客递送保龄球鞋时很随便地扔在柜台上等。

三、因工作效率低而引起投诉

工作效率低虽然不一定引起投诉，但会引起抱怨；如果再发生别的问题，则会产生合并投诉，例如：

(1) 戏水乐园进门处服务员收票、发钥匙速度太慢。

(2) 电子游戏机投币器出现故障，服务员不及时排除故障。

四、因服务态度不认真而引起投诉

这类投诉也较常见，据不完全统计，约占投诉总数的15%。各个项目都可能发生这类投诉，例如：

(1) 桑拿浴室为顾客提供的毛巾有破损，服务员嫌麻烦不愿意换新的。

(2) 为顾客讲解游戏规则不认真，对顾客提出的问题未及时回答。

五、因卫生状况不好而引起投诉

消费者对康乐场所的卫生情况要求越来越高，若服务员忽视卫生工作，便很容易引起投诉。例如：

(1) 游泳池水质浑浊，地面有青苔，池壁有污迹。

(2) 桑拿浴室休息室沙发上的垫布太脏，按摩床上的垫布不能做到一客一换。

(3) 厕所地面太脏，甚至有大便、小便、呕吐物等。

六、因索要小费而引起投诉

付小费是西方国家服务行业很普遍的现象。改革开放以后，这种在西方约定俗成的奖励方式对中国消费市场产生了很大影响，一些康乐项目的消费者往往采用付小费的方式鼓励服务员。但这种方式未完全为服务员所理解，因此个别服务员向顾客暗示或直接索要小费，甚至对不付小费的顾客进行挖苦，引起顾客反感而投诉。游泳池更衣室、保龄球馆、游戏机厅等，是顾客容易遗忘或丢失物品的地方，个别服务员拾到失物还给顾客时，索要小费，也常常会引起投诉。

七、因语言沟通障碍而引起投诉

这方面投诉发生的概率不是很高，并且在处理投诉时也不太困难，但这类投诉在各康乐场所都曾发生过，因此不应当轻视。可以通过有针对性的培训来减少或避免这类投诉。以下几种情况能够引起这类投诉。

(1) 地方口音太重，容易造成误解。现在很多企业为了管理方便或降低劳动工资成本，从边远地区或经济不发达地区招聘服务员，未经普通话培训就上岗，往往造成在服务中出现误会。

(2) 在外宾出现时，服务员因不会外语而无法沟通。这时如果再发生一些其他需要尽快沟通的事情或矛盾，就可能引起投诉。

(3) 语言表达不够清楚也容易造成投诉。例如有的游泳池规定顾客必须戴泳帽进入，顾客可能不知道这是为了避免脱落的头发堵塞池水过滤系统管道，而认为是想多卖泳帽或“多事”，便可能引起投诉。

八、因服务经验不足而引起投诉

个别服务员由于服务经验不足，处理问题不当而引起投诉，例如：

(1) 设备出现故障时不知如何处理。

(2) 在服务过程中发生突发事件时，如断电、天花板突然漏下污水、某位顾客突然休克、顾客与顾客之间发生斗殴等，由于服务员没有经验，导致事态扩大，增大后期处理难度。

九、因各部门之间协调欠佳而引起投诉

(1) 在炎热的夏天，空调器突然出现故障，室温很快升至30℃以上，而当班的服务员未能通报工程部来修理，又未及时向顾客解释清楚并表示歉意。

(2) 游泳池水温过低，而服务员没有及时通知工程师加温。

(3) 客用更衣柜锁出现故障或钥匙丢失，服务员没有及时找到维修人员来解决问题。

十、因服务员技能差而引起投诉

这里所说的服务技能，主要指纯技术方面的能力。各个康乐项目都要求服务员具备相应的服务技能，否则，不可能提供令顾客满意的服务，并可能引起投诉。例如：

(1) 游泳池救护员技能差，在救护中使顾客受到伤害。

(2) 台球、高尔夫球等运动项目服务员既不懂运动规则，又没有示范能力，无法满足顾客对这些项目的需求。

(3) 网球场服务员的算账能力差，甚至算错金额。

十一、因发生意外，顾客完全归咎于康乐部而引起投诉

意外事故，在现实生活中在所难免，而由此引发的投诉也在所难免。在康乐部这类投诉数量不多，但处理难度往往较大。例如：

(1) 戏水乐园的更衣柜被撬，顾客报称损失了巨额财产。

(2) 游泳顾客淋浴时无意间碰到热水开关而烫伤了皮肤。

(3) 打保龄球的顾客由于动作不正确滑倒摔伤。

这些事故一旦出现，大部分顾客都试图从康乐企业获得赔偿，因而投诉几乎是必然的。

信息页三 处理投诉原则

一、承认客人投诉的事实

为了很好地了解客人所提出的问题，必须认真听取客人的叙述，使客人感到酒店十分重视发生的问题。倾听者要注视客人，不时地点头示意，让客人明白“酒店的管理者在认真听取我的意见”，而且要不时地说“我理解，我明白，一定认真处理这件事情”。

为了使客人能逐渐消气息怒，酒店管理人员可以用自己的语言重复客人投诉或抱怨的内容，若遇上较认真的投诉客人，在听取客人意见时，还应做一些听取意见的记录，以示对客人的尊重及对反映问题的重视。

二、表示同情和歉意

首先要让客人感受到你对他的关心。如果客人在谈问题时表现出十分认真，作为处理投诉的酒店管理人员，就要不时地表示对客人的同情，如：“我们非常抱歉，先生。我们将对此事负责，感谢您对我们提出的宝贵意见。”

三、同意客人要求并决定采取措施

处理投诉时，要完全理解和明白客人为什么抱怨和投诉；同时当决定要采取行动纠正错误时，一定要让客人知道并同意采取的处理决定及具体措施内容。如果客人不知道或不同意处理决定，就不要盲目采取行动。

四、感谢客人的批评指教

一位明智的康乐场所总经理会经常感谢那些对服务水平或服务设施水准准确无误提出批评指导意见的客人。因为这些批评指导意见或抱怨，甚至投诉有助于提高管理水平和服务质量。

假如客人遇到不满意的服务，他不告诉康乐场所，也不做任何投诉，但是他会讲给其他客人或朋友，这样就会极大地影响未来客源市场，影响了康乐场所的声誉。为此，当遇到客人批评、抱怨甚至投诉时，不仅要欢迎，而且要感谢。

五、快速采取行动，补偿客人投诉损失

耽误时间只能进一步引起客人不满，此刻，时间和效率就是对客人的最大尊重，也是客人此时的最大需求，否则就是对客人的漠视。

六、落实、监督、检查补偿客人投诉的具体措施

处理客人投诉并获得良好效果，其最重要的一环便是落实、监督、检查已经采取的纠正措施。首先，要确保改进措施的落实情况；其次，要使服务水准及服务设施均处在最佳状态；最后，了解客人的满意程度，对待投诉客人的最高恭维，莫过于对他的关心，许多对康乐场所怀有感激之情的客人，往往是那些因投诉问题得到妥善处理而感到满意的客人。

投诉客人的最终满意程度，主要取决于对他公开抱怨后的关心程度。另外，酒店管理者和服务员也必须确信，客人(包括那些投诉的客人)，都是有感情的，也是通情达理的。酒店的广泛赞誉及其社会名气来自酒店本身的诚实、准确、细腻的感情及勤奋而优质的服务。

值得一提的是，在处理投诉的过程中，会遇到不同类型的客人，主要如下。

(1) 理智型。这类客人在投诉时情绪显得比较压抑，他们力图以理智的态度、平和的语气和准确清晰的表达向受理投诉者陈述事件的经过及自己的看法和要求，善于摆道理。这类人的个性处于成人自我状态。

(2) 火暴型。这类客人很难抑制自己的情绪，往往在产生不满的那一刻就高声呼喊，言谈不加修饰，一吐为快，不留余地。动作有力迅捷，对支吾其词、拖拉应付的工作作风深恶痛绝，希望能干脆利落地彻底解决问题。对此应当随机应变、灵活处理。例如，处理火爆型客人投诉一定要保持冷静，态度要沉着、诚恳，语调要略低，要和蔼、亲切，因为举动激烈会更影响客人，要让客人慢慢静下来。一般来讲，火暴型客人平静下来需要 2 分钟左右，在这段时间里，主要应听取客人述说问题，再则就是表示歉意。在客人平静下来以后，自然会主动要求受理者谈谈处理意见，这时对客人给予安慰和适当补偿一般都可以解决问题。

(3) 失望痛心型。这类客人情绪起伏较大，时而愤怒，时而遗憾，时而厉声质询，时而摇头叹息，对酒店或事件深深失望，对自己遭受的损失痛心不已是这类客人的显著特征。这类客人投诉的内容多是自以为无法忍耐的，或是希望通过投诉能达到某种程度补偿。

信息页四 处理投诉方法

一、明确角色，摆正关系

顾客到康乐部门是为购买服务产品，是为了得到享受、舒适、愉快、尊重，因此，康乐部门应当尽量满足他们的需求，否则就会引起抱怨，甚至投诉。从一般情况看，顾客对康乐部门提出投诉都是有原因的：或是对硬件设备不满意，或是对软件即服务态度、服务能力不满意。康乐部门应当把处理顾客投诉当成改进工作的契机，管理者和服务员都应当摆正与顾客之间的服务与被服务的关系，自觉地站在顾客的角度，设身处地换位思考，要宽容大度，能忍受暂时的委屈，对能够改进的工作要立即改进，对暂时改进不了的，也应当委婉地向顾客解释清楚。

二、态度诚恳，热情接待

在一般情况下，面对顾客投诉，首先应该以诚恳的态度热情接待。对于给顾客造成损失的，还要道歉或赔偿。这样做能在一定程度上纠正康乐部工作上的偏差，堵塞漏洞。要尽量本着大事化小、小事化了的原则来处理投诉。如果碰到情绪激动的顾客，则应先设法稳定其情绪，可以先请他离开事发现场，到咖啡厅或办公室再作进一步处理，以免事态扩大。切不可态度冷漠，更不可使顾客难堪。因此，在处理投诉过程中，不能由于顾客的投诉与自己无直接关系，或不在自己服务范围内，就采取事不关己、高高挂起的态度，把问题推给上司或旁人。例如，当顾客向某位服务员投诉空调问题时，回答说“这是工程部的问题，我解决不了”，便是缺乏主人翁精神的表现。康乐部服务提倡首问负责制，第一受理投诉的服务员应负责给顾客一个有效的答复，而且，不管顾客投诉是否有道理，受理者都应当耐心听取，并对顾客表示同情和歉意；对于有误解的顾客，应该委婉解释，切忌据理力争，更不能反唇相讥，否则容易使顾客的情绪火上浇油，激化矛盾。

三、不同情况，区别对待

对于具体的投诉意见，应在了解事实的基础上具体分析，然后采取有针对性的措施。下面就几种有代表性的投诉意见分别加以探讨。

1. 对于建设性意见的处理

有的酒店游泳池上午不开放，一些有晨练习惯的顾客建议游泳池从早晨就开放；有的综合康乐场所戏水乐园分场次开放，一部分顾客建议连续开放，计时收费；有的顾客建议增加服务项目等。对于这类意见，应先向顾客表示感谢，并对给顾客带来的不便表示歉意，然后把顾客的意见如实反映给管理者。对于能够马上改进的，要尽快答复顾客。

2. 对于希望得到尊重的投诉处理

这类投诉顾客大多自尊心比较强，当他们感到自己的面子受到伤害时，就会进行投诉，有时还是情绪激动、言词激烈的投诉。在这种情况下，应该先向顾客道歉。如果是经理处理问题，应由经理代表企业向顾客致歉，以提高顾客受重视程度，让顾客得到心理满足。如果遇到顾客与服务员发生争吵且顾客又不全在理时(按规定不允许服务员与顾客争吵，但这种争吵在客观上很难完全避免)，也应由服务员或管理人员向顾客致歉，要掌握把“对”让给顾客的艺术，给错了的顾客一个台阶，给吵闹的顾客一点面子，给并无恶意的顾客一些体谅，给道歉的客人一份安慰。在向顾客道歉时也要根据具体情况相机处理，如果当事服务员是个很理智的员工，可要求该服务员当面道歉，对于其委屈，过后再安慰。如果当事服务员不够理智，正在火头上，这时要求其向客人道歉可能会达不到解决问题的目的，应由其他服务员或管理人员道歉，事后再对当事服务员批评处理。

3. 对于要求得到补偿的投诉处理

有些顾客投诉，除了要求在精神方面得到安慰外，还要求得到物质补偿。这一方面可能是顾客由于某种事故遭受了直接经济损失，例如：① 坐水滑梯时由于摩擦生热损坏泳装；② 淋浴时被热水烫伤；③ 打保龄球或做其他运动时滑倒摔伤；④ 游泳时存放在更衣柜内的物品被盗等。另一方面可能是由于处理事故的过程较长，顾客的时间被耽误了。在处理这类投诉时，可根据实际情况和责任大小对顾客给予适当的经济补偿，如赠游泳票、赠游戏币、赠保龄球局数、赠适当数额的内部消费单、报销医药费和出租车费等。如果情况严重，则应逐级向上报告，由企业领导出面处理。这里还要说明，给予顾客经济补偿的处理权限在管理层，普通服务员无权作出决定。因此，首先接待重大投诉的服务员应该在安慰顾客的同时尽快向上级报告。

4. 对于极不理智或恶意违反规定顾客的投诉处理。

对于康乐企业制定的有关规定，顾客中的个别人往往不愿遵守，甚至会无理取闹。例如：酗酒者无票闯入游泳池；接受按摩时一丝不挂，赤身裸体；在游戏厅索要礼品，不给便骂；故意将烟头扔在地毯上；在软质球道上打保龄球故意将球高高抛起，造成球道损伤等。当服务员制止顾客违规行为时，有的借口投诉，要把事情闹大。这类投诉所占比例虽然很小，但处理起来却很麻烦，要十分谨慎。

对极不理智顾客的投诉或怀有恶意的投诉，在处理时要依据法律法规和有关规定，通过摆事实、讲道理的方法，有理、有利、有节地解决问题，必要时，可以请保安部门介入，并可根据实际情况，适时通知公安部门，取得公安部门的支持，以维护企业的正常营业秩序。

信息页五 处理投诉程序

(1) 倾听客人诉说，确认问题较复杂，应按程序处理。

(2) 请客人移步至不引人注意处，对情绪冲动的客人或由外地刚抵埠的客人，应奉上茶水或其他不含酒精的饮料。

(3) 耐心、专注地倾听客人陈述，不打断或反驳客人。用恰当的表情表示自己对客人遭遇的同情，必要时做记录。

(4) 区别不同情况，妥善安置客人。对求宿客人，可安置于大堂吧稍事休息；对本地客人和离店客人，可请他们留下联系电话或地址，为不耽误时间，请客人先离店，明确地告诉客人给予答复的时间。

(5) 着手调查。必要时向上级汇报情况，请示处理方式，给出处理意见。

(6) 把调查情况与客人进行沟通，向客人作必要解释。争取客人同意处理意见。

(7) 向有关部门落实处理意见，监督、检查有关工作完成情况。

(8) 再次倾听客人意见。

(9) 把事件经过及处理整理文字材料，存档备查。

处理投诉不可能像接受表扬或奖励那样使人轻松愉快甚至心花怒放，但也不必诚惶诚恐地把投诉当成令人头疼的难题，而应该以一种谨慎、真诚、解决实际问题的心态来对待。

对企业来说，顾客投诉不完全是坏事，也有其积极意义，它表现在以下几个方面：第一，能帮助康乐部门管理者发现管理与服务中存在的问题。第二，有助于了解顾客的需求和愿望，找出本企业或本部门的不足，以进一步改善服务质量、提高管理水平。第三，为康乐企业提供了一个改善与顾客关系的契机。客观地处理投诉，圆满地解决投诉者的问题，能够使“不满意”顾客转变为“满意”顾客。这很重要，国外的一项研究很能说明这一重要性：使 1 位顾客满意，就可能招揽 8 位顾客上门；如果得罪了 1 位顾客，就可能导致 25 位顾客不再登门。发生投诉不是好事情，但如果处理得当，坏事也能够转化成好事。管理者应该把处理投诉看作与顾客开诚布公沟通的渠道和改进经营的契机。

管理者必须重视投诉的处理，掌握处理投诉的原则，运用恰当的处理方法，把投诉问题解决好，并在处理投诉的过程中掌握规律，以提高管理水平。

任务单 了解康乐部投诉

一、康乐部最容易被投诉的情况有哪些？该如何处理？

二、简述处理客人投诉程序。

三、分组模拟如何处理不同情况下的客人投诉。

任务评价

内容		自我评价			小组评价			教师评价		
学习目标	评价项目	😊	😐	☹	😊	😐	☹	😊	😐	☹
知识目标	康乐产品质量的特性									
	康乐产品质量的标准									
	康乐服务质量标准的内容									
专业能力目标	康乐服务质量标准的制定方法									
	康乐服务质量标准管理的要求									
态度目标	服务意识									
	热情主动									

(续表)

内容		自我评价			小组评价			教师评价		
学习目标	评价项目									
通用能力目标	沟通能力									
	项目管理能力									
	解决问题能力									
任务单	内容符合要求、完整正确									
	书写清楚、直观、易懂									
	思路清晰、层次分明									
小组合作氛围	小组成员创造良好工作气氛									
	成员互相倾听									
	尊重不同意见									
	所有小组成员被考虑到									
教师建议：		整体评价：								
个人努力方向：		优秀			良好			基本掌握		

任务二　康乐部安全与卫生管理

工作情境

就康乐部整体工作而言，安全和卫生是两项与经营有密切联系的辅助工作，它们会影响康乐部整体，因此，康乐经营者必须高度重视安全及卫生管理工作。

具体工作任务

- 了解康乐部安全管理目标、特点与任务；
- 了解康乐部安全事故产生原因；
- 了解康乐场所常见事故种类；
- 掌握康乐部安全事故预防措施；
- 熟悉康乐部常见安全事故处理方法；
- 了解康乐部卫生制度基本要求；
- 掌握康乐部服务人员卫生管理。

活动一 了解康乐部安全管理知识

信息页一 康乐安全管理目标、特点与任务

一、康乐安全管理目标

1. 保障客人安全

保障客人安全是安全管理的主要任务。一般来说，客人的安全主要体现在以下 3 个方面。

(1) 人身安全。即保障客人的人身不受侵害，这是客人最起码的要求。造成客人人身伤害事故的因素有：社会环境、自然灾害、公共治安、康乐设备设施安装不当、火灾、食物中毒等。

(2) 财产安全。客人随身携带的物品，一般需要寄存，应妥善为客人保管好。

(3) 安全感。所谓安全感，实际上就是客人对环境、设备设施、服务的信任感。有时客人的人身未受到伤害，财产也未损失，但有一种不安全感，一种恐惧心理，主要表现在设备设施安装得不合理或不牢固，收费不合理，价格不公道，使客人有被“宰”的感觉；服务人员服务不当；气氛过于紧张，如出现禁止通行、闲人莫入等提示语，保卫人员表情严肃、态度生硬等；缺乏必要的防盗和消防措施。

2. 保障员工安全

保障员工安全是康乐部业务经营活动正常进行并取得良好效益的基本保证。包括 3 方面的内容。

(1) 保障员工人身安全。

(2) 保障员工合法权益。因为康乐部遵循“客人至上”的服务宗旨，因此在工作中员工难免会受到各种委屈。管理人员，必须依法办事、主持公道，保障员工的合法权益不受侵犯，人格不受侮辱。

(3) 保障员工思想不受污染。康乐服务对象较复杂，包括形形色色的人，这层给企业带来了收入，但会难免也带来一些不良影响，对员工的思想产生某些负面作用。如果不加以控制，到了一定程度，就会造成严重后果。

3. 保障康乐场所安全

为了维护康乐场所的秩序要进行一系列工作。如客人酗酒，或大吵大闹，或衣冠不整，或行为举止不雅等，保安人员如不制止，就会影响格调，破坏形象。

二、康乐安全管理特点

1. 涉及面广

保证客人财物和人身安全，防范犯罪活动，是安全管理的重要工作。同时，这些工作牵涉社会许多部门或单位，如公安、消防、街道办事处、食品检疫等。只有加强与社会有

关单位的联系，才能做好安全工作。

2. 责任重大

现在客人对安全要求越来越高，既有安全感方面的要求，又有人身、财物等具体要求。没有安全设备、安全措施，竞争力就会大大降低。一旦出现事故，就要承担重大责任。因此，安全管理比较复杂。

3. 管理难度高

康乐场所是公共场所，是客人进行娱乐、社交、餐饮活动的场所，具有客流量大、人员复杂等特点。因此，往往是不法分子作案的理想场所。同时康乐部安全管理以设备设施的安全为主，而这些设备设施品种多、分布广，也就给制定和落实安全管理措施带来了难度。

4. 服务性强

康乐场所安全管理在维护治安、处理违纪事件的同时，更多的还是为客人提供服务。所以安全管理，既要积极防范，又要内紧外松。既要坚持原则、按制度办事，又要文明礼貌、乐于助人。

5. 政策性强

康乐场所安全管理工作涉及治安管理、外国人管理、消防管理等。有的是公开的，有的是秘密的；有的属刑事范围，有的属治安范围；有的涉及民族政策，有的涉及外事。对于同一个行为，由于行为者的国籍不同，行为发生地不同，处理方式和结果也会不同。可见，安全管理的政策性较强。作为安全管理人员，必须懂得有关政策、法规，一切依法办事。

三、康乐安全管理任务

1. 制定康乐安全措施，组织安全业务培训

康乐部要根据公安、卫生防疫、消防等单位及酒店的规定，结合本部门特点，制定具体的安全措施。要对全体员工进行安全业务培训，包括事故预防、发生事故时的处理等。要给员工讲授法律知识，提高员工对各种犯罪活动的警惕性。增强员工保护消费者权益的意识，了解如何维护企业和自身权益。

2. 建立健全安全管理组织

康乐部经理应参加酒店安全委员会，协调康乐部安全事务。各个班组配备安全员，负责沟通安全方面的信息，宣传安全知识。要建立分工负责的安全管理体制，发动全体员工做好安全工作。

3. 做好消防检查和维护工作

消防设备，如灭火器、水龙头、防火通道、隔火通道、烟感装置、监控系统等，要定期进行检查维护。安全管理必须切实抓好这些设备设施的预防性检查和维修工作，设专人管理，位置摆放合理，取用方便。

4. 做好食品卫生管理，预防食物中毒和疾病传染

要熟知引起食物中毒和疾病传染的原因，制定安全措施，加强食品卫生检疫工作，建立责任制。一旦发生食物中毒和疾病传染事故，要及时与卫生防疫部门联系，查明原因，分清责任，总结教训。

5. 妥善处理安全事故

发生安全事故，首先要会同有关部门和人员，及时查明原因和事故责任者，分清事故性质，根据情节轻重提出处理意见。同时，还要吸取经验教训，分析发生安全管理的漏洞或不足，及时修订安全措施，提高康乐安全管理质量。

信息页二 康乐部安全事故产生的原因

康乐部安全事故产生的原因主要有 4 个方面：设施设备质量方面的原因；设施设备维修保养方面的原因；顾客在使用设备设施方面的原因；康乐部在管理和提供服务方面的原因。

一、设施设备质量欠佳

1. 大型游乐设备质量问题

据了解，目前全国有 200 多家大中型游戏机、游乐设施生产厂家，但只有约 70 家取得生产合格证，许多企业不具备生产条件却在进行无证生产。1999 年国家技术监督局、建设部等 6 个部门联合在对全国开展大型游戏机、游乐设施大检查。检查结果表明，当前正在使用的游乐设备大部分存在着老化、陈旧的问题，另外还有很多设备属于无证产品和自制产品，存在着设计和配置不合理现象，这些问题都影响着设备的安全运行。

2. 室内游戏设备质量问题

存在质量问题和安全隐患的游戏设备多来自无生产许可证的生产厂家，这类厂家往往为追求利润和产量而轻视安全质量，致使产品存在安全隐患。这类产品的安全隐患主要有两方面：一方面是电器绝缘性能太差，并且电源线不带保护地线，很容易发生漏电事故；另一方面是一些设备的外观非常粗糙，棱角处的装饰条和螺钉等有毛刺或尖锐锋利面，很容易划伤顾客。

3. 游泳池设施质量问题

游泳池底、池壁、地面和墙面多用瓷砖铺成，瓷砖质量和施工质量如不严格控制就可能引发安全事故。瓷砖的棱角处如果太尖锐，就很容易划伤顾客，特别是人的皮肤经水浸泡后很容易被划伤。某戏水乐园就曾发生顾客跑动时被瓷砖划伤脚面，致使脚趾筋被划断的严重事故。另外，地面瓷砖应选用具有较强防滑性能的，否则顾客容易滑倒摔伤，而且在这种很硬的地面上摔伤很可能造成骨折等严重伤害。

二、顾客使用方法和活动方式不当

1. 准备活动不充分

有很多康乐项目是由运动项目转化来的，有些活动比较剧烈，因此在进行这些运动之

前，应当先做好准备活动，否则就可能出现安全事故。例如，游泳前如果没做好准备活动，就容易出现抽筋；在进行健身锻炼、保龄球运动、网球和壁球等运动前，如没做好准备活动，就容易出现扭伤和拉伤。

2. 身体情况欠佳

顾客在身体情况欠佳时，应当注意不要参与危险性和刺激性强的项目，也不要参加较剧烈的运动，例如，酗酒后游泳或戏水就很危险。某戏水乐园就曾发生过一位顾客酗酒后坐水滑梯，结果被自己的呕吐物呛死的恶性安全事故。患有心血管病、脑血管病的顾客不宜参与过山车之类强刺激项目，否则容易使病情加重，严重的甚至会由于病情突然恶化而猝死。身体不好时也不宜较长时间地洗桑拿，例如，有一位顾客听说洗桑拿能治感冒，当他患感冒时便去洗桑拿，但在桑拿室里蒸了不到 10 分钟便虚脱休克，幸亏被服务员及时发现。

3. 技术水平欠佳

有的顾客运动水平欠佳，在动作协调性、运动持久性等方面都很有限，在这种情况下，出现安全事故的概率就相对大一些；再加上人们在康乐场所的环境里都比较兴奋，往往容易忽视安全，出现安全事故的概率进一步加大。例如在保龄球场，有些顾客由于动作很不协调，又用力过猛，而经常滑倒，其中个别的可能会摔伤；在游泳池和戏水乐园，往往会发生溺水事故，严重的甚至溺水而亡，其中有的是因为游泳技术不好，有的则是因为出现肌肉痉挛(俗称抽筋)等情况。

4. 未按操作规定控制设备

操作规定是根据机器设备的性能特征和安全要求制定的，有的顾客在使用设备时比较随意，不按操作规定去做，这就很容易引发安全事故。例如：使用跑步机，如不按操作规定，就可能发生意外。按规定，使用跑步机时应将速度由慢到快逐步加速，需要停止时也应由快到慢逐步减速，当机器减到缓慢速度或停止时，运动者才能走下跑道。但有个别顾客由于某种原因从较快运行的跑道跳下，这时由于惯性很大，人特别容易摔倒。某戏水乐园淋浴室发生过一起因操作不当而造成的严重烫伤事故：一位年轻母亲带着女儿正在淋浴，该淋浴器和水量调节的水温开关是一种搬把开关，当搬把向右时冷水多一些，搬把向左时热水多一些，这位母亲将水温调整适宜后让孩子在喷头下淋浴，她自己则在用洗头液洗头，可她无意间碰了一下搬把开关，将搬把碰到了左边热水最大的位置，滚热的水突然喷出，将孩子的头皮、脸部、肩部烫伤了，这位母亲慌忙为孩子揉伤处，结果又将孩子被烫伤的表皮揉脱了，使伤处更加疼痛，还给治疗带来很大的麻烦。

三、管理和服务不到位

1. 保护不当

一些康乐项目的运动量很大，并且存在着一定的不安全因素。为了减少或消除这些不安全因素，在进行这些康乐活动时，就应该采取适当的保护措施，以避免出现安全事故。例如：在健身房做卧推杠铃时，应该由教练或服务员适当保护；在游泳池的深水区，应当配备救护员，以便在发生溺水事故时采取救护措施。

2. 操作失误

有的项目需要服务员按照严格的要求操作，以尽可能地避免发生严重伤害事故。例如蹦极运动，按照规定，蹦极弹跳绳按粗细分为轻、中、重 3 种级别，根据蹦极者体重的不同，选用不同的弹跳绳；弹跳的最大长度以蹦极者不触地或触水为准，同时还应在蹦极者的脚上系上无弹性的钢丝绳，作为第二道保险绳。但是如果体重称量不准，选择弹跳绳规格不准，绳长计算不准，就可能发生严重事故。

3. 维持秩序不当

一般的康乐项目多为很多人共同参与的项目，这就需要制定相应的游戏规则并维持良好的活动秩序，一些带有危险性的项目更应如此，例如小赛车、水上摩托、水滑梯等。在水滑梯的滑道中放进适量的流水，人体会以很快的速度下滑，一般滑速能达到每秒 5m，因此容易发生撞伤、划伤、磨伤、溺水等事故。如果维持秩序不当，撞伤事故会较多较严重。因此在该项目实际运营当中，维持秩序非常重要。滑梯的出发台和末端的溅落池都应有专人负责维持秩序。出发台的服务员要控制下滑间隔，一般一条 50m 长的水滑梯约需 10 秒钟下滑时间，要等滑入溅落池的前一位顾客离开溅落池上岸，这时出发台才能放行后一位顾客下滑，否则，就可能出现前一位尚未离开溅落口，后一位已经滑到溅落口，导致两人或多人相撞而发生伤害事故。在有记录的案例中已出现过颈椎骨折、腰椎骨折、脾破裂、肾损伤等严重事故。出发台服务员还应检查顾客是否携带尖锐硬质物品，如眼镜、露在外面的钥匙等。溅落池附近的服务员应该尽快提示并帮助溅落入池的顾客离开溅落口，以免被后面的顾客撞伤。

4. 提示不及时

在容易出现安全事故的地点或时间，应该由服务员经常提示顾客，以降低发生事故的概率。例如：在游泳池应当提示注意池水深浅，应标出深水区，在浅水区也应该有提示牌，以防止跳水时头部与池底相撞。在游泳场馆，几乎每年都会发生头撞池底的严重伤害事故。其他康乐项目也同样，凡是存在隐患的地方，都应该提示顾客注意安全。例如，在保龄球馆有的顾客打球动作很不规范，如果不及时提示顾客改正动作，不但打不出好球，还可能因动作不规范而滑倒摔伤。

四、治安和消防管理不善

1. 打架斗殴

打架斗殴事件在康乐场所时有发生，在高档酒店康乐部发生的概率要小一些。引起斗殴事件的原因有两种：一方面，消费人群比较复杂，有人会寻衅闹事；另一方面，有人好出风头，常为一点小事与别人争长论短，出言不逊，缺乏理智，容易与人发生口角，甚至斗殴。

2. 失窃事故

在康乐场所，特别是向社会开放的康乐场所，很容易发生丢失物品的事故。一方面是由于参与康乐活动的顾客在兴高采烈的时候，容易忽略所带物品，无意间将物品丢失。另一方面，这种公共场所，也是小偷经常光顾的地方，他们在这里也容易得手，因为在康乐场所顾客与他们所带的物品会有分开的时候。例如：顾客在打保龄球时，一般都是把手包之类的物品放在椅子上；游泳时，衣物一般放在更衣柜中。

3. 消防事故

康乐场所由于顾客流量大，且人员成分复杂，更应加强消防安全管理，否则后果将是非常严重的。康乐场所发生火灾的直接原因主要有 3 方面：一方面是抽烟的人乱扔未被掐灭的烟头或尚在燃烧的火柴，引燃易燃物，另一方面是电器过热，主要是因为电路老化、绝缘不良、电压或功率不匹配等，第三是使用不当，这主要是指有些电器本身就是发热的，且功率都比较大，例如电热风机、电桑拿炉、电取暖器等，而在使用这类电器时未注意与可燃物品隔离，可燃物品被电器烤燃而引起火灾。

信息页三 康乐场所常见事故种类

一、安全事故

常见的康乐场所安全事故包括：人员伤害事故和火灾事故。

1. 人员伤害事故

如因设施设备质量问题造成伤害，或者是因客人不懂操作或不按设施设备操作规范进行正确使用而导致的伤害。

2. 火灾事故

康乐场所，尤其是歌舞厅、卡拉 OK 等娱乐场所，可燃物多、用电集中，又大多使用可燃材料装修，加上客人及服务人员消防安全意识淡薄，随意乱扔烟蒂、火柴梗等现象较为普遍，导致火灾事故频频发生。

二、治安事故

康乐场所常见的治安事故有以下一些形式。

1. 偷盗

康乐场所，如娱乐厅、歌舞厅等，灯光昏暗，人员混杂，往往是偷盗行为的常发地。

2. 黄、赌、毒现象

康乐场所既是宣传社会主义精神文明、传播科学技艺、促进友好往来的场所，同时又容易掺杂精神糟粕、散发腐朽思想、引起精神污染、滋生社会丑恶现象。极少数场所经营者单纯追求经济效益，成为有伤社会风气的藏污纳垢场所，毒化社会文明，危害社会治安。

3. 打架斗殴事件

打架斗殴多发生在卡拉 OK 厅、歌舞厅、酒吧等康乐场所，主要源于酗酒。娱乐场所内的斗殴容易殃及其他客人，不仅对客人造成身体伤害，也将使酒店蒙受声誉与经济损失。

知识链接

一、伤害事故的分类

在康乐活动中，身体任何部位都有可能受伤，而针对不同受伤类型其处理方法亦不同，因此有必要对不同创伤进行分类。

(1) 擦伤：指皮肤损伤，多因不慎跌倒摩擦受伤，易引发感染。

(2) 撞伤：指皮下组织受撞击而产生瘀肿现象，但皮肤未破裂。

(3) 扭伤：关节周围的韧带撕裂，患处红肿，有疼痛感。

(4) 拉伤：指肌肉或肌腱因过度伸展导致撕裂。

(5) 劳损：指身体某些组织(如软组织或骨骼)因负重超越自身承受力而致损伤。

(6) 骨折：指因外力作用破坏了骨骼的完整性。外力作用主要包括急性撞击或扭曲，长期超负荷运动亦会产生疲劳性骨折。除了具有疼痛、红肿等一般创伤症状外，还有变形、肌肉痉挛、活动时有声响等症状。

(7) 脱臼：指关节功能障碍。通常情况下，依附在关节周围的韧带撕裂，关节会松脱，导致关节变形或不正常扭曲。疼痛、肌肉痉挛及关节脱臼令关节可动性大大降低甚至消失，严重者可同时发生骨折。

(8) 过热所致损伤。

① 热痉挛：在高温下运动过度失去体液或电解质导致肌肉强烈收缩。

② 热衰竭：在高温下运动使体内水分或盐大量丧失导致极度疲倦、晕眩，甚至失去知觉。

③ 中暑：人的体温持续上升，不能用出汗的方法调节体温时，就会中暑。患者一般神志不清，全身痉挛，皮肤热而干燥，甚至不省人事。

二、安全事故的类型

根据国家旅游局《旅游安全管理暂行办法实施细则》第八条规定：旅游安全事故可分为轻微、一般、重大和特大事故4个等级。

(1) 轻微事故是指一次事故造成旅游者轻伤，或经济损失在1万元以下者。

(2) 一般事故是指一次事故造成旅游者重伤，或经济损失在1万元～10万元(含1万元)者。

(3) 重大事故是指一次事故造成旅游者死亡或重伤致残，或经济损失在10万元～100万元(含10万元)者。

(4) 特大事故是指一次事故造成多名旅游者死亡，或经济损失在100万元以上，或性质特别严重，产生重大影响者。

信息页四 康乐部安全事故预防

通过对康乐部门安全问题的简单分析，可以看出，事故一般要经历潜伏、渐进、临界和突变4个阶段。潜伏阶段是指危险点已经生成却没有引起人们的注意，以其固有姿态而存在的阶段，它是事故发生的初始阶段或萌芽状态，但不至于很快导致现实事故；渐进阶段是指潜在的危险逐渐扩大的过程，它仍然处于事故的量变时期，此时，如果没有对隐患引起重视，加以防范，将会产生更为严重的后果；临界阶段是指事故即将发生但还没发生的运行过程，这个阶段危险点的扩大已进入造成事故的边缘，是危险点引发事故的最危险阶段，比如，在清洁过程中，不认真、仔细检查，未能发现带有明火的烟蒂在沙发里，人员又离开了工作现场，突破这一临界状态，进入危险区就会造成事故的发生；突变阶段是指事故的形成阶段，是危险点生成、潜伏、扩大、临界的必然结果，是由量变到质变的飞跃，这个时间短暂的只有零点几秒，在突变阶段，危险点已成为现实的、无法挽回的事故，并且必然造成一定程度的损失和伤害。

危险点演变成现实事故的过程告诉康乐部全体员工，要做好安全工作，首先要做好危险点预控，是超前预防事故的有效办法，必须从控制处于初始阶段的危险点入手，做到早分析、早预测，采取措施消除隐患。只有这样，康乐部的安全工作才能有保障，才能防微杜渐保平安。为做好安全事故的预防工作，应当做到以下几点。

一、增强安全意识，加强安全管理

1. 加强对管理和服务人员的安全培训，强调以预防为主的安全管理原则

康乐部全体工作人员都应强调以预防为主的安全管理原则和安全服务意识。用什么手段来提高安全意识呢？首先是培训。通过培训使服务人员认识到安全管理的重要性，认识到安全服务给企业、客人、服务员带来的益处，提高服务员贯彻以预防为主的安全管理原则的自觉性，以进一步认识并熟悉安全管理制度，并能提高处理安全事故的能力。培训的内容应涉及设备安全、人员安全、消防安全、治安安全等方面。

2. 加强对客人的疏导服务

安全管理涉及的重点场所和重点部位，特别是对社会开放的公共康乐场所，由于客人流动性较大，有时会出现拥挤现象，容易发生安全事故，如挤伤、踩伤等。另外，人多拥挤也给小偷作案提供了方便。这时，管理人员和服务人员就应该特别注意加以疏导服务，维持好现场秩序，以防止发生伤害或失窃事故。

在一般情况下，人们到有危险的地方会非常谨慎，但也有例外。例如，让一个不太会游泳的人独自到深水区去游泳，他会有恐惧感。但当浅水区几乎没有人，而深水区人又很多时，那个不太会游泳的人也会想不妨去深水区玩一会儿，他的恐惧感由此会降低。其实，危险因素对他来说不但一点也没减少，反而由于人较多，个别人出了事也不容易被岸上的救护员发现，反而增加了危险。这时候，服务人员就更应该注意疏导和提示，以减少事故发生的可能性。

在康乐部安全管理中，还应该注意总结经验、摸索规律，找出容易发生安全事故的地点和时间，以便及时发现引发事故的苗头，采取相应的防范措施，防患于未然。某戏水乐园总结出容易引发溺水事故的 13 种现象，并用于提示服务员，对防止溺水事故的发生起到了很好的作用。

(1) 坐水滑梯者落入溅落池后站立不起来；

(2) 游泳技能较差的人误游到深水区；

(3) 鼓浪时惊慌失措者；

(4) 恋人相拥在水中；

(5) 大人背着小孩游泳；

(6) 小孩独自游泳或独自在泳圈中漂流；

(7) 老年人独自游泳；

(8) 在水中忘情地嬉戏打闹者；

(9) 体质较弱者独自游泳；

(10) 随便跳水者；

(11) 仰卧在大型泳圈里的成人漂流者；

(12) 较长时间潜泳者；

(13) 鼓浪时仍坐在浅水平台的老人和儿童。

针对这些现象，救护员应采取主动式服务，即主动提示顾客防止发生危险，注意游泳安全，或将其引导至安全地带。

3. 加强与酒店安保部、公安、消防部门的合作

安保部是大型酒店或康乐企业专门负责安全保卫的职能部门。安保部全面负责安全保卫工作，包括营业场所的治安管理、企业财产安全管理和消防安全管理。安保部的工作与康乐部的工作有着密切联系，康乐部在为顾客提供服务的过程中需要安保部的协作与配合，在预防和处理安全事故或消防事故时应接受安保的指导与帮助，以便共同为顾客提供安全服务。

公安部门和消防安全部门是政府执法部门，是制定治安管理制度和消防安全管理制度的权威机关，在检查治安保卫工作和消防安全工作及处理相关事故的工作中具有权威性，拥有执法权。康乐部在经营工作中经常与公安部门和消防部门发生联系，接受监督、检查、指导，对维持正常营业秩序、搞好经营工作具有非常重要的意义。特别是游泳场馆、歌厅、舞厅等场所，更要配合公安机关做好相应工作。

二、建立和完善安全制度

康乐部管理人员应该特别重视安全管理，把安全工作放到重要议事日程中，注意培养全员安全意识，配备安全设施设备，并且应建立和完善各项安全制度。

1. 要配备必要的设施设备

要配备必要的防盗防爆设备，如防盗报警装置、闭路电视监控器、消防中控设备等。

2. 加强对客人的管理

康乐场所人员流动量大，往往是犯罪分子作案的场所，因此必须加强对客人的治安管理。

(1) 要制定客人须知，明确告知客人应尽的义务和注意事项。

(2) 加强巡逻检查，发现可疑或异常现象，及时处理。

三、健全员工管理制度

要制定岗位责任制和行为准则，加强对员工服务过程的管理，主要有：员工出入大门及携带物品规定、员工更衣室管理制度、员工使用钥匙程序和手续等。

四、完善各项安全管理制度

主要包括安全管理制度、全天候值班制度、定期安全检查制度、安全操作规程、安全事故登记上报制度、客用设备设施消毒制度、意外事故防范制度、消防管理制度、治安管理制度等。

信息页五 康乐部常见事故处理方法

一、客人伤病处理

任何员工发现有伤病客人时，都应立即向主管人员或值班经理报告。接到报告后，值班经理应会同医务人员尽快到现场处理。需要时可安排急救车将伤病客人送到医院去治疗，绝不能拖延时间。需送客人去医院时，应派员工和客人亲友等一同前往。如客人需住院治疗，要协助其办理手续。一切事项处理后，有关部门应填写客人伤病情况报告，除送报经理处，还应存档备案。

二、客人违反相关法规、条例处理

康乐场所作为人们休闲、娱乐、健身的场所，气氛应是健康、积极向上的，但也有人会在康乐场所斗殴、嫖娼、盗窃、赌博等。对于客人之间的一般吵架行为，管理人员应直接出面调解。如发生较为严重的事件，现场服务人员应及时向保安部或值班经理报告。当保安部无法控制局面时，应及时报警，通告公安部门前来处理。酒店方应协助公安部门了解情况，维护现场秩序。

三、发现火警处理

一旦发生火灾，应立即采取应急措施，正确及时地报警和扑救，将大火扑灭在萌芽状态或将火灾损失减少到最低程度。

每一位员工必须熟记火警电话、讯号，熟悉防火通道及出口位置，以及灭火器具的使用方法，且应在灭火过程中服从消防中心指挥。

发生火灾，无论程度大小，都必须按照安全条例程序做好以下几点。

(1) 保持镇静，不可惊慌失措。

(2) 呼唤附近的同事援助。

(3) 启用手动报警或电话报警，也可通知电话总机或控制室，清楚地说出火警地点、燃烧物质、火势情况、报警人姓名和部门等。

(4) 把火警现场附近所有门窗关闭，并将电闸关闭，切不可使用电梯，一定要从防火通道上下楼。

(5) 要正确使用酒店内的消防设备灭火。

(6) 要指示出口方向，组织好人员疏散和物资抢救。

(7) 电器设备发生火灾时，首先要立即切断电源。

(8) 若火势可能危及人的生命安全时，应协助及指导有关人员由防火通道撤离现场，切勿使用电梯。

(9) 听从消防人员和有关领导指挥。

四、客人请服务员跳舞、喝酒、唱歌处理

在歌厅、舞厅营业中，有客人会提出请服务员跳舞、喝酒、唱歌的要求。康乐场所明令禁止进行此类活动。若出现这种情况，服务人员应平静对待，婉言谢绝，并向场地值班经理汇报。值班经理应首先礼貌地向客人说明有关规定，告知客人不提供此项服务内容。当然，应根据现场情况和客人意图灵活处理。当客人一个人点唱曲目或客人唱走调示意帮忙时，服务人员在请示领班同意后可陪客人唱一曲表示尊重。

五、发现客人争执处理

管理人员与服务人员在日常工作中，应努力塑造快乐、祥和的气氛，引导客人进行文明消费，并注意场地动静。事故隐患苗头的主要表现为：客人饮酒过多、情绪激动、对某件事看法固执，或者强行劝酒，或者干扰了邻座客人，或者在因一些事情发生争执等。此时服务人员应上前，沉着冷静地妥善处理。可巧妙地转移视听，协商解决，不要就事论事地加以评判。如果自己处理不了，应立即报告场地值班经理和保安部来处理，以避免酿成更大事件，影响客人和设备的安全。事后，需记录在案，上报部门。

六、客人提出进房按摩处理

原则上不提倡服务人员进房按摩。但健身服务台在听接客人按摩预订要求时，应首先礼貌邀请客人来指定的健身中心按摩。如遇特殊情况，例如客人伤病或过度疲劳等，应报值班经理特殊处理。经同意后，可安排按摩人员进房按摩(禁止异性按摩)。由值班服务员开具表单，标明按摩起始时间段、收费标准等。

按摩人员必须持证、挂牌上岗，进入客房前，应到值班台登记；进入客房后，按标准程序定时间为客服务，结束后，应立即离开，不要在客人房内逗留。

七、遇客人间产生争执处理

(1) 发现客人间发生争执，应立即报告上司、保安部和大堂副理，音响师马上停止播放音乐，将所有灯光打开。

(2) 立即将附近桌上的酒瓶、酒杯、烟灰缸等可能作为凶器的物品撤离，避免出现更大伤亡。

(3) 协助保安上前劝解，将双方隔离；劝其他围观者远离现场，以免误伤，并安慰客人。

(4) 协同保安人员将肇事者带离现场。

(5) 发现物品、设备损坏，应报告大堂副理，由大堂副理向当事人索赔。

(6) 收拾清理场地，记录事件发生经过。

八、在健身过程中，遇见客人外出血处理

外出血在运动损伤中较为常见，服务员应掌握几种止血的方法。

(1) 抬高伤肢法。抬高伤肢位置，可以使小动脉、小静脉出血减少或停止。较大的血管出血，此法不易生效。

(2) 压迫法。

① 直接压迫法。用无菌纱布块及棉花垫盖伤口，再用绷带加压包扎；也可用手指直接压在伤口出血点上。

② 间接压迫法。用手指压迫出血动脉的近心端处，以达到止血目的。也可采用特制的止血带或代用品(如橡皮管、毛巾、宽布带等)，缚扎于伤口近心端。

(3) 冷敷法。即借低温作用使血管收缩，达到止血目的。可用冰袋、冷水袋直接敷于伤处。

以上是服务员应掌握的几种应急措施。当然，如果出现大面积流血或内出血状况，服务人员不应自作主张帮忙处理，而应立即报告值班经理请来酒店医务人员，联系附近医院，协助客人出外就医。

九、客人在健身房浴室滑倒处理

(1) 立即上前，表示关心。

(2) 客人如果想站起，应伸手搀扶，但不可把客人强行拽起。

(3) 询问客人是否需要看医生，征得同意后应立即打电话请酒店医生来。

(4) 如客人伤势严重，应通知大堂副理，由大堂副理派车和有关人员将客人送到医院诊治。

知识链接　安全事故处理程序

(1) 一般事故发生后，应立即报告上级主管派人赶赴现场，组织抢救工作，保护事故现场，并及时报告当地公安部门。

(2) 在公安部门人员未进入事故现场前，如因现场抢救工作需移动物证时，应做出标记，尽量保护事故现场客观完整。

(3) 有伤亡情况的，按规定将事故情况报告有关部门和通知其家属，并及时通知当地卫生医疗部门，组织医护人员进行抢救。

(4) 对重大安全事故，严格按照国家旅游局《重大旅游安全事故处理程序试行办法》进行处理。

(5) 伤亡人员中有海外客人的，确定无误后，应及时通知有关海外旅行社、有关国家驻华使馆和组团单位，并向伤亡者家属发慰问函电。

(6) 做好安全事故书面报告和结案书面记录。

任务单 了解康乐部安全事故

一、引起康乐场所安全事故的主要原因有哪些?

1. ________________________; 2. ________________________; 3. ______________;

4. ________________________; 5. ________________________。

二、简述康乐场所常见的事故种类,以及如何预防。

____

____

____

____

活动二 了解康乐部卫生管理知识

信息页一 康乐部卫生制度基本要求

康乐场所的卫生工作不仅会影响酒店的形象,而且还关系到在此工作和娱乐人员的身体健康。因此,康乐场所的卫生工作在康乐部经营活动过程中占有极其重要的地位。虽然康乐部门各项目之间在康乐内容、设备结构、使用要求等方面存在差别,卫生内容与卫生要求也不尽相同,但在整体要求方面是一致的。本节主要介绍不同康乐项目在卫生制度上的共同要求。

康乐部卫生工作的特点是工作量大、重复率高,各项目要求存在差异。工作量大是由于康乐部项目种类多、设备数量大,且设施设备与顾客接触频繁;重复率高是由于顾客流动量大、设备使用频率高,有的设备每更换一位顾客就要搞一次卫生,例如按摩和美容美发设备,同样的卫生工作每天要重复多次;各项目卫生要求和工作内容也不一样,有的需要对水质消毒(如游泳池),有的需要对器具消毒(如更衣室坐垫、游戏机手柄等),有的需要对地面吸尘,有的需要用拖布擦拭,有的需要专用工具除尘和打磨(如保龄球道)。

一、营业场所卫生制度基本要求

(1) 营业场所卫生实行“三清洁制度”,即班前小清洁、班中随时清洁和班后大清洁,部分区域实行计划卫生制度和每周大清理制度。

(2) 使用有效方法使大厅空气随时保持清新。

(3) 做好灭蚊、灭绳、灭鼠、灭蟑螂等工作,定期喷洒药物(发现蚊蝇及时喷杀),如果不能控制,及时通知专业公司进行消灭。

(4) 食品分类存放,每周对冰箱进行彻底清理和整理,对即将过期的食品饮料要按规定撤换退库。

(5) 要随时对客人用过的杯具进行消毒(消毒方法：将洗净的杯具杯口朝下装入器皿，再放进消毒柜内，并启动开关，消毒 15 分钟～20 分钟)。消毒后，等温度下降后方可取出杯具，然后放置在柜内，用干净的布盖好备用。

(6) 消毒柜有计划地清理。领班应每天记录消毒情况，写明消毒时间、数量、种类、消毒人姓名等。

(7) 服务员每天要对更衣室进行消毒(可以使用紫外线消毒或化学药剂消毒)。

(8) 主管应每天对杯具及房间的消毒情况进行检查，如发现有不按规定消毒或不进行消毒的情况要按酒店的“奖惩条例”予以处理。

(9) 康乐部经理对部门所辖区划的卫生负有最终责任，必须定期进行全面检查，并将检查记录在案，作为各班组卫生评比的重要依据之一。

二、营业场所卫生检查基本细则

(1) 服务场所整齐干净，物品摆放整齐，无垃圾、无污迹、无破损。

(2) 服务台用品、宣传品摆放整齐，台面整洁美观，无污渍、水渍、水迹、破损。

(3) 各类酒吧用具干净、明亮，无污垢、水迹、破损，各类容器干净、无异味。

(4) 各类客用品干净整洁，摆放有序。

(5) 客用品按酒店规定进行消毒，做到“一客一换”。

(6) 地毯、墙面、天花板无污迹、无剥落、无蜘蛛网。

(7) 空调出风口无积尘，各种灯具完好无损、明亮无尘。

(8) 各种绿色植物、墙面艺术摆件整齐、干净无尘，花卉无病变、无黄叶。

(9) 随时保持营业场所正常通风，保证营业场所空气清新、无异味。

(10) 做好灭蝇、灭蚊、灭鼠、灭蟑螂工作，定期喷洒药物。

(11) 随时清理，时时保持干净、舒适。

(12) 更衣室保持干净整洁。

信息页二 康乐部服务人员卫生管理

酒店对各部门服务人员的个人卫生有较高的要求和明确的规定，其好坏直接影响到酒店服务质量及酒店总体形象。根据《旅游涉外酒店星级的划分及评定》服务质量评定标准及检查表规定，评分时按照项目标准，完全达标者为优，略为不足者为良，明显不足者为中，严重不足者为差。

根据《旅游涉外酒店星级的划分及评定》服务质量评定标准及检查表规定，服务人员仪容仪表部分的检查分数为 128 分，其中制服的完好、清洁程度和总印象的检查分数各为 10 分，被评为优可得 10 分，良为 8 分，中为 8 分，差为 5 分。康乐部服务人员个人卫生标准如下。

一、服装标准

康乐部服务人员制服应完整、挺括、清洁、合体、无皱褶、无破损、无异味，皮鞋光亮无尘。

二、个人卫生标准

(1) 身体和头发无异味，头发无头屑。

(2) 脸部清洁，可化淡妆和用清淡香水，使体味清新。

(3) 口腔清洁无口臭，牙齿无异物。

(4) 保持手部清洁与皮肤润泽，不要有污垢和皲裂。

(5) 鞋、袜干净无异味。

(6) 精神饱满，养成良好卫生习惯。

任务单 了解康乐部卫生制度

一、填写康乐部卫生制度的基本要求。

1. 卫生实行____________制度，即班前____________，班中____________和班后____________。

2. 要随时对客人用过的杯具进行____________(方法为：将洗净的杯具________装入器皿，放进消毒柜，开启开关，消毒时间在____________分钟)。

3. 服务员应对更衣室进行__________(可使用__________或__________进行)。

二、填写康乐服务员的卫生标准。

1. 服装标准：____

2. 个人卫生标准：____

____

____

任务评价

内　容		自我评价			小组评价			教师评价		
学习目标	评价项目									
知识目标	康乐部安全管理的特点									
	康乐部安全事故产生的原因									
	康乐场所常见事故的种类									

(续表)

内容		自我评价			小组评价			教师评价		
学习目标	评价项目									
专业能力目标	康乐部安全事故的预防措施									
	康乐部常见安全事故的处理方法									
态度目标	服务意识									
	热情主动									
通用能力目标	沟通能力									
	项目管理能力									
	解决问题能力									
任务单	内容符合要求、完整正确									
	书写清楚、直观、易懂									
	思路清晰、层次分明									
小组合作氛围	小组成员创造良好工作气氛									
	成员互相倾听									
	尊重不同意见									
	所有小组成员被考虑到									
教师建议：		整体评价：								
个人努力方向：				优秀			良好		基本掌握	

参 考 文 献

[1] 陈秀忠著.康乐服务与管理.北京：旅游教育出版社，2006
[2] 董晓峰著.康乐部服务与管理.大连：东北财经大学出版社，2000
[3] 姜若愚著.康乐服务与管理.北京：旅游教育出版社，2002
[4] 林清波，吴俊伟，陈秀忠著.现代饭店康乐经营与管理.广州：暨南大学出版社，1998
[5] 刘哲著.康乐服务.北京：旅游教育出版社，2000
[6] 刘哲著.康乐服务与管理.北京：旅游教育出版社，2003
[7] 阙敏著.康乐服务.北京：中国人民大学出版社，2007
[8] 万光玲，曲壮杰著.康乐经营与管理.沈阳：辽宁科学技术出版社，1996
[9] 杨宏建著.酒店员工岗位培训标准.北京：中国纺织出版社，2006
[10] 杨晓琳著.康乐服务与管理.北京：中国铁道出版社，2009
[11] 周彬著.现代饭店康乐管理.上海：上海人民出版社，2001
[12] 朱瑞明著.康乐服务实训.北京：中国劳动社会保障出版社，2006
[13] 左剑著.康乐服务与管理.北京：科学出版社，2010

《中等职业学校酒店服务与管理类规划教材》

《咖啡服务》

荣晓坤 主编 林静 副主编
ISBN：978-7-302-25950-3

《中餐服务》

王利荣 主编
ISBN：978-7-302-25473-7

《前厅服务与管理》

姚蕾 主编
ISBN：978-7-302-26054-7

《西餐与服务》

汪珊珊 主编 刘畅 副主编
ISBN：978-7-302-25455-3

《康乐与服务》

徐少阳 主编 李宜 副主编
ISBN：978-7-302-25731-8

《中华茶艺》

郑春英 主编
ISBN：978-7-302-26234-3

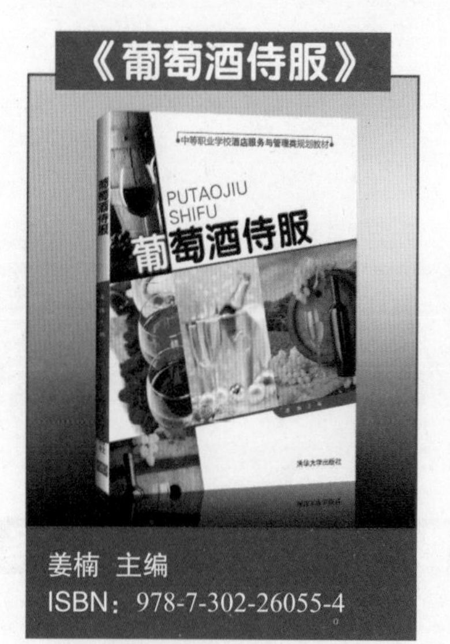
《葡萄酒侍服》
中等职业学校酒店服务与管理类规划教材
PUTAOJIU
SHIFU
葡萄酒侍服
清华大学出版社
姜楠 主编
ISBN：978-7-302-26055-4

《雪茄服务》
中等职业学校酒店服务与管理类规划教材
XUEJIA
FUWU
雪茄服务
清华大学出版社
荣晓坤 汪珊珊 主编

《调酒技艺》
中等职业学校酒店服务与管理类规划教材
TIAOJIU
JIYI
调酒技艺
清华大学出版社
龚威威 主编
ISBN：978-7-302-25729-5

《酒店花卉技艺》
中等职业学校酒店服务与管理类规划教材
JIUDIAN
HUAHUI JIYI
酒店花卉技艺
清华大学出版社
王秀娇 主编
ISBN：978-7-302-26345-6

《会议服务》
中等职业学校酒店服务与管理类规划教材
HUIYI
FUWU
会议服务
清华大学出版社
高永荣 主编

《客房服务》
中等职业学校酒店服务与管理类规划教材
KEFANG
FUWU
客房服务
清华大学出版社
赵历 主编 孙建辉 副主编

《酒店服务礼仪》
中等职业学校酒店服务与管理类规划教材
JIUDIAN
FUWU
LIYI
酒店服务礼仪
清华大学出版社
王冬琨 主编